셔츠

러시아 현대문학 시리즈 3

셔츠

예브게니 그리시코베츠
_이보석, 서유경

모스크바에서는 어떤 방향에서 해가 뜨는 건지 알 수 없었다. 거리도 가늠할 수 없었다. 모든 것들이 멀리 떨어져 있었다.

1

아침에 깨어나자마자 아프다고 생각했다. 아프다고 느낀 게 아니라 생각했다. 손꼽아 기다리던 방학 첫날 일어났을 때 같다고나 할까. '어, 별로 신나지 않네? 즐겁지도 않고. 내가 그토록 고대하던 행복감은 어디로 사라진 거지? 내가 감기라도 걸린 걸까!' 아침에 일어나서 이렇게 생각하는 거다.

마치 누군가 버튼을 눌러서 나를 켠 것처럼 잠에서 깨어났다. 나는 몸을 부르르 떨지도, 기지개를 켜지도, 소리를 내지도 않았다. 눈만 뜨고 있었는데, 정확히는 한쪽 눈만 뜨고 있었고, 다른 쪽 눈은 베개에 눌려 있었다. 그리고 나는 듣기 시작했다.

눈을 뜨고 가까이에 있는 베개 커버의 끄트머리를 응시했다. 푸르스름한 빛이 이제 막 베개를 비추던 참이었다. 이른 시각, 겨울이었다. 주위는 아직 컴컴했지만, 도시의 일상적인 새벽빛이 창문으로 스며들어오고 있었다. 백색의 가로등 불빛과 벌써 불을 켠 맞은 편 집에서 흘러나오는 전등 빛이 혼합되었다. 왜인지 이 빛의 조합은 늘 푸르스름했다. 저녁에는 그 빛을 보는 게 유쾌했지만, 아침에는 견딜 수 없이 싫었다.

나는 많은 소리를 들었다. 도시가 내는 소리였다. 거대한 도시의 소리. 물론 도시 전체가 내는 소리는 아니었고, '도시의 맥박'과 같은 소리도 아니었다. 도시는 진즉에 깨어나 있었기 때문에 도시가 잠에서 깨어나는 소리도 아니었다. 나는 같은 건물에 사는 사람들이 집을 나서는 소리, 그들이 출근하거나 아이들을 어딘가로 데려가는 소리를 듣고 있었다. 계단 밟는 소리와 엘리베이터의 둔탁한 울림, 계속 반복되는 출입문이 열리고 닫히는 소리였다. 주차장에서 차들이 시동을 거는 소리는 절망적으로 팔을 휘두르는 소리 같았다. 그리고 이 모든 소리의 저변에는 조금 더 멀리 있는 그곳, 큰길에서 울리는 소리가 깔려 있었다.

나는 일어났다. 몸에는 감각이 없었다. 머리만 깨어 있었다. 오로지 머리만 느껴졌다. 그리고 그 머릿속에 내가 있었다. 나는 한쪽 눈을 떴고 듣기 시작했는데, 그 사실이 기쁘지 않았다.

꿈속으로 되돌아가고 싶은 마음이 간절했다. 환상적인 꿈을 꿔서가 아니라 그저 잠들고 싶었다. 무기력해진 나는 모두에게 전화를 걸어 아프다고 거짓말하고 모든 것을 취소해버리고 싶었다. 모든 것을 말이다. 일어나는 것도, 전등을 켜는 것도, 씻는 것도, 면도도 하지 않고, 양말을 신지 않는 것도 중요하다. 이 모든 것을 말이다. 열쇠를 짤랑거리며 대문으로 나가기, 외출 전 현관등 끄기, 엘리베이터에 타서 1층 누르기, 거리로 나가기, 아침의 차가운 첫 공기 들이마시기, 딱딱하고 차가운 자동차에 타기 등을 하지 않고, 막스를 마중하러 공항에 가지도 않는 거다. 지금 이 도시로 날아오고 있는 막스 말이다. 하지만 막스를 돌려보내는 건 불가능했다. 다른 사람도 아닌 막스, 내 친구 막스를 지워버릴 수는 없었다. 그러니 이 모든 것을 할 수밖에 없다!

막스는 시기를 완전히 잘못 맞췄다. 진심으로 기다려지는, 머나 먼 곳에 사는 오랜 친구는 나의 상황과 상관없이 그냥 들이닥쳐도 좋다. 하지만 이번에는 타이밍이 안 좋았다. 앞으로 며칠은 무슨 일이 있어도 그에게 할애해야 한다. 즉 이런 것이다. 어떤 일정이든 모두 취소하고, 막스와 많이 얘기하고, 웃고, 술 마시고, 먹고, 다시 마시고 이야기할 준비를 해야 한다. 당연히 잠도 며칠간 못 잔다. 물론 이 모든 것은 굉장히 즐거울 것이다. 다만 시기가 안 좋을 뿐이다. 특히 이번에는 더더욱 그렇다. 왜냐하면 나는 사랑에 빠졌기 때문이다. 그것도 아주 깊이! 아주 푹 빠졌다. 한 번도 사랑을 해본 적이 없던 것처럼 완전히 빠져버렸다. 단 한 번도 없던 것처럼!
그러니까 막스가 올 타이밍이 아니다!

2

공항까지 가는 데 오래 걸렸다. 길에는 눈이 많이 쌓여 있었다. 방금 내려앉은 깨끗한 눈이 아니라 질퍽거리고 더러워진 눈이었다. 차도 많았다. 나는 순환도로를 천천히 달렸다. 앞에서 백라이트가 꺼지고 빨간 불이 켜지면 나도 브레이크를 밟았다. 왼쪽 차선의 차들이 우리 쪽 차선보다 더 빠르게 가는 것 같다는 생각이 자꾸만 들었다. 오른쪽 차선에는 지저분한 눈이 튀어 더러워진 짐차들이 다녔다. 나는 라디오를 듣고 있었다.

라디오에서는 음악과 뉴스가 번갈아가며 쉴 새 없이 나왔다. 그때 라디오에서 비행기가 추락했다는 뉴스가 흘러나왔고, 나는 볼륨을 높였다. 탑승한 승객과 승무원이 전원 사망했다고 했다. 사고 원인을 확정하기는 이른 단계라고 하면서, 테러 공격 가능성도 있다고도 했다. 바로 막스가 떠올랐다. 그러나 어떤 비행기가 어디서 추락했는지를 그만 놓치고 말았다. 하지만 곧 '아, 파키스탄이라고….' 희미한 실망감이 나를 스쳐갔다. 그런 감정을 느낀 나 자신을 질책했다. 하지만 진심으로 호되게 질책한 것은 아니었다.

막스가 타고 있는 비행기 사고였다면 끔찍했을 거다. 젠장, 끔찍했겠지. 그래도, 아니, '그래도'라니? 이게 무슨 끔찍한 생각인가!

내가 이렇게 불행해지고 싶어 하는 데는 진짜 이유가 있었다. 막스가 탄 비행기가 사고가 났다면 나는 정말 괴로울 것이다. 그랬다면 일주일을 술에 절어서 홀연히 사라지거나 혹은 사람들 앞에서 술을 퍼마실 수 있겠지. 사람들은 날 불쌍히 여길 것이다.

그리고 중요한 건 그녀에게 전화를 걸 수 있을 것이라는 점이다. 그것도 즉시 전화해서 그녀도 당연히 이미 들어서 알고 있는 사고, 모두의 화제에 오르내리는 그 비행기 추락 사고로 나의 죽마고우, 정말 솔직히 말하면 나의 유일한 친구가 목숨을 잃었다고 말하는 것이다. 친구가 죽어서 나는 지금 뭘 어떻게 해야 할지 모르기 때문에 그녀의 얼굴을 당장 봐야만 한다고. 하지만 막스는 죽지 않았다. 그는 이 도시로 날아오는 중이다. 결국 막스는 이번에도 나를 나쁜 놈으로 만들었다.

　　막스는 거의 언제나 나를 나쁜 놈으로 만들었다. 그는 나와 함께 모스크바로 오지 않았다. 모스크바에 와야만 했던 그때, 그는 고향에 남았다. 제길, 그는 고향에서 내가 없다고 허전해하지도 않았고, 술에 빠져 살지도 않았다. 그러기는커녕 일이 아주 잘 풀렸다. 그는 이런저런 다양한 일을 했고, 그 결과도 나쁘지 않았다.

　　막스가 잘 지내고 있다는 소식은 내 속을 뒤집어놓곤 했다. 당시 난생 처음 모스크바에 와서 의지할 곳 없이 괴로워하던 내가 원했던 것은 오로지 하나였다. 내가 떠난 뒤 고향은 모든 게 엉망이다, 모두들 술만 진탕 마시고 허전해한다, 내가 떠난 후 삶이 멈춰버렸다. 모두 나를 너무나 그리워하고, 무엇보다도 다들 엄청나게 가난해졌다는 그런 소식이었다.

　　그런데 이럴 수가! 막스는 들뜬 목소리로 전화해서는 그동안 새롭게 이루어 놓은 일들이 많다는 얘기, 내가 아는 사람이든 모르는 사람이든 다들 아주 잘 지내고 있다는 얘기, 내가 살던 집에서 멀지 않은 곳에 근사한 레스토랑이 오픈했다는 얘기, 그해 가을에는 숲에 버섯이 상상을 초월할 정도로 많이 자랐다는 등의 소식을 전했다. 막스는 모스크바에도 꽤나 자주 다녀갔고, 그때마다 별 볼일 없는 고향 특산품을 가져왔다. 우리는 함께 지내는 동안 돈 때문에 다툴 때도 있었고, 신나게 즐길 때도 있었다. 하지만 모스크바에 온 지 삼사일 정도 되면 막스는 슬슬 집에 가고 싶다고 말하기 시작했다. 그리고는 훌쩍 집으로 가버렸다. 그럴 때면 나는 막스가 정말 싫었다.

막스는 오 년 전에 결혼했다. 나는 그의 결혼식에 가지 않았다. 사실 나는 웬만하면 고향에 가지 않으려고 노력했다. 게다가 결혼식이라는 게 그냥 짜인 프로그램에 맞추어 하는 행사일 뿐이라고 생각했다. 분명 막스의 결혼식도 마찬가지였을 것이다. 어쨌든 나는 막스 결혼식에 가지 않았고, 막스는 그 일로 기분이 상했다. 그것도 몹시 말이다. 나는 그의 아내를 사진으로만 보고, 실제로는 한 번도 본 적이 없다. 막스는 아내에 대해서 거의 이야기하지 않았다. 아내에게 전화를 자주 걸기는 했지만, 구석진 곳으로 가서 통화했다. 사실 막스는 결혼하고 나서도 예전의 애인과 여자들을 잊지 못했다.

그래서였을까, 막스가 결혼한 후에 우리는, 아니 정확히 말하면 막스는 '헤밍웨이 게임'을 만들었다. 이 게임의 용어나 이데올로기는 모두 내가 생각해낸 것이고, 게임 스타일과 전략도 내가 구상했다. 하지만 이 게임의 핵심 원칙은 막스의 머리에서 나왔다. 그래도 내가 막스보다 이 게임을 백 배는 더 잘했다. 막스는 자주 집중력을 잃고, 산만해져서 게임을 중간에 그만두려고 했다. 나는 그때마다 막스를 붙잡아서는 다시 바로잡아 놨다. 헤밍웨이 게임을 잘한 것은 나였지만, 게임 자체를 생각해낸 것은 막스였고, 그것은 막스가 결혼하고 난 후였다.

집을 나서서 공항으로 출발하기 오 분 전, 나는 스웨터와 셔츠를 두고 뭘 입을지 사오 초 동안 고민했다. 스웨터는 셔츠보다 실용적이고 따뜻하다. 하지만 갑자기 그녀를 만날 수 있게 된다면, 갑자기 그녀에게 전화할 구실이 생긴다면, 그녀에게 할 말을 생각해내고 만나기로 한다면, 그렇다면 나는 반드시 셔츠 차림이어야 했다. 반드시! 이럴 때 양복과 넥타이는 어울리지 않는다. 의도가 있는 것 같고 어딘지 경직되어 보일 것이다. 좋은 셔츠와 청바지, 트위드 재킷의 조합이 좋다. 아주 질 좋은 셔츠 말이다. 셔츠는 내가 가장 좋아하는 옷이다. 하얀 셔츠, 그냥 일반적인 하얀 셔츠 말이다. 그게 바로 내가 가장 좋아하는 셔츠다. 결국 나는 셔츠를 입고 막스를 마중하러 나갔다.

나는 입구에 주차되어 있는 차로 가서 문을 열었다. 주위는 아직 어두컴컴했지만, 이미 대부분의 차가 빠지고 몇 대 남아 있지 않았다. 나는 차에 앉아 시동을 걸었다. 내가 시동을 걸자마자 옆 주차장에 있던 차의 헤드라이트가 켜졌다. 나는 그 헤드라이트 쪽을 봤지만, 두 개의 헤드라이트가 환하게 빛나고 있어서 자동차 브랜드와 그 안의 사람, 혹은 사람들을 볼 수 없었다. 나는 잠시 차를 데운 후 거리로 차를 몰았다. 내 뒤에서 헤드라이트가 움직였고, 내 차의 백미러를 비쳤다. 거리에는 다른 자동차도 많았지만, 한동안은 바로 뒤 차의 헤드라이트만 느꼈다. 그러다 큰길로 진입하면서 그 헤드라이트는 잊어버렸다.

셔츠는 헤밍웨이 게임에 꼭 필요한 아이템이다. 헤밍웨이 게임을 제대로 하려면 옷을 아주 잘 차려 입어야 한다. 하지만 옷차림에서 꼼수가 드러나서는 안 된다. 무심한 듯하면서도 멋져야 한다. 옷은 나이에 상관없이 누구나 입을 수 있는 것으로 고른다. 옷으로 나이의 흔적을 지우되, 세대는 짐작할 수 있도록 해야 한다. 또한 옷차림만으로는 이 이상한 헤밍웨이 게임에 참여하는 선수들의 교육 수준이나 직업, 수입, 사회적 지위를 예측할 수 없어야 한다. 하지만 대신 일종의 이질감이나 신비함, 진지하면서도 비밀스런 경험이 있는 듯한 분위기를 표현해야 한다. 그런 면에서 흰색 셔츠는 최고의 선택이다. 넥타이는 당연히 매지 않는다! 앞서 언급한 질 좋고 활동적인 재킷을 걸치는 것도 괜찮다. 바지에 대해서는 할 말이 없다. 선택의 폭이 너무 넓다. 반면 구두는 무조건 최고급이어야 한다. 클래식하면서도 영국적이고, 닳아 있지만 극성스럽게 보이지는 않을 정도로 관리되어 있어야 한다.

"뭔가 있어 보이는데, 안 그래?"

구두는 이런 말을 이끌어낼 수 있을 정도여야 했다. 그런데 이 부분에서 막스에게 늘 문제가 있었다.

이것 말고도 더 있다. 헤밍웨이 게임을 하는 선수들은 헤밍웨이의 이름인 어니스트 외에 다른 가명은 사용할 수 없다. 그리고 게임을 하는 중에는 어떠한 휴대용 통신장비를 가지고 있어서도 안 된다. 그러면 게임 자체가 안 된다.

처음에는 게임이 잘 흘러갔지만, 점점 새로운 게임 규칙들이 추가되었고, 기술이 개발되었다. 정확히 말하자면 게임의 기술이 하나둘 생겨났다.

헤밍웨이 게임은 혼자서도 할 수 있지만, 혼자서는 그리 재미있지 않기 때문에 관객 역할을 해줄 파트너가 필요하다. 셋이서는, 아직 해본 적은 없지만 아마 불가능할 것이다. 둘이서 하는 게 이상적이다. 아, 그런데 아직 나이가 차지 않았다면 헤밍웨이 게임은 하지 않는 편이 좋다.

이제 두 명의 어니스트가 게임을 하러 간다. 게임 장소로는 유행하는 카페나 시끄럽지 않은 클럽을 골라야 한다. 장소가 도시 중심부에 있는지 아닌지는 중요하지 않다. 그리고 그 장소에 처음 가는 것이 아니더라도 마치 처음 가본 것처럼 행동해야 한다. 바텐더나 종업원에게 그곳이 어떤지 등을 물어보는 장면을 연출해야 하기 때문이다. 약간 어색해하면서도 부드러운 웃음을 잃지 말아야 한다. 대놓고 뭔가를 찾는 눈빛으로 여성의 얼굴이나 몸매를 훑는 건 절대 안 된다. 내가 말하는 눈빛이 어떤 눈빛인지 다들 잘 알 것이다. 어니스트는 속을 알 듯 모를 듯하면서도 모든 여자가 빠지고 싶어 하는 그런 눈빛을 하고 있어야 한다.

반대로 여자 쪽에서 보내는, 뭔가를 갈구하는 시선도 외면해야한다. 작정하고 온 여자와 몸 파는 여자들도 절대 상대하지 않는다. 너무 어린 여자도 피하는 게 좋다. 어린 여자들은 감사할 줄을 모르기 때문이다. 조금도 감사할 줄 모른다. 티가 날 정도로 술에 취한여자는? 물론 추천하지 않는다. 게임에 적당한 여자는 언제 어디에나 있으니 걱정할 것은 없다.

여자는 혼자 있을 수도 있고, 여러 명이 무리 지어 있을 수도 있다. 물론 숫자가 많다고 해서 주춤할 필요는 없다. 몇 명인지는 중요하지 않고, 남자와 함께 왔는지만 보면 된다. 두 명의 어니스트에게는 퇴근 후에 삼삼오오 모여 잠깐 한잔 하러 온 여자들이 딱 좋다. 어니스트와 비슷한 연배의 경제력이 있지만 늘 바쁜 남편이 있고, 아이를 떼어놓고 나온 여자도 이상적인 상대다. 하지만 뭐니 뭐니 해도 최고는 남자친구와 싸웠거나 기분 나쁜 일이 있어서 바에혼자 앉아 있는 우아한 여성이다.

만남은 자연스럽게 이뤄져야 한다. 하지만 만남을 갖기 전에는사람들의 관심을 끌어야 한다. 예를 들어 종업원도 모르는 아주 특이한 칵테일을 주문하고는 거절당하는 거다. 그러면 지배인을 부르는데, 이때 변덕스럽거나 깐깐해 보이면 안 된다. 반대로 정중하며사려 깊어 보여야 한다. 그런 다음 바에 가서 아까 거절당한 칵테일을 만드는 법을 바텐더에게 가르쳐준다. 이때 바텐더나 지배인 중한 명을 웃기면서도 본인은 우수에 찬 눈빛을 유지하면 더 좋다. 게임 파트너는 이때 일어나는 일들을 주의 깊게 미소를 머금고 관찰

한다. 파트너는 반드시 다른 한쪽을 계속 지켜보아야 하는데, 이때 파트너에게 지나치게 참견하지는 않되, 그가 여자에게 추파 던지는 것을 용인해서는 안 된다.

어니스트는 이런 식으로 자신을 드러낸다. 그리고 나서 여자들 혹은 여자에게 다가가 합석한다. 시간이 좀 지나고 나면 어니스트는 모든 상황을 통제해야 한다. 분명히 말해두는데, 헤밍웨이 게임에는 돈이 좀 든다. 음료를 주문해야 하기 때문이다. 어니스트는 기지가 넘치면서도 사랑스러워야 한다. 예를 들면 어니스트끼리 눈에 띄지만 적의는 없이 티격태격하면서 매력을 어필하는 방법도 있다.

특히 중요한 점은 만난 여인에게 매료되어야 한다는 것이다. 이 감정은 반드시 솔직하고 순수해야 하며, 강요나 유혹에 휘둘려서는 안 된다. 그러면서도 반드시 달콤해야 한다. 진정한 달콤함 말이다! 여자를 볼 때는 눈을 응시해야 하고, 시선을 돌리면 안 된다. 과감하게 칭찬을 하고, 그녀의 모든 것에 진정으로 관심을 가져야 한다. 이때 성가시게 굴지 말고 상처받은 사람처럼 살짝 우수에 젖은 모습이어야 한다. 삶에 상처를 받은 것처럼….

어니스트는 위험하지 않고 믿을 만하며 또 완벽하게 진실한 분위기를 조성해야 한다! 갑자기 어떤 욕구나 유혹이 생길 경우 갈등하는 모습은 숨기지 않되, 극복해야 한다. 다시 말해 저녁 내내, 혹은 자정이 넘은 몇 시간 동안 전화번호를 교환하자고 제안할 생각조차 못 하도록 아슬아슬하게 미묘한 만남을 이어가야 한다. (바로 이 부분이 막스에게 가장 취약한 부분이다.)

다시 말해 게임이 순조롭게 진행될수록 다시는 만날 일이 없다는 게 분명해져야 한다. 앞으로 다시는! 하지만 가늘디가는 희망의 끈은 남겨둬야 한다. 그리고 이 미묘한 경계가 모호해지려는 찰나 헤어져야 한다! 무슨 일이 있어도 여자를 집까지 데려다줘서는 안 된다. 그렇게 되면 그녀가 어디 사는지 알게 되니까. 그 순간 희망의 끈은 거짓으로 변하거나, 혹은 아주 강렬해진다. (이 부분에서 막스가 게임의 룰을 지키는 것은 어려워진다.)

콜택시를 부르거나 택시를 잡아서 여자를 태워 보내기 전에 마지막으로 아주 가까이서 여자의 눈을 응시한다. 그리고 어니스트는 그 자리에 남아 있다. 이때 비나 눈이 내려주면 최고다. 떠나가는 자동차 뒤로 미동도 없이 서 있는 두 어니스트들의 실루엣이 보인다. 어니스트는 꼼짝 않고 서서 떠나는 모습을 지켜봐야 한다. 오랫동안!

클럽에서 바로 작별인사를 하고 떠나거나, 여자가 나가는 모습을 보면서 쓸쓸히 탁자에 앉아 있을 수도 있다. 그것도 시도는 해봤지만, 그리 만족스럽지 않았다. 밤과 비, 눈 혹은 눈 섞인 비가 내리는 풍경을 뒤로하는 게 훨씬 멋지다.

달리는 택시에 몸을 맡긴 여자들은 실현되지 못한 아쉬움을 느끼며 이렇게 생각할 거다. '이것 봐, 이런 일도 있을 수 있잖아! 세상에는 그런 남자도 있다니까.' 여자들은 집으로 향하는 택시 뒷좌석에 앉아 분명 미소짓겠지.

한편 두 어니스트들은 게임이 끝났다고 "좋았어!"라고 소리쳐서는 안 된다. 게임에서 승리한 것을 자축하며 악수해서도 안 된다. 대신 우울한 모습으로 유유히 집에 돌아가며 이렇게 생각한다. '이런 일도 일어나는구나.'

게임이 늘 이렇게 흘러가는 것은 아니다. 이런 식으로 게임을 하는 건 쉽지 않다. 하지만 성공하면 (날 믿어보라.) 기분이 굉장히 좋다. 정말 끝내준다. 어찌나 기분이 좋은지! 게다가 부끄러움을 느끼지 않아도 된다!

순환도로에서 공항 방면으로 꺾기 위해 오른쪽 차선으로 들어섰다. 푸른 바탕에 화살표와 하얀 비행기가 그려진 표지판이 보였다. 공항 방향임을 알려주는 표지판이다. 그걸 보고 심장이 설렘으로 뛰다가 안정을 찾았다. "안 돼, 그러지 마…. 우리는 비행기 탈 일이 없다니까." 나는 내 심장에게 말했다. 심장이 표지판의 하얀 비행기와 공항 가는 길 표시를 보고 들떴지만, 잘못 짚었던 거다.

나는 아무데도 가지 않으니까. 하지만 어디든 갔어야 했던 것일지도 모른다. 그녀가 이곳 모스크바에 있어서 유감이다. 그녀가 모스크바가 아닌 다른 곳에 있다면 당장 그녀에게 날아갔을 텐데. 그리고 전화해서는 이렇게 말했을 거다. "저 방금 모스크바에서 비행기를 타고 왔어요. 당신을 보러 온 거예요." 모스크바에서 온 사람에게는 왠지 존경스러운 마음이 들고, 뭔가 중요한 일이 있어서 온 거라고들 생각한다. 그런데 다른 도시에서 모스크바로 온 사람에 대해서는 글쎄, 오면 오는 것 아니겠는가. 모스크바로 들어오는 사람이 하루에도 얼마나 많은지 모른다.

막스의 비행기는 역시나 늦어지고 있었다. 심하게는 아니지만, 어쨌든 연착하고 있었다. 그러니 막스도 당연히 늦어질 수밖에 없었다. 나는 카페를 찾아 나섰다.

아침 시간인데도 공항에 사람이 굉장히 많았다! 푯값이 싼 것도 아닌데 이렇게 많은 사람이 비행기를 이용하다니 놀라웠다. 공항 매점과 상점에서 쓰레기 같은 것들을 얼마나 많이 파는지 모른다. 그것도 일반 상점보다 훨씬 비싸게 말이다. 팔고 있는 걸 보니 분명 사는 사람들도 있는 것이다. 사람들은 모든 것을 산다.

나는 플라스틱 컵에 담긴 맛없는 인스턴트 커피를 마시며 항공편의 도착과 출발 등을 알리는 웅웅거리는 안내방송을 들었다. 하지만 그 순간에도 나는 단 한 가지만 생각하고 있었다.

'그녀를 깊이 사랑해! 아주 깊이!'

그녀를 처음 본 건 여름이었다. 야외 피크닉이 아니라 교외 주택에서 있었던 집들이 모임이었는데, 아주 다양한 사람들이 모였다. 집주인의 친척들과 그의 친구들이 잔뜩 온 데다, 그들의 아이들까지 왔다. 모두들 서로 잘 아는 사이였지만, 나는 집주인 부부 말고는 아는 사람이 없었다. 나는 그 집을 지은 사람이었다. 나는 건축가다. 그러니까 나는 건축가다! 하지만 실상은…. 이 부분에 대해서는 조금 후에 이야기하겠다. 어쨌든 나는 건축 일을 하고 있고, 그 집은 내가 건축했다.

그 집은 기둥이 세워진 큰 저택이었다. 내 마음에는 들지 않았지만, 집주인의 친척들과 친구들은 너무나 좋아했다. 사람들은 집안과 아직 마무리 작업이 끝나지 않은 마당에 흩어져 있었다. 입구에서는 샤슬릭(역자 주_ 러시아 꼬치고기 바비큐 요리)을 굽고 있었다. 집주인 친구들은 나에게 그 집과 비슷한 스타일의 다른 저택 설계를 당장 의뢰하고 싶어 했고, 나는 그들에게 명함을 나눠준 후 슬슬 빠져 나오려던 참이었다.

그녀는 좀 전에 내 명함을 받아간 남자 옆에 있었다. 그 남자는 오십 대로 키가 크고 피부가 상당히 그을어 있었다. 매력적이었지만, 지나치게 특이한 모양의 턱수염을 공들여 손질한 티가 났다. 그는 그날 모인 사람들과 모두 아는 사이였으나, 그녀는 그렇지 않았다. 그 남자는 끊임없이 그녀를 이 사람 저 사람에게 소개하고 다녔다. 나도 그녀와 만나 자기소개를 했고, 무언가를 말했다. 그녀도 마찬가지였다. 하지만 나는 그녀의 이름조차 기억하지 못했고, 헤어스타일을 비롯한 그녀의 다른 특징들 역시 머릿속에 담아두지 않았다.

나는 그곳을 떠나 샤슬릭을 굽고 있는 또 다른 모임으로 갔다. 그런데 다음날 아침부터 그녀가 생각나기 시작했다. 낮에는 이렇게 생각했다. '그녀는 지금 뭘 하고 있을까? 궁금하네.' 그리고 저녁에는 '그녀와 멍청한 수염을 기른 그 남자는 무슨 관계지? 아니, 그녀는 왜 그 남자와 다니는 거지? 거머리, 분명 거머리 같은 인간일 거야'라고 생각했다. 나는 여름을 지나 초가을까지 그녀를 떠올렸다.

우리가 다시 만나게 된 건 지금으로부터 한 달 전이었다. 그때부터 나는 잠드는 데 성공한 날이면 아침에 눈을 뜨자마자 아프다고 생각했다. 그렇게 한 달을 마치 영원한 하루처럼 살았다. 하루가 끝나지 않고 있었다. 나는 한 가지 생각에만 사로잡혀 있었다. '나는 그녀를 너무나 사랑하고 있어!'

마침내 막스가 탄 비행기가 착륙했다. 쩌렁쩌렁 울리는 여자 목소리로 안내방송이 흘러나왔다. 나는 입국장으로 갔다. 꽃을 든 사람, 피켓을 든 사람 그리고 빈손으로 온 사람들이 서 있었다. '막스 류드비그슨'이란 이름이 쓰여 있는 피켓도 있었다. 막스가 그 피켓을 발견한다면, 그리로 다가가 자신이 바로 막스라고 할 거라는 생각이 들었다. 하지만 막스 류드비그슨 씨는 내가 기다리는 막스보다 먼저 나왔다. 막스 류드비그슨은 장신에 코가 큰, 녹색 코트를 입은 사내였다. 그에게서 강렬한 권태가 풍겼다. 그 뒤로 커다란 털모자를 쓴 아줌마와 아저씨 무리가 쏟아져 나왔다. '막스의 비행기인가 보군.' 나는 생각했다. 막스는 맨 마지막으로 등장했다.

그는 옷깃을 풀어헤치고 모자와 목도리는 손에 들고 있었다. 재킷을 열어젖히고, 셔츠의 단추를 절반은 푼 채였다. 머리는 사방으로 뻗치고 얼굴은 수척했다. 그리고 그의 얼굴에는 이전에는 없던 턱수염과 콧수염이 바보 같은 모양으로 자리 잡고 있었다. 그는 나를 보자마자 웃음을 터뜨렸다. 기쁨의 웃음이었다. 세상에, 내가 어떻게 막스 없이 살 수 있겠는가!

우리는 아주 힘껏 얼싸안았다. 막스는 웃었다. 그에게서는 술 냄새가 강하게 풍겼다. 비행기에서 술을 마신 게 틀림없다. 그는 비행기 타는 걸 무서워하니까.

우리는 한참 동안 내 차를 찾지 못했다. 어디에 주차했는지 도통 기억나지 않았다. 내가 공항에 왔고, 어딘가에 차를 세워둔 건 분명하다. 그러니 내가 지금 공항에 있는 거겠지. 그런데 어디 세웠는지가 기억나지 않았다. 그녀 생각하느라 주차 위치를 까맣게 잊고 있었다. 막스와 나는 주차된 차들을 따라 걸었다. 막스는 걸으면서 셔츠의 단추를 잠그고 쉴새 없이 뭔가를 말하느라 계속 뒤처졌다.

내가 그녀를 다시 만난 건 한 달 전 대형 코스메틱 살롱의 개업 축하파티에서였다. 그 살롱은 내 동료가 설계했다. 나는 뻔한 유행 요소들을 한데 모아놓은 또 하나의 살롱을 보기 위해 간 것이었다. 이 살롱에 재미있는 요소가 하나도 없다는 걸 확인하고 싶었고, 친구의 성공을 축하하면서도 다른 동료들과 그의 험담을 하고 싶었다. 그곳에 간 두 번째 이유는 이런 행사에는 아름다운 여자들이 많기 때문이다. 그런 여자들은 모두 이런 종류의 파티를 지루해한다. 그러니까 다양한 기회가 있다는 뜻이다.

나는 건축가다. 그러나 '판에 박힌 건물'을 만들고 시대를 기록하는, 나라에서 고용한 건축가는 아니다. 나는 도시 외관에 영향을 끼치지 않았다. 단지 근교에 집을 몇 채 지었을 뿐이다. 그 중에서 어디 내놓아도 부끄럽지 않은 저택은 네 채고, 그 중 한 채를 꽤 자랑스럽게 생각한다. 웬일로 나의 관점과 주문자의 희망사항이 맞아

떨어져서 멋진 결과물이 탄생한 것이다. 그 저택은 건축 잡지에도 자주 실렸다. 내가 지은 다른 건축물도 나쁘지는 않지만, 타협의 산물이니 재미없는 건물이 될 수밖에 없었다.

주택 말고 건물의 한 층을 리모델링한 경험은 꽤 많다. 다양한 가게와 카페(두 군데), 헬스장도 설계하고 만들었다. 나는 이 작업을 그다지 좋아하지 않는다. 가장 싫은 점은 내가 지금 하고 있는 곳이 가게든, 카페든, 곧 사라질 것이라는 생각이 든다는 것이다. 아니, 정확히 말하자면 그것은 생각이 아니라 분명한 사실이다. 리모델링을 해도 얼마 지나지 않아 내가 설계한 카페를 내 동료가 미용실이나 안경점으로 다시 설계한다. 틀림없이 그렇게 된다. 나는 불과 몇 년 전에 내가 리모델링한 상점들을 부수는 걸 봐야 했다. 내가 그 일로 상처를 받은 것은 아니지만, 기분은 언짢았다.

물론 막스와 내 차를 찾는 동안에는 건축에 대해 생각할 정신이 없었다. 어디에, 어떻게 주차했는지도 기억하지 못하는 마당에 건축이 웬 말인가.

내 자동차는 페라리나 포르쉐가 아니다. 왜인지 모두들 건축가는 그런 차를 몰 거라고 생각한다. 그런 건축가도 있긴 하다. 유명한 건축가들인데, 나로선 그들이 살고 있는 세계가 어떤 곳인지 알 도리가 없다. 나는 그런 사람들과 개인적으로 아는 사이가 아니며, 보통의 사람들처럼 잡지에서나 그들을 본다. 내 생각에 그런 건축가들은 아무것도 짓지 않고 그저 손가락으로 여기저기 삿대질하는 게 전부인 인간일 것이다. "손가락으로 삿대질하지 마세요! 그

건 버릇없는 행동입니다!"라고 그들에게 고함치는 사람이 아무도 없을 것이니, 뭐 그들은 그래도 된다. 그런데 나는 그런 부류가 아니다! 나는 어떤 건축자재가 새로 출시됐는지, 어디에 가야 싸게 구할 수 있는지 잘 알고 있다. 욕도 시원하게 할 줄 안다. 왜냐하면 건설 현장의 인부들은 욕을 잘하고, 다른 언어는 이해하려 들지 않기 때문이다. 나는 정말 모든 사람과 대화하는 법을 알고 있다. 게다가 내 생각에 나는 좋은 사람인 것 같다.

고향에서 나는 유부남이었다. 이혼한 후에 모스크바로 왔다. 하마터면 내 결혼생활이 불행했다고 말할 뻔했다. 사람들은 누군가 이혼하면 그 결혼생활이 실패한 것이라고 생각한다. 이혼한 사람들은 오랜 세월을 함께 행복하게 지내다가, 나중에 무언가가 변해서 헤어지게 된 것이다. 그것을 모두 실패라고 할 수 있을까? 적어도 나는 내 결혼이 실패였다고 말하지 않겠다. 행복한 순간도 많았고, 비교적 원만히, 심지어는 둘 다 감사하는 마음으로 헤어졌다. 하지만 나는 이 얘기는 하고 싶지 않다. 지금은 못 하겠다.

나는 지금 이 상황을 참을 수 없었다! 이럴 수가, 내가 뭐 때문에 사랑에 빠진 거지?

"너 얼굴이 새파랗게 질렸는데, 혹시 사랑에 빠진 거야?"

막스가 내 뒤를 쫓아오며 말했다.

"내 말 듣고는 있어?"

"난 네 수염이 싫어!"

"멋진 수염인데 왜 그래, 삼 주나 길렀다고!"

"당장 밀어버려. 그런데 내 차는 도대체 어디 있는 거야? 제기랄!"

드디어 내 차를 발견했다.

"세차는 하고 사는 거야?"

막스가 일부러 과장해서 깔끔한 척하며 문을 열었다.

"그러는 너는 양치질은 하고 사는 거야?"

내가 이렇게 말하자 막스는 아이처럼 손으로 입을 가렸다.

"비행기는 무섭단 말이야! 엄청 무섭다고! 사샤, 나는 커피랑 빵을 먹고 싶어. 그리고 샤워도 너무 하고 싶어!"

막스는 지붕 모양으로 눈썹을 만들었다. 그만이 할 수 있는 표정이었다.

그렇다. 내 이름은 사샤다.

막스는 뚱뚱한 건 아니고 탱탱하다고 할 수 있다. 그는 살찌는 게 아니라 점점 더 탄력적으로 변하고 있다. 다시 말해 나이가 들수록 상태가 좋아지고 있다. 막스가 살을 뺀다면 아무도 그의 몸매가 좋아졌다고 말하지 않을 것이다. 오히려 다들 그가 아팠던 건 아닌지 궁금해할 거다. 날씬한 막스는 상상이 안 된다. 막스는 변하지 않는 부류의 사람이다. 학창 시절 사진이나 심지어는 유치원 시절의 단체 사진에서도 막스를 바로 찾을 수 있다. 하지만 지금 그 수염은 너무나 이상했다!

우리가 모스크바로 진입하고 있을 때 막스가 물었다.

"그러니까 내 수염이 이상하다는 거지?"

"사람 수염이 아닌 것 같아! 더 이상 최악일 수는 없을 거야."

"어니스트한테는 이런 수염이 어울릴 것 같았는데."

"어니스트는 무슨, 네 모습은 시베리아의 투우사 같아."

나는 다시 한번 막스의 수염을 노려봤다.

"어떻게 그런 수염이 있을 수 있는지, 정말 최악이다!"

"그래그래, 난 삼 주 동안 면도를 못한 것뿐이야. 그런데 그 모습으로 거울을 보니까 내가 마치 장사꾼이나 강도같이 보이더라고."

"장사꾼이나 강도면 양반이지. 뭔가 비밀스런 구석이 있는 시베리아 금광의 광부, 아니 살인자라고 해도 괜찮을 거야. 그런데 너는 완전히 오페레타(주_구어체 대사와 화려한 춤, 관현악이 어우러진 오페라)에나 나오는 등장인물 같다고. 심지어 술에 취한 등장인물 같다니까!"

"나는 그저…."

"그 수염을 밀기 전에는 너랑 주유소에 들르는 것도 망설여질 정도야."

"난 널 재미있게 해주고 싶었던 거라고. 그러니까 수염을 안 기르는 게 낫다는 거지?"

막스는 거울 쪽으로 몸을 돌려 턱을 쭉 내밀고는 수염을 봤다.

"마음대로 해! 너 지금 나랑 같은 걸 보고 있는 거 맞지? 지금 거울을 보니까 어때, 마음에 들어? 잘 봐, 이건 완전히… 너는 네 얼굴을 장군과 병사 사이의 어중간한 무언가로 만들어버렸다니까.

그리고 장군과 병사 사이라는 건 바로 바보 같다는 뜻이라고! 그것도 허영심 넘치는 바보 말이야."

"사샤, 난 수염이 고르지 않게 나서 한번 길러보고 싶었을 뿐이야. 그냥 그뿐이라고. 그렇게 화낼 거 없어. 차에서 내리면 바로 면도부터 할 거야."

"군데군데 자라면 자라는 대로 내버려두든가, 아니면 아예 밀어버리든가 해야지. 지금 네 수염은 턱수염이든, 볼수염이든 진짜 이상해. 끔찍 그 자체라고. 다행히도 사람에겐 얼굴이 있어! 누구든 코와 입이 있지. 그런데 누군가가 수염을 기르고 손질하기 시작한 거야. 그리고 거울을 봤는데 매우 만족스러운 거야. 만족스러웠다고. 알겠어? 이상하다고 생각했다면 밀어버렸거나 수염 형태를 바꿨겠지. 그런데 그러지 않았어! 그는 딱 그 수염이 마음에 들었던 거야. 그러니까 자기 자신에게 만족했던 거지. 진심으로, 의심의 여지없이 만족했던 거야. 난 도저히 이해가 안 돼! 사람들은 열정적이고 진중할수록 수염에 신경 쓰더군. 그런 뱃사람 특유의 턱수염은 '나는 지적이지만, 낭만적이고 자유롭기도 해'라고 말하는 것 같아. 그리고 저질스런 삼각수염도 마찬가지야. 놀랍지 않아? 사람들이 삼각수염을 염색하기도 한다니까. 막스, 염색을 한다고. 그런 수염을 퍼뜨린 스페인 개척자들은 정말, 젠장 맞을."

나는 흥분해서 차를 점점 더 빨리 몰았다.

"한쪽 머리카락만 기른 민머리 사람들은 또 어떻고. 한쪽의 머리카락을 길게 길러서 땀에 전 머리카락을 없는 쪽으로 빗어 넘기는 거야. 구역질 나, 아주 구역질 난다고! 그렇게 덮어놓은 민머리 부분은 마치 분을 바른 여드름처럼 역겨워서 도저히 참을 수가 없어! 내가 그 머리를 싹 밀어버리거나 그 광경을 잊을 방법도 없고 말이야. 그런데 중요한 것은 그 사람들도 거울을 본다는 거야. 그리고는 스스로의 모습에 만족하는 거지. 놀랍지 않아? 도무지 이해할 수 없다니까!"

"면도한다고 했잖아, 면도할 거야. 나는 너랑 싸우고 싶지 않아. 도대체 네가 무슨 생각을 하는 건지 모르겠어. 수염이 있으면 어떻고 없으면 어때. 제길, 나는 그냥 농담한 것뿐이라고. 그런데 보아하니 모스크바에서는 이런 농담이 안 먹히는 모양이지?"

막스는 미소지었다. 그는 화내지 않았다. 그런데도 나는 왜인지 그렇게 행동해버렸다.

바로 그때 내 휴대전화가 울렸다. 시작이구나! 하루의 시작을 알리는 첫 신호였다. 최근 한 달은 벨이 울릴 때마다 그녀가 전화한 건 아닐까 하는 막연한 희망으로 심장이 두근거렸다. 그녀가 내 번호를 알고 있다는 사실이 얼마나 나를 우울하게 만드는지. 정확히 말하자면 그녀가 내 번호를 안다는 것 자체가 싫은 것이 아니라, 그녀에게 내 번호가 있다는 것 혹은 있었다는 것이 슬펐다. 어쨌든 나는 그녀에게 내 전화번호를 알려주었다. 내가 왜 그런 짓을 했을까? 그녀에게 내 전화번호를 준 순간부터 나는 그녀의 전화를 기다리게 되었다. 아주 끔찍한 일이다! 그녀의 전화번호를 이루는 숫자들은 내 머리에 각인되어 환하게 빛나고, 내 마음속은 온통 그녀에게 전화하고 싶은 생각뿐이었다.

코스메틱 살롱에서 다시 만났을 때 먼저 알아본 건 그녀였다. 누군가와 이야기를 나누다가 잠시 눈길을 돌렸는데, 그 순간 그녀의 미소를 보았다. 그녀는 미소를 머금은 채 나를 바라보고 있었다. 우리는 평범하게 인사를 나눴고, 여름에 만났던 일을 회상했다. 또 무언가에 대해 잠깐 대화를 나누기도 했지만, 여름에 만났던 이야기가 거의 다였다. 그리고 누군가 나를 부른 사이 그녀는 다른 사람에게로 가버렸다. 하지만 나는 여러 구실을 대며 그녀 혹은 그녀와 대화 중인 사람에게 접근했다. 주의 깊게 살펴보았지만, 여름에 그녀 옆에 있던 남자는 없었다. 그 남자가 없다는 것은 그녀가 다른 누군가와 왔다는 뜻이다. 그녀가 혼자 왔을 리 없다.

나는 격의 없이, 그러니까 그냥 이유 없이 물어보는 게 아니라 오히려 당연하다는 듯 그녀의 전화번호를 알아냈던 순간을 똑똑히 기억한다. 그녀는 주저앉아 나에게 명함을 줬다. 명함을 건네고 나서는 사과하더니 펜을 꺼내 명함 뒷면에 휴대전화 번호를 적어줬다. 나도 그렇게 했다. 그리고 그 직후부터 나는 그녀의 전화를 기다리기 시작했다.

그날 저녁, 그녀는 혼자였다. 시간이 조금 지나자 그녀는 누군가의 전화를 받으며 이렇게 말했다. "그래, 알겠어요. 지금 나갈게요." 나는 그녀가 외투를 찾아 입는 걸 도와주었다. 그리고는 그녀를 입구까지 바래다주었다. 그녀는 아주 잠시 나와 눈을 마주치고 반쯤

돌아선 후 미소지으며 손을 살짝 흔들어 보였다. 눈에 띌 듯 말 듯
한 작별의 제스처였다. 그녀는 가버렸다. 사뿐사뿐 걷다가 입구 맞
은편에 세워진 차로 빠르게 달려갔다. 차에서 한 남자가 내렸다. 여
름의 그 남자가 아니었다. 그는 운전석에 앉아 있다가 그녀를 보자
나와서 문을 열어주었다. 그녀는 차에 앉았고, 남자는 문을 닫아준
후 자신의 자리로 가서 앉았다. 그 안에서 아마 짧게 키스를 나누는
것 같았다. 그리고 차가 출발했다.

남자는 검은색에 가까운 어두운 색 옷을 입고 있었다. 점퍼 아니
면 짧은 트렌치코트였다. 좋은 차였고, 운전사는 없었다. 이렇게 좋
은 차의 운전석에는 당연히 주인이 앉아야 한다. 당연하지 않겠는
가? 저렇게 멋진 여자를 태우는데!

내게는 그녀의 명함이 있었다. 나는 그걸 눈앞으로 가져왔다. 거
기에 그녀의 이름이 있었다! 나는 그 명함에서 모델기획사라든가
디자이너라는 것 따위를 보게 될까 봐 두려웠다. 식이요법이라든
가, 법과 관련된 게 쓰여 있을까 봐 두려웠다. 그녀가 기자일 수는
없었다. 그것만은 분명했다.

아니다! 그녀는 여행사에서 근무하고 있었다. 견실한 대형 여행
사였다. 그녀는 항공운항을 담당하고 있었다. 나는 기뻤다. 비행기
라니, 너무 좋다. 나는 그녀가 준 명함에 키스했다. 곧 그녀가 어떤
경위로 그날 파티에 초대되었는지도 알게 되었다. 그녀에 대한 정
보를 더 수집할 수 있었다.

집에 갈 즈음에는 그녀에 대해 충분히 알게 됐다. 그녀는 새로

오픈한 코스메틱 살롱의 주인들 중 한 명과 아는 사이였고, 살롱 설계 작업에 참여한 내 친구 중 한 명도 그녀와 약간 아는 사이였다. 그들은 그녀가 아주 좋은 사람이며, 남편은 없고 여덟아홉 살 된 딸이 하나 있다고 알려줬다. 그리고 그들은 그녀가 정말로 아주 좋은 사람이라고 다시 한번 말했다.

여덟아홉 살짜리 딸이라니! 이럴 수가. 그녀는 아주 앳되어 보이는 동시에 성숙해 보였다. 정확히 말하자면, 나는 그녀가 연상일 거라고 생각했다. 실제로는 그렇지 않을지도 모르지만 말이다. 내 아들은 열 살이다. 하지만 왠지 그녀가 나보다 나이가 많을 것만 같았다. 그녀는 너무나 아름다우니까. 내 생각에 진정으로 아름다운 여성들은 모두 나보다 나이가 많은 것 같다. 그 중에서도 그녀는 너무나 아름다웠다.

그로부터 삼 일 후 나는 그녀에게 전화했다. 내가 그 삼 일을 어떻게 버텼는지 잘 모르겠다. 그 전에는 전화할 수 없었다. 그때도 너무 이른 감이 있었다. 하지만 더는 나 자신을 주체할 수 없었다.

3

막스와 나는 모스크바를 향해 달렸다. 어느새 주위가 밝아졌다. 희끄무레한 날이었다. 구름이 많이 낀, 바랜 것 같은 무채색의 겨울날, 그날 첫 전화는 그녀가 아니었다. 익살스러운 프랑스인 친구 파스칼이었다. 파스칼은 파리에서 온 건축가로 에너지가 넘치는 사십

대 남성이었다. 그의 아버지는 주 러시아 영사로 근무한 적이 있다고 했다. 파스칼은 러시아어를 아주 잘한다. 외국인 특유의 악센트도 없다. 대신 그만의 매력적이지만, 어색한 러시아어 표현을 쓰곤 했다. 파스칼만이 구사하는 일종의 방언이라고 할 수 있다.

파스칼과 이야기를 나누면 굉장히 재미있었다. 그는 모스크바에서 뭔가 이루기를 갈망했다. 파스칼은 큰 포부를 안고 두 달 전 모스크바로 와서 행동을 개시했다. 무엇도 멈추지 못할 것 같은 기세였다. 파스칼은 모스크바에서 지내는 것을 아주 좋아했다. 하지만 무엇인가 문제가 생겼는데 해결을 못 하고 있었다. 나는 파스칼을 도와주기로 약속했다. 뭘 어떻게 도와줘야 하는지 몰랐지만….

파스칼은 오늘 약속을 상기하려고 전화한 것이었다.

"사샤, 안뉘~엉! 내가 깨운 건 아니지?"

그는 저녁에 전화할 때조차 언제나 이렇게 물었다.

"아니야, 자고 있긴!"

"우리 오늘 만누아~기로 했잖아. 아직 유효한 궈~지?"

"벌써 가는 중이야."

"오! 그런데 어디로?"

파스칼이 물었다.

"파스칼, 날 시험하지 마, 응? 오늘 몇 시에 어디서 만나기로 했는지 잘 기억하고 있다고."

"좋았어. 그럼 곧 보자!"

그가 전화를 끊었다.

"잘나가는 프랑스인 건축가 친구 한 명 소개해줄까?"

내가 막스에게 물었다.

"좋지! 그런데 내 수염은 어쩌고?"

"그 친구는 프랑스 사람이야. 전혀 그 수염이 이상하다고 생각하지 않을걸! 내가 오늘 그 친구를 좀 만나 봐야 할 일이 있어. 오래 걸리지는 않을 거야. 거기 가면 커피랑 빵도 팔고 있을 거야."

"좋아! 그런데 내가 방해가 되지는 않을까? 그냥 나는 내 볼일 보고, 나중에 만나자. 일단 옷 좀 갈아입고 샤워를 하는 게 나을 것 같아서."

"막스, 볼일을 보고 만나자니 그게 무슨 말이야! 나는 네 운전사가 아니라고!"

"택시 타고 갈 거야. 너 내 말을 잘못 이해했구나!"

"막스, 그럴 필요 없어! 그럴 필요 없다고! 당연히 나는 네가 원하는 곳까지 데려다줄 수 있어. 그런데 좀 일찍 말해줄 수도 있었잖아, 응? 오늘 나 일하는 날이라고, 일하는 날! 어디로 데려다주면 되는데?"

"너 왜 그래? 왜 화를 내고 그래? 배웅 나올 수 없으면 나오지 말지 그랬어. 그럼 됐을 거 아냐. 차 잡게 나 내려줘."

"막스! 어디로 갈 건데?"

"됐어!"

막스가 고개를 휙 돌렸다.

"그 프랑스인 친구 어디서 만나기로 했는데? 일단 거기로 가자.

그다음은 그때 가서 생각해보고."

우리는 얼마간 침묵 속에 있었다.

"막스, 미안해!"

막스는 대답하지 않았다. 다시 침묵 속에서 이동했다.

"막스, 미안하다고 하잖아."

"알았다고."

막스는 내 쪽은 보지도 않고 고개를 끄덕였다.

나는 우측 깜빡이를 켜지 않고서 오른쪽 차선으로 넘어갔다. 그러다 하마터면 보도를 들이받을 뻔했고, 간신히 차를 세웠다. 나는 그 즉시 차에서 달려나가면서 문을 쾅 닫고는 소리를 질렀다. 아주 큰 소리로. 많은 사람이 나를 힐끗 쳐다봤다. 단발의 비명이었다. 그것은 마지막 날숨의 순간에 나오는 비명이었다. 그러고 나서 신음한 후 앞으로 고꾸라져서는 흐느끼기 시작했다.

4

파스칼은 푸시킨 광장에 있는 한 카페에서 나를 기다리고 있었다. 그는 창가 자리에 앉아 있다가 카페로 다가오는 나를 발견하고는 신나게 손을 흔들었다. 제기랄, 제발 저런 행동 좀 안 했으면.

나는 막스를 친척집에 데려다주고도 시간에 맞춰 올 수 있었다. 막스와는 점심식사 후에 통화하고 다시 만나기로 했다. 막스는 나에게 뭔가 얘기하고 싶은 게 있는 눈치였다. 나는 그 대화의 끝을 알고 있다! 우리는 도시를 돌아다니며 술을 진탕 마실 것이다. 막스는 술이 들어가자마자 모스크바에 정착한 같은 고향 사람들에게 전화할 것이다. 그러면 그들은 기뻐할 것이다. 혹시 그 전화가 반갑지 않다고 하더라도, 어쨌든 막스를 만나러 오겠지. 막스를 거부하는 건 불가능하다.

공연히 막스와 언성을 높였다는 생각이 들었다. 그 턱수염이 내 마음에 들었더라면…. 아니다! 그 턱수염은 정말 끔찍했다. 하지만 나의 행동은, 어쨌든 그렇게 행동해서는 안 되었다!

파스칼과는 정오에 보기로 했는데 벌써 열두 시 십오 분이었다. 그때까지 나는 그녀에게 전화를 걸 만한 적당한 구실을 찾지 못하고 있었다.

파스칼은 미친놈처럼 달려와서는 나를 얼싸안았다. 유럽의 형식적인 습관이나 볼 키스 인사가 아니었다. 이건 아주 행복한 사람의 과장된 습관이었다. 파스칼은 조금만 늦어도 얼마나 널 기다려야 하겠느냐는 듯 나무라는 태도로 손목시계의 유리판을 손가락으로 두드리는 습관이 있는데, 그 제스처를 이번에는 하지 않았다. 정작 파스칼은 자신이 늦었을 때는 별로 개의치 않으면서, 내가 늦었을 때는 볼을 부풀리고서는, 우리가 보기엔 이해가 안 되는, 아마 프랑스 특유의 것으로 보이는 제스처를 취하곤 했다. 그런데 무슨 이유에서인지 그날따라 파스칼은 아주 들떠 있었다.

"사샤! 고마워, 친구. 잘왔어! 나는 정말, 정말로 기뻐!"

파스칼은 머리를 올리고 레오파드 무늬 옷을 입은 여자가 앉아 있는 탁자로 날 데리고 갔다. 그 여자의 파인 가슴이 시선을 끌었던 탓에 나는 그 여자의 눈을 마주볼 수 없었다.

"사샤, 소개할게. 카테리나야. 모스크바에서 내 첫 고객이지."

천만 다행히도 나는 내 입에서 튀어나오려던 말을 가까스로 집어넣었다. 하마터면 '하지만 네가 이 여성분의 첫 고객이 아닌 건 분명하지!'라고 말할 뻔했다.

"카테리나는 알료샤의 친구야. 자, 서로 인사해!"

그는 카테리나를 향했다.

"소개할게요. 이쪽은 사샤. 내가 말한 사람이에요."

"사샤라고 합니다."

내가 최대한 웃으며 말했다.

"카챠(카테리나의 애칭)라고 해요."

그녀가 조용히 말했다. 그녀는 앉아서 손바닥을 아래로 향한 채 힘없이 늘어뜨린 팔을 나에게 내밀었다. 악수를 하라는 건지 손등에 키스를 하라는 건지. 나는 악수를 했다.

"카테리나는 알료샤의 여자친구야! 우리는 아주 흥미로운 프로젝트를 시작하려고 해. 정말로 웅장하고 대담한 프로젝트가 될지도 몰라!"

"잠깐 실례할게요."

나는 그 여성에게 양해를 구했다.

"파스칼, 무슨 소리야? 알료샤라니?"

"응? 알료샤말야! 우리가 보러 갔던 아파트 주인!"

나는 여전히 이해하지 못한 표정을 짓고 있었다. 사실은 누구를 말하는 건지 진즉에 알아차렸지만 말이다.

"알료샤 말이야! 대규모 리모델링으로 다락방을 만들고 싶어 했던 사람!"

파스칼이 확인했다.

나는 상황을 파악했다. 나는 파스칼이 누구 얘기를 하는지 당연히 알아차렸다. 하지만 내 귀를 믿을 수 없었다! 첫째, 구겨진 셔츠를 밖으로 내놓고 두툼한 벨벳 소재의 오래된 갈색 바지를 입은 이 프랑스인이 그 사람을 어떻게 알료샤라는 애칭으로 부르게 된 걸까? 친어머니도 어린 시절에조차 애칭으로 안 불렀을 것 같은 사람인데 말이다. 최소 백이십 킬로그램이나 나가는 거구에 목은 몸에 파묻히고 머리도 거의 벗어진 사내, 손이 커다랗고 아주 작고 파란 눈을 늘 가늘게 뜨고 다니는 교활한 표정의 사내를 파스칼이 알료샤라는 애칭으로 부르고 있었다.

만약 그 '알료샤'가 영화에 나오는 등장인물이라면 비평가들은 그 인물이 너무 과장되게 희화됐으며, 현실에 있을 법하지 않다고 지적할 것이다. 그런데 '알료샤'는 실제 인물이다! 그는 나와 같은 고향 사람이었다. 얼마 전 모스크바로 이주한 그는 프테치스친크에 있는 거대한 아파트를 구매했고, 같은 고향 출신인 나에게 호화 리모델링을 의뢰했었다. 보아하니 여자친구 카챠와 동거를 시작했나 보다. 그런데 고향에서 뚱땡이라고 부르던 그 사람을 파스칼이 알료샤라고 부른다는 건 말이 안 된다. 게다가 중요한 건, 내가 방금 들은 내용이 내 프랑스인 친구가 내 의뢰인을 가로채 갔다는 것을 의미한다는 사실이다. 어떻게 이런 일이, 젠장! 믿기지 않는다! 아주 돌아버리겠다!

카테리나 앞에는 잡지와 사진 그리고 파일들이 놓여 있었다. 파스칼은 늘 잡지와 사진을 가지고 다녔다. 우리가 그 '알료샤'의 집에 갔을 때도 파스칼은 그것들을 모두 갖고 있었다.

한번은 파스칼을 데리고 지인의 초대에 간 적이 있다. 내가 알고 지내는 착한 지인의 다차(역자 주_ 러시아의 전원주택)에 함께 놀러 갔을 때가 분명히 기억난다. 그때 나는 파스칼을 데려갔다. 파스칼은 훌륭한 익살꾼이다. 나는 좋아하는 사람을 즐겁게 해주고 싶을 때면 늘 파스칼과 함께 갔다. 파스칼은 내가 왜 자신을 데려가는지 아주 잘 아는 것 같았다. 하지만 그걸 알고 있다는 내색은 절대 하지 않았다. 무엇보다도 파스칼은 특유의 이국적인 러시아어로 사람들을 웃겼다. 특히 이상한 표현을 다양하게 만들어냈다. 예를 들면 이렇게 말했다. "그들이(누군가) 내 뇌 전체를 완전히 내려쳤다니까요!" 혹은 "그래서 내가 그런 건 대박 흥미 없다고 바로 말했죠!"라고 했다. 그는 이렇게 매력적으로 말하기도 했다. "내가 이 취한 인생에 얼마나 지쳤는지 몰라요" 혹은 "저는 셔츠를 매끈하게 펴야 해요!"라고 했다.

나는 이런 파스칼에게 '여인 비서'가 아니라 '여비서'가 맞는 표현이라고 도저히 말해줄 수 없었다. 이 밖에도 비슷한 예가 많다.

언젠가는 어떤 사람에 대해 "아마 그에게는 훌륭하지 않은 것들이 콤플렉스로 있나 봐"라는 명언을 남기기도 했다.

어쨌든 나와 파스칼은 아주 사랑스러운 사람들을 만나러 그들의 다차로 향했다. 하얗고 큰 목재 테라스와 돌보지 않은 정원이 있는 모스크바 근교의 고전적이고 훌륭한 다차였다. 우리는 어쩌다 보니 다차에서 시간을 지체하여 하룻밤 묵게 됐다. 즉 아침까지 술을 마셨다는 뜻이다. 다차 주인은 옆집 이웃이 자기네 집보다 훨씬 좋은 집을 팔아치웠다고 속상해했다. 그리고 그 멋진 집을 산 바보들은 이미 그 집을 허물었으며, 곧 그 자리에 드라큘라 성을 연상시키는 집을 지을 계획이라고 했다.

우리는 사람들의 멍청함에 대해 계속해서 이야기했다. 나는 모두 자신들이 건축가인 줄 착각하고, 건축가 행세를 한다고 말했다! 그런데 파스칼은 그 사람들에게 설명하고 잘 설득하기만 하면 모두 해결될 일이라고 확신했다. 나는 파스칼에게 쓸데없는 짓이라고 했다! 사람들은 어떤 게 세련된 것이라고 하면 다들 주변을 그런 식으로 도배하다시피 하고, 또 누군가가 겨울 정원을 만들면 모두들 따라서 정원을 만들어댄다. 중요한 것은 공사 의뢰인이 듣고 싶어 하는 말만 해주고, 다른 사람들 말에 휘둘리기만 하는 가짜 건축가들을 퇴치하는 것이다. 그런데 파스칼은 누구에게나 모든 것을 설명해주고 설득할 수 있다고 주장했다. 화가 난 나는 뭘 해도 되고 뭘 하면 안 되는지 아는 사람들마저도 이곳에 와서는, 실제로 아무것도 이해하지 못하면서 러시아인들이 환상에 사로잡혀 유럽 사람들을 엄청나게 동경한다는 점을 이용할 생각만 한다고 말했다. 어쨌든 상관없어! 이제 그럴 날도 얼마 남지 않았으니까! 파스칼은 '불싸움'하지 말자고 했다. (즉 말싸움을 그만두자는 뜻이다.)

결과적으로 나와 파스칼은 언쟁을 한 것이다. 나는 그에게 공사 의뢰인을 만나는 자리에 데려가겠다고 약속했고, 그때 마침 뚱땡이를 만날 일이 있었던 거다. 뚱땡이, 그러니까 '알료샤' 말이다. 나는 '실제 공사 의뢰인을 만나보고 뭔가를 설명할 수 있는지 한번 보라지'라는 심산이었다.

나는 뚱땡이 알료샤가 파스칼의 말을 이해하지 못할 것이라고 확신했다. 그게 일주일 전이었다. 나는 파스칼을 데리고 재건축과 대규모 리모델링을 맡은 아파트와 다락방을 보러 갔다.

알료샤는 유리창이 깨진 큰 방 중앙에 서서 우리를 기다리고 있었다. 벽은 허물어진 상태였는데, 그 잔해는 아직 치우지 않은 채 그대로 남아 있었다. 천장이 높은 오래된 집이었다. 파스칼은 아주 들떠서는 아파트와 다락방을 어떻게 바꿀 계획인지 물어보고는 밀림 같은 부서진 집을 뛰어다녔다. 나는 같은 고향 출신인 알료샤와 프로젝트의 세부사항을 논의했다. 알료샤는 그 모든 걸 그다지 중요하게 생각하지 않는 듯했다. 그는 '리모델링한 것 모두'가 마음에 들었던 집에 날 데려갔었다. 그는 그 집과 똑같지만, 더 고급스럽게 해주길 바랐다. 그리고 당구대가 꼭 있어야 한다고 했다. 그것도 큰 것으로. 그에게는 이미 모든 설계가 다 짜여 있었다.

파스칼은 다락방으로 뛰어갔다 돌아와서는 뭘 어떻게 할 수 있는지 도취되어 이야기하기 시작했다. 그 모든 게 얼마나 '웅장할' 것이며 '극적일' 것인지…. 그러더니 다시 뛰어갔다. 나는 파스칼이 내 동료라고 소개했고, 뚱땡이에게는 그저 외국인의 이름으로 흘려 들렸을 것이다. 그리고 이십 분 후에 이렇게 물었다.

"저 사람은 누군가?"

나는 파스칼을 내 친구이자 파리 출신의 잘나가는 건축가이며, 러시아에서 뭔가를 해보려는 친구라고 소개했다.

"물론 그렇겠지."

알료샤가 말했다.

"이제 모두들 어디가 값을 제대로 쳐주는지 아니까 말일세…."

나는 파스칼이 로맨티스트이며 이상한 것들을 만들기도 하지만 아주 재능 있는 친구라고 했다. 바로 그때 파스칼이 자신의 작품이 실린 잡지와 사진을 나에게 내밀었다. 나는 얼떨결에 그걸 받아들고 설명하기 시작했다.

"그러니까 보세요. 이게 이 친구가 만든 겁니다."

나는 건축 잡지에 실린 파스칼의 작품을 보여줬다. 전체가 철로 된 골격과 유리로 이뤄진 건물로, 중요한 작품이었다. 이 건물은 프랑스의 북부 작은 도시에 있는 시립미술관이었다. 파스칼은 사 년 전 이 건물로 상도 받았다. 나는 그에게 일부러 가장 야성적인 작품을 보여줬다. '이런 걸 만들어놓고도 감옥에 안 갔다고?'라든가 '러시아 사람들의 작품이 훨씬 더 아름답네' 같은 반응을 듣고 싶었기 때문이다. 하지만 알료샤는 사진을 주의 깊게 보더니 내 손에 들려 있던 브로셔를 가져갔다. 그리고는 페이지를 넘겨보기 시작했다. 파스칼이 돌아오자 뚱땡이는 한 사진을 손가락으로 가리키면서 쩌렁쩌렁한 목소리로 파스칼에게 물었다.

"자네가 설계한 건가?"

"그렇습니다! 그런데 오래 전 작품이지요."

"훌륭하군!"

뚱땡이는 나와 눈이 마주치고는 손가락으로 파스칼을 가리켰다. 파스칼이 마치 일하는 동물, 수달이나 너구리쯤 되는 듯이 말이다.

그게 전부였다. 파스칼과 알료샤는 더 이상 대화하지 않았다. 파스칼은 헤어질 때 뚱땡이에게 명함을 찔러준 게 전부였다. 뚱땡이는 인사하며 나에게 살짝, 그러나 충분히 들릴 만한 목소리로 물었다. "그러니까 잘나간다는 거지?"

나는 그런 편이라고 대답했다.

'너나 해먹어라!'

파스칼이 눈을 빛냈다. 그러고 보니 그의 왼쪽 눈이 오른쪽 눈보다 밝았다.

"알료샤는 카테리나에게 결정하라고 말했어. 그리고 우리는 다락방을 어떻게 바꿀지 생각 중이야. 한번 봐."

그는 나에게 자신이 그린 대담한 스케치들을 보여주기 시작했다. 그 중에는 그가 제일 좋아하는 철강 구조물도 있었다. 파스칼이 보여준 것들은 매우 야성적이었다. 파스칼의 집이라고 해도 야성적이었다. 레오파드 무늬 옷을 입은 카테리나는 물론이고, 뚱땡이 알료샤가 살 집이라고는 상상조차 할 수 없었다.

파스칼이 이야기하는 동안 나는 지금 나에게 일어나고 있는 일이 그녀에게 전화해 이야기할 만한 소재인지를 생각했다. 만약 그럴 만하다면 이 이야기를 우습고 재미있게, 또는 신뢰의 상실과 배반의 이야기로 각색해야 할 터였다.

"카테리나, 미안한데 잠시 저희 둘이서 이야기 좀 할게요."

파스칼이 우리의 조용한 여인에게 말했다.

카챠의 반응은 눈썹을 살짝 치켜 뜬 게 전부였다. 파스칼은 나를 한쪽으로 불렀다.

"사샤, 네 기분이 어떨지 아주 잘 알아!"

파스칼이 테이블에서 약간 떨어진 곳으로 나를 부르더니 차분하고 고른 목소리로 이야기했다. 그때는 외국인 억양을 전혀 섞지 않고 말했다.

"내가 너에게 어느 정도 사례를 해야 할까?"

"파스칼, 그게 무슨 소리야?"

그 물음을 전혀 이해할 수 없다는 당혹감이 나의 표정에 드러났을 거다.

"사샤! 나는 너에게 사례를 해야 해. 꼭 할 거야. 어느 정도면 될까? 원래 다 그러는 거야! 네가 도와준 덕에 좋은 의뢰를 받게 된 거니까 그 대가를 지불해야지. 퍼센트? 아니면 일정 금액으로 하는 게 좋을까?"

"이봐, 파스칼! 그런 건 어디서 배운 거야? 여기서, 아니면 프랑스에서?"

나는 아주 차분하게 이야기했다.

"사샤! 제발 내 첫 부인처럼 말하지 마!"

파스칼은 어떻게 따라 할 수 없는 '우리' 억양으로 이야기했다.

"축하해, 친구! 자네는 첫 스타트를 아주 잘 끊은 거라고. 그럼 난 가볼게. 자네가 잘돼서 난 진심으로 기뻐!"

나는 최대한 진정성을 발휘해 미소지은 다음 파스칼의 귀에 대고 크게 속삭였다.

"카테리나를 조심하는 게 좋을 거야. 알료샤가 널 한 방 먹이고 뒤집어씌울 수도 있어."

나는 그에게 손을 내밀었고, 그는 기계적으로 내 손을 잡아 악수했다. 나는 뒤돌아 카페를 나갔다. 서둘러 차까지 간 나는 운전석에 오 분간 앉아 방금 내게 일어난 일을 곱씹었다.

당장 이 사태를 파악해야 했다. 나는 최대한 상황을 정리해봤다. 첫째, 최소한 파스칼은 우리의 언쟁에서 이긴 거다. 둘째, 내가 뚱땡이를 위해 집을 수리하고 싶어 했든가? 아니다! 앞으로 뚱땡이 알료샤가 원하는 게 무엇인지 파악하기 위한, 그 지리하고도 단조로운 과정을 밟아야 할까? 아니다! 파스칼이 약삭빠르게 일을 처리했나? 그렇다! 나는 지금 사랑에 빠져 있나? 그렇다! 파스칼의 행동이 옳은가? 그렇지 않다! 감정이 상했다는 걸 표현한 게 옳은 일이었나? 그렇다! 그렇다면 다 좋은 거다. 이제 안심하고 막스와 술을 퍼마실 수 있다. 그리고 내가 우아하게 분노를 조절할 수 있었다는 게 얼마나 훌륭한 일인지. 아주 훌륭하다.

파스칼은 정말 영리한 것 같다, 그렇지 않은가! 트베르스카야 거리를 걷는 외국인들을 보라. 다리만 보지 말고 전체적인 움직임을 슬로모션으로 보라. 그들은 입을 살짝 벌린 채 헤실대며 걸어간다. 모두 순진하고 착해 빠져서 거친 세상을 헤쳐나갈 수 없을 것처럼 생겼다. 그런데 파스칼은 그렇지 않았다. 아주 영리하다!

나는 시동을 걸고 출발했다. 목적지 없이 일단 출발했다. 그녀에게 전화할 이유를 생각하고 또 지어내야만 했다. 파스칼과 보내기로 한 시간이 사실상 최소한으로 줄어드는 바람에 남는 시간이 생겼다. 뭔가를 할 수 있을 만한 시간이다. 예를 들면 그녀에게 전화하기라든가….

5

물론 그녀에게 전화할 필요가 없다는 것을 아주 잘 알고 있다. 반문의 여지가 없다! 전화해도 상황은 악화할 뿐이다. 모든 경우에 그렇다. 참지 못하고 전화해버렸다고 치자. 전화해야 하는 이유를 미리 지어낸 다음 손가락에서 뭔가 구실을 뽑아내 소중한 번호를 눌렀다고 하자. 그런데 그녀가 받지 않는 거다! 전화를 걸기 전에도 기분이 별로였는데, 전화를 건 후에는 완전히 견딜 수 없는 기분이 된다! 그녀는 왜 전화를 받지 않았을까! 벨소리를 못 들었나? 이번에는 또 왜? 전화 받기가 싫은 걸까? 혹시 번호를 저장해놓았는데

(그러니까 내 번호를 저장해뒀는데) 내 이름이 화면에 뜬 걸 보고 일부러 안 받은 건 아닐까? 왜? 나한테 질린 걸까? 혹시 바쁜 걸까? 아니면 누군가와 함께 있어서? 그녀는 왜 전화를 받지 않는 거지? 그녀가 모르는 다른 번호로 전화해 봐야겠다.

아니면 그녀가 전화를 받았다고 하자. 그러나 이렇게 딱 잘라 말할 수도 있다. "미안해요, 지금 통화할 수 없으니 조금 후에 제가 다시 전화할게요." 그러고는 끊는다. 왜 지금 통화할 수 없다는 거지? 근무시간은 지났는데. 근무시간이라 해도 도대체 왜! 다시 전화한다니! 언제 한다는 말인가? 기다리는 건 지긋지긋하다! 하지만 그녀가 직접 다시 전화한다고 했으니 내가 전화할 수도 없는 노릇이다. 그녀가 전화한다 했으니…. 혹시 병문안을 갔거나 장례식에 가 있는 건 아닐까? 그럴 리가. 그녀가 전화하지 않으면 어떡하지? 오늘 안에 전화가 오지 않으면, 잠은 또 어떻게 잔단 말인가? 내일까지 어떻게 버티지? 내가 다시 전화하지 않으면 안 될 정도로 중대한 이유를 당장 생각해내야 한다.

혹은 내가 전화했는데 그녀가 기뻐했다고 하자. 이야기를 나누고 심지어는 만날 약속도 했다. 그리고 나는 작별인사로 "그럼 끊을게요, 키스를"이라고 말한다. 그런데 그녀는 "안녕히 계세요"라고만 말하는 거다. "키스를"이라고는 하지 않는다. 도대체 왜? 그녀는 왜 그 말을 하지 않는 거지? 나는 고민하고, 또 고민한다. 신경 쓰이는 상황을 털어낼 수 있도록, 그녀와 대화하기 위해서는 다시 전화할 구실을 생각해야만 한다. 안 그러면 미쳐버릴 거다.

혹은 전화했는데 잘 풀리는 거다! 이야기도 잘 나눴고 만날 약속도 잡았다. 그리고 그녀가 끊기 전에 나에게 "키스를"이라고 했다. 이렇게 인사를 하고 끊었다. 그렇게 대화하고 나면 십 분에서 십오 분 정도는 행복과 안정감을 느낀다. 하지만 곧, 얼마 지나지 않아 마음의 고요가 사라진다. 그렇게 멋진 대화를 나눈 후에 그녀의 말을 하나하나 되씹어보는 것 말고는 아무것도 할 수 없게 된다. 그녀의 말 외에는 아무것도 남지 않는다. 전체 대화뿐 아니라 세세한 부분들을 마치 보석 어루만지듯 되새긴다. 처음에는 즐거워하다가 얼마 후에는 그 보석들이 광채를 잃고 부족해진다! 그래서 보석을 더 갈구하게 된다. 그녀에게 전화하고 싶은 마음이 전화하기 전보다 더 커지고, 나는 참을 수 없게 된다. 그녀의 전화번호를 눌러야 할 이유를 당장 찾아내야 하는 상태에 이른다.

아니면 그녀가 다른 누군가와 통화 중이거나.

그러니까 그녀에게 전화하면 안 된다. 무조건 안 된다. 난 그것을 잘 알고 있었다. 처음부터 알고 있었다.

내가 처음 그녀에게 전화했을 때 그녀가 얼마나 좋아했는지 기억한다.

내가 출발한 지 십 분 뒤 파스칼이 전화했다! 그의 목소리는 아주 (어떻게 표현해야 하나) 의미심장했다.

"사샤! 뭐안해. 내 얘기를 꼭 들어줘. 네 기분이 얼마나 나쁠지 알아. 미안해. 그렇지만 난 네가 생각하는 것처럼 그런 못된 놈이 아니야. 내가 전부 설명할게!"

"파스칼, 내가…."

그는 내가 끼어들 틈을 주지 않았다.

"네가 탐탁지 않아 하면, 네가 앞으로 나와 이야기하지 않는다고 하면 나는 그 의뢰를 받지 않겠어. 거절하면 돼!"

'이런!' 나는 생각했다.

"파스칼! 지금 통화할 수 없는 상황이야. 미안, 나중에 얘기하자. 내가 다시 전화할게."

"사샤, 난 지금 당장…."

"나중에 얘기해! 내가 곧 전화한다고. 오케이? 끊는다!"

나는 전화를 끊었다. 이게 뭔가! 괴로워하라지. 아주 잘됐네! 그런데 '오케이'는 도대체 어디서 튀어나온 거지? 내가 왜 그렇게 말했을까? 투박하고 왠지 바보스럽게 튀어나온 말이었다. 파스칼에게 오늘 저녁이나 내일 전화해야겠다.

그렇다! 그러니까 내가 처음 전화했을 때 그녀는 기뻐했다. 그녀는 나인 걸 바로 알아채지는 못했지만, 그래도 거의 바로 알아채고는 기뻐했다. 내가 그 삼 일을 도대체 어떻게 보냈는지 모르겠다. 그녀가 나에게 번호를 준 날부터 내가 그녀에게 전화하기까지의 삼 일 말이다. 생각해보니, 이삼 일간 숨을 들이마시기만 하고 내뱉지는 않았던 것 같다. 그런데 그녀가 기뻐하자 나는 숨을 내쉬었다.

나는 힘들이지 않고 그녀에게 만나자고 했고, 그녀도 승낙했다! 물론 당일은 아니었고 며칠 후에 만나기로 했다.

우리는 치스티 연못에서 아주 가까운 가로수길에 있는 카페에서 만났다. 나는 일찍 도착해서 그녀가 들어오는 모습을 봤다. 이번에는 그녀를 아주 찬찬히 그리고 자세히 관찰했다. 매번 그녀의 얼굴을 잊어버렸고 또 잊어가는 것 같다. 내가 기억을 못 한다는 의미가 아니다. 그녀를 온전히 기억 속에 잡아두고 끊임없이 재현할 수 없다는 뜻이다. 그녀의 얼굴은 내 기억력으로 재현하기에는 너무나 훌륭했다! 그렇다고 그녀의 사진을 갖고 싶은 건 아니었다. 그녀를 찍고 싶지도 않다. 나는 그녀의 사진을 전혀 갖고 싶지 않다. 사진이 왜 필요한지 이해가 안 된다. 물론 끊임없이 그녀를 찍고 싶긴 하지만.

그날 그녀는 거의 제시간에 맞춰 왔다. 가벼운 외투를 걸치고 있었다. 그녀의 취향이 좋았다. 그녀의 옷차림이 너무나 마음에 들었다. 그녀의 향기는 또 어떻고! 나는 그녀의 모든 게 마음에 들었다! 나는 그토록 그녀를 사랑하고 있는 것이다. 지나치리만큼 깊이, 견딜 수 없을 만큼!

우리는 그 카페에 단 한 번 갔을 뿐인데, 이제 나는 그 카페를 지나가지 못하겠다. 웬만하면 그 카페를 지나가지 않으려고 노력한다. 그때 사십 분 정도 앉아 있으면서 그녀는 차를 한 잔, 나는 커피를 두 잔 마셨다. 우리는 별 얘기는 하지 않았지만, 그녀는 웃고 있었다. 그리고 그녀를 바라보며 나는 당장 그녀의 손을 잡고 싶다고,

그 손을 절대 놓고 싶지 않다고 생각했다. 그렇게 사십 분을 머문 후부터 이 카페는 나에게 '우리' 카페가 됐다.

　나는 그 카페에 다시 갈 수 없었다. 그 카페의 모습만 봐도 가슴이 아팠다. 가로수길도 그렇다. 가로수길 전체가 내 마음을 아프게 한다. 그리고 도시 전체가 끊임없이 나에게 상처 입힌다. 그녀가 이 도시에 있기 때문이다. 우리가 만났던 모든 장소가 말 그대로 견딜 수 없는 동요와 걱정의 진앙지가 됐다.

　예를 들면 이런 거다. 코스메틱 살롱 오픈 파티에서 그녀가 나에게 번호를 줬기 때문에 이제 모든 코스메틱 살롱이 나를 괴롭히고 내 마음을 흔들어놓는다. 게다가 '코스메틱'이라는 단어조차 나를 힘들게 한다. 그리고 발음이 비슷한 '코스모스' 역시 나에게 평안을 허락하지 않는다.

　모든 게 그런 식이다! 나는 그녀에 관해 알게 됐다. 그녀는 여행사에서 일하며 항공운항을 담당하고 있다. 그래서 이제 모든 여행사들이 내 심장에 강렬한 통증을 일으킨다. 모든 항공사 사무실도 마찬가지다. 그녀와 어떻게든 연관되어 있는 것이라면 모두 날 괴롭힌다. 그런데 모든 것이 그녀와 연관되어 있다. 이 도시가 전체가 그렇다.

　나는 차를 몰면서 생각했다.

　'벌써 한 시군. 그런데 그녀에게 전화도 할 수 없고, 전화해야만 하는 분명한 이유도 없고, 막스는 모스크바에 있어. 나는 막스와 시

간을 보내야만 해. 막스를 어디로 치워버릴 수 없잖아?'

하지만 나는 한군데를 더 돌아봐야 했다. 나는 공사를 진행하고 있었다. 상점 한 곳을 작업하고 있는데, 무슨 문제가 터지는 바람에 가서 욕을 해줘야 했다. 보아하니 태만해진 인부들의 군기를 잡고 와야 할 것 같다. 하지만 현장에 들르기엔 아직 이른 시각이었다. 그렇다고 뭔가 먹고 싶지도 않았다. 나는 최근 들어 식생활에 문제가 생겼다. 나는 조금도 먹지 않았다! 식욕이 없었다. 파스칼은 나에게 이렇게 말하기까지 했다.

"사샤, 몰골이 왜 그래! 식량을 사용하지 않고 있는 거야?"

아니, 내 몸이 받아들이지 않는다고! 모스크바에서 평일 점심시간에 무엇을 할 수 있을까? 그때 갑자기 좋은 아이디어가 떠올랐다. 그 아이디어가 매우 마음에 들었다.

'머리를 자르는 거야. 좀 다듬어야겠어.'

학창 시절 나는 너무나 머리를 기르고 싶었다. 하지만 내 머리는 잘 자라지 않았다. 헤어스타일도 별로였다. 내 헤어스타일이 마음에 들었던 적은 단 한 번도 없었다. 자주 이발하지도 않고, 큰 의미를 두지도 않는다. 하지만 내 상태가 나쁘면, 그러니까 아프거나 화났을 때가 아니라, 기분이 계속해서 안 좋을 때는 삭발하고 싶어진다. 예전에 삭발해본 적이 있다. 도움이 된다. 어디에 좋은지는 모르겠지만, 어쨌든 도움이 된다. 왜인지 마음이 가벼워지고 기분전환이 된다. 그리고 그 후 얼마간은 거울에 가까이 갈 때마다 놀라고 미소를 짓게 된다. 그러니까 삭발하고 나서는 내 모습에 미소짓게 되는 거다.

이번에도 기꺼이 머리를 밀어버릴 수도 있었다. 하지만 그녀가 삭발한 내 머리를 어떻게 생각할까. 그 머리가 그녀의 마음에 들까. 하지만 나는 그녀가 "머리는 왜 밀었어요?"라고 물어도 "아시겠어요? 나는 당신을 너무나 사랑해서 미칠 것 같은 심정을 견딜 수 없었어요. 그래서 머리카락이 아예 없으면 좀 나아질 것이라고 생각했죠. 마음이 가벼워질 거라고요"라는 대답조차 할 수 없을 것이다.

그렇게 말할 수 없을 거다! 그렇다면 뭐라고 대답한다는 말인가! 다른 대답은 모두 사실이 아닐 텐데. 그렇다고 내가 어떻게 그녀에게 거짓을 말할 수 있겠는가! 그건 그렇고, 나는 그녀에게 사랑한다는 말을 아직 한 번도 한 적이 없다.

나는 페트로프카로 갔다. 페트로프카에 아는 미용실이 있는데, 평일 점심시간에도 예약 없이 실력 있는 미용사에게 서비스를 받을 수 있다. 앉아서 오랫동안 순서를 기다려야 하는 미용실에는 가지 않은 지 오래다. 내가 태어난 도시에는 그런 미용실이 남아 있다. 그곳에서는 소년들과 연금 수령자들이 앉아서 자신의 차례를 기다린다. 미용사들은 천편일률적인 형태로 머리를 깎는다. 라디오는 아주 큰 소리를 내고, 뚱뚱한 미용사들은 그보다 더 우렁찬 목소리로 대화한다. 미용사들은 자신들이 머리를 자르고 있는 손님이 존재하지 않는 듯, 모든 것에 대해 이야기한다. 그들은 수다를 떨며

한 손님의 머리를 자르고 나면 이렇게 소리친다. "다음 사람!"

이 미용사들은 빗자루나 솔을 들고 대화를 이어나가면서 머리카락이 떨어진 바닥을 대충 쓸어낸다. "어떻게 자르실 건가요?"라고 물어놓고 역시 마음대로 깎는다. 어린 시절에 그랬듯 지금도 꼿꼿이 앉아 있을 수 있도록 등에 나무판때기를 대주었더라면 그런 미용실을 계속 이용했을 거다. 고향 미용실에서 미용사들은 내 머리를 자르면서 나에게 아주 착하다고 칭찬하곤 했다. 그러면 나는 내가 아주 재능 있고 훌륭한 사람이라고 생각했다.

나는 운이 좋았다. 시간이 비는 미용사가 있었다. 그 여자 미용사는 흔쾌히 내 머리를 자르기로 했다. 키가 작고 말랐으며 (뼈가 앙상하다고도 할 수 있고) 이목구비가 뚜렷하고 날렵하게 생긴 여자였다. 나는 이렇게 생각했다. '이런 여자는 남자를 미치게 할 수 있지. 아마 누군가를 이미 미치게 했을 거야.' 나는 그녀와 아주 잘 맞았다. 그녀는 말수가 적고 주의 깊고 또… 그러니까 전체적으로…. 그녀는 내 머리를 자를 때에는 집중하고 주의를 쏟느라 입술이 창백해질 정도로 입을 꽉 다물고 있었다. 그러니까 앞으로 이 미용사에게만 내 머리를 맡길 수 있도록 그녀의 전화번호를 받아두어야겠다고 생각했다.

"어떻게 자르실 거예요?"

그녀가 거울에 비친 내 모습을 보면서 물어봤다.

"그러니까 음…. 좀 짧게요. 위를 조금 쳐주시고요. 귀가 보이게 해주세요. 앞머리는 이렇게 해주세요. 이런 느낌으로요. 정리된 느낌이지만 그렇다고 너무 부자연스럽지는 않게 말이에요. 무슨 말인지 아시겠죠? 뒷머리는 너무 딱 떨어지게 하지 마시고요. 저는 군장교가 아니니까요."

그녀는 미소지었다. 그리고 내 머리카락에 손가락을 넣어 살짝 들어봤다.

"알겠습니다. 샴푸하러 갈게요."

그녀가 말했다.

"그럽시다. 아침에 머리를 감긴 했지만요."

"머리 상태는 괜찮으세요. 젖은 머리가 자르기 편해서 그래요."

그녀는 내 머리에 따뜻한 물을 부어 머리를 감기면서 마사지를 했다. 나는 왜 그토록 사랑에 빠졌을까? 사랑만 아니었다면 나는 지금 괜찮았을 텐데.

그녀가 머리를 자르기 시작하자마자 나는 졸기 시작했다. 나는 거울에 비친 나 자신을, 그 망토 (정확히 뭐라고 하는지 모르겠는데) 그러니까 미용실에서 둘러주는 그 천에 싸인 나 자신을 봤다. 둘러싸인 천 위로 내 머리가 불쑥 솟아 있었다. 그녀는 내 머리를 주의 깊게 보면서 잘랐다. 그녀는 어떻게 해야 좋을지, 어느 쪽의 머리를 어떻게 둬야 할지 나보다 더 잘 알고 있었다. 나는 나를 돌봐주고 싶어서 미용실에 갔던 것이다.

그녀는 내 머리에 손을 대고 조심스럽게 방향을 돌리더니 가볍게 아래로 숙이게 했다. 나는 잠들었다. 아주 기분이 좋았다. 눈이 감겼다. 나는 암흑 속에서 하얀 점 같은 것을 보았다. 나는 생각을 했는데, 여기 있는 내가 아니라 꿈속에 있는 내가 생각했다.

내가 꿈을 꿨다고는 할 수 없다. 밤에 침대에서 잠을 자듯 잔 게 아니었다. 그건 다른 꿈이었다. 이발할 때만 경험할 수 있는 그런 꿈이었다. 지하철에서 꾸는 꿈과 강의시간에 꾸는 꿈도 다른 종류의 꿈이지 않은가. 그러니까 나는 생각하기 시작했다. 간단히 형용할 수 없는, 그런 생각이었다. 생각이라고 하기도 그렇고, 희망이나 꿈, 비전 혹은 이야기의 형식으로 나타나는 통찰이었다. 그것은 찰나에 왔다가 가버렸다. 마치 불꽃이 튄 것처럼. 한밤중의 번개처럼. 번개는 찰나에 세상을 밝히지만 그 순간은 세세한 부분까지 다 보인다. 모든 게 보인다! 그래서 그 찰나를 오래오래 묘사할 수 있다. 내 상황도 그랬다. 나의 통찰도 일순간에 일어나지만 세세한 부분까지 전부 알 수 있다. 이제 내가 꿈에서 본 것을 얘기하겠다.

내가 꿈에서 본 것은 이렇다.

주위가 금세 어두워졌고, 우리는 장작을 지폈다. 사람들이 밀집된 있는 우리 부대, 쇠약해지고 풀 죽은 우리 원정 소총부대는 진지를 버리고 떠날 준비를 하고 있었다. 우리 부대는 신속히 퇴각하라는 명령을 받았다. 우리는 적군의 주의를 끌지 않으면서 새벽에 몰래 퇴각해야 했다. 한편 나는 남아 있으라는 명령을 받았다. 나는 함께 남을 병사들과 함께 장작을 지펴 적군이 의심 없이 우리 부대가 그 자리에 있다고 착각하도록 해야 했다. 아침에 우리는 적군을 막아서서 우리 군이 퇴각할 수 있도록 시간을 벌어줄 것이다. 하지만 퇴각하는 부대원들은 빠르게 이동할 수가 없었다. 부상자도 많았고, 부상을 입지 않은 병사들도 갈증과 피로로 극심한 고통에 시달렸기 때문이다.

한 달 전 우리는 전방 틈새에 파고드는 데 성공해서 얼마간은 잘 전진하고 있었지만, 곧 모래에 발이 묶여 진군이 중단됐다. 부대 공급도 상당히 부족해졌다. 화물차 몇 대만이 모래를 뚫고 와서 우리에게 생필품과 무기, 식량, 물을 주고 갔을 뿐이다. 최근 며칠간은 물 말고는 아무것도 먹을 것이 없는 지경에 이르렀다. 그래서 이렇게 퇴각 명령이 떨어진 거다.

나는 화가 나 있었다. 이틀 전 정찰병들이 나가서 아직 돌아오지 않았다. 그들이 돌아오리라는 희망이 희박하긴 하지만, 그들이 부대로 돌아올 기회를 박탈해서는 안 되었다. 나는 누군가는 아침까지라도 진영에 남아 있어야 한다고 고집스럽게 주장했다. 그래서 나와 내가 이끄는 소대가 남게 됐다. 나는 기뻤다.

기분이 상당히 괜찮았다. 이 세계에는 여자가 없다. 그들은 어딘가 멀리 있는 존재였다. 이곳에서는 여자를 상상하는 것조차 힘들었다. 부대는 길게 대열을 형성해 퇴각했고, 얼마 지나지 않아 어둠 속으로 사라졌다. 우리는 빠르게 그리고 조용히 작별했다. 누군가와 악수하기도 하고 누군가와 포옹했다. 다시는 서로 못 볼 거라고 생각할 힘조차 남아 있지 않았다. 분명 다시는 만날 수 없을 거다! 하지만 모두들 너무 지쳐서 그런 생각을 할 겨를이 없었다. 누군가는 떠나는 이들에게 쥐어 보낼 편지를 서둘러 썼다. 최후의 편지였다!

하지만 나는 편지를 쓰지 않았다. 누구에게 쓴단 말인가? 내가 편지를 보내고 싶은 사람은 오로지 그녀뿐이었다! 그런데 그녀에게 무슨 말을 쓸 수 있을까? 내가 오로지 그녀만을 생각한다고, 죽는 순간까지 그녀만을 생각할 거라고? 안 된다! 나는 그렇게 쓸 수 없었다.

그녀에게 뭔가 유쾌한 이야기나 재미있는 이야기를 써도 그녀는 결국 내가 어떻게 됐는지 알게 될 것이다. 그녀는 내가 죽을 운명임을 아는 상황에서 그렇게 유쾌하고 재미있는 편지를 썼다는 것을 깨닫겠지. 그녀는 눈물을 흘릴 거다. 나는 그녀가 우는 것을 원치 않는다. 그래서 나는 아무것도 쓰지 않았다.

강한 바람이 불어와 공기 중으로 모래를 흩뿌렸고 텅 빈 진영에 남은 쓰레기들을 향해 휘몰아쳤다. 강한 폭염이 순식간에 추위로 바뀌었다. 장작불이 바람에 거의 꺼질 뻔했다. 불씨는 살아남았다. 긴 깃대에서 우리의 깃발이 요란하게 휘날렸다. 우리가 살아있는 한 깃발도 깃대에 걸려 있을 것이다.

기분이 괜찮았다. 나는 몹시 지쳤고, 갈증으로 괴로웠으며 수면 부족으로 겨우 서 있었다. 입 속의 마른 혀와 점점 느리게 깜빡이며 이제는 반 이상 떠지지 않는 무거운 눈꺼풀 외에는 거의 아무것도 느끼지 못했다. 이 모든 것이 내가 얼마나 열렬하고 간절히 그녀를 사랑하는지에 대해 치열하게 생각할 수 없게 만들었다. 내일, 정확히는 바로 오늘 모든 게 끝날 거다. 나는 날아갈 듯한 기분이었다!

나는 진영을 지나다니면서 장작불을 살펴보고, 제대로 정비해 놓았다. 그러고 나서 깊지 않은 참호로 들어가 기관총이 있는 곳까지 나아갔다. 기관총은 모래주머니로 둘러싸여 있었다. 나는 기관총을 어루만지고선 손바닥으로 가볍게 몇 번 두드렸다. 그리고 주머니에서 납작한 철제 물병을 꺼내서 흔들어봤다. 위스키가 약간 남아 있었다. 나는 혀로 입 안을 훑고 입술을 움직였다. 손가락으로 부르튼 입술을 건드려봤다. 하지만 위스키를 마시지는 않았다.

나는 위를 올려다보았다. 별이 아주아주 많이 떠 있었다. 기관총이 조준하는 방향을 봤다. 그곳은 암흑 속이었다. 적군 진영의 장작불이 보였다. 이틀 전 그쪽으로 간 막스는 아직 돌아오지 않았다. 나와 막스는 남은 위스키를 함께 마시자고 약속했었다. 막스는 그런 약속은 잊지 않는다. 나는 위스키 병을 다시 집어넣었다. 나는 그를 기다리기 위해 여기 남아 있었다. 나는 퇴각할 수 없었다. 막스가 오지 않았는데 이곳을 떠나면 앞으로 내가 어떻게 살아가겠는가? 내가 이곳을 버리고 가버린다면 앞으로 사는 게 다 무슨 소용인가?

나는 참호 바닥 기관총 바로 옆에 앉았다. 최근 며칠간 한숨도 자지 않았다. 이제 더는 졸음을 이길 수 없었다. 나는 생각했다. '한숨 자자. 잠시 자도 될 거야.' 꿈이 먼저 내 아래턱을, 그다음에는 목뼈를 느슨하게 했다. 눈이 감기기 시작했고 아랫입술이 벌어졌다. 하지만 머릿속에서는 계속해서 이런 생각이 울리고 있었다. 명확하고 즐거운 생각이었다. '이제 힘도 걱정거리도 없으니 정말 좋군! 그녀에게 전화할 수 없다니 더욱 잘됐다. 전화하는 게 불가능하다! 그렇지 않았으면 지금 그녀에게 어떻게 전화할지, 무엇을 이야기할지, 전화해야 할지 말지를 고민했을 거 아닌가? 나는 지금 아주 기분이 좋아, 좋다고!'

마침내 목과 턱뼈의 힘이 풀리고 머리가 가슴으로 떨어졌다.
머리가 가슴팍으로 떨어지면서 내가 깨어났다. 미용사가 조용히 웃었다.
"가위가 아주 날카로우니 조심해주세요."
"저기요, 이발할 때 많이들 조나요?"
"그럼요. 거의 다 졸아요."
거울에 비친 내 눈을 마주치면서 미용사가 말했다.
"조금 더 주무셔요. 머리만 흔들지 마시고요. 십 분은 더 주무실 수 있어요."
그곳은 얼마나 좋았던가! 나는 내가 본 것 때문에 완전히 환희에 차 있었다. 그곳은 얼마나 좋았던가! 훌륭했다. 세상에, 내게 무슨 일이 일어나는 건지! 나는 그곳으로 가야 했다.

내가 되돌아가는 방법을 알았더라면! 그러니까 그곳, 소대원들이 남아 있는 그곳으로 말이다. 당장 돌아갈 수 있다면….

"꿈속에서 어디에 다녀오신 거예요? 아주 편안하게 미소짓고 계셨어요."

미용사가 아주 예쁜 목소리로 물어봤다.

"미소를 지었다고요?"

"네, 입술도 씰룩거리시고요! 아주 귀여웠어요. 아마 멀리 다녀오셨나 봐요?"

"아주 멀리요. 아주 멀리!"

"요즘 얼마나 추운지 몰라요! 겨울 날씨에 지쳐버렸어요. 어딘가 따뜻한 지방으로 가고 싶어요."

그녀는 미소짓고 있지 않았다. 그저 이야기하며 계속 머리를 자르고 있었다.

"그런데 제가 꿈속에서 따뜻한 지방에 있었는지 어떻게 알았어요?"

"저는 그렇게 생각하지 않았는데요! 그저 여름이 빨리 오거나 따뜻한 지방에 가고 싶다고 생각했을 뿐이에요. 그러니까 손님께서는 방금 꿈속에서 몸을 녹이셨다는 거죠?"

그녀는 머리를 다듬으며 계속 말했다.

"네! 몸이 아주 따뜻해졌죠."

나는 고개를 끄덕거렸다.

"움직이시면 안 돼요. 가위가 아주 날카로워요."

바로 그때 나는 거울 속에 어떤 사람이 비친 모습을 봤다. 내 등 뒤로 어떤 사람이 큰 창으로 다가와 미용실 안을 들여다보는 것 같았다. 그는 서리가 낀 유리창에 얼굴을 바짝 갖다대고 들여다보고 있었다. 나는 그의 모습을 제대로 볼 수 없었다. 그 사내는 외투 차림이었고, 머리에는 아무것도 쓰지 않고 있었다. 그는 잠깐 미용실을 들여다보고는 가버렸고, 이내 시야에서 사라졌다.

미용사는 머리 손질을 마친 후 내 머리를 감겨줬다. 그런 다음 드라이기로 머리를 말렸다. 뜨거운 바람에 머리카락이 휘날리고 두피가 뜨거워졌다. '마치 사막에 있는 것 같군'이라고 생각했다. 머리를 자르니 기분이 좋아졌다!

잘린 머리카락이 옷깃으로 떨어졌다. 이 망할 망토를 풀 때 한 번의 잘못된 동작으로 옷깃 아래로 따끔따끔한 머리털이 들어갔다. 셔츠를 갈아입고 목을 닦아내야 한다. 그런데 저녁까지는 그렇게 할 수 있을 리가 없었다. 남은 하루 동안 성가신 간지러움과 목의 자극을 감내해야 할 운명이었다. 하지만 나는 그곳에 다녀왔다! 그것을 생각하면 참을 수 있었다.

나는 나가면서 거의 한 시간 동안 나를 보살펴주고 나와 아주 가까운 거리에서 호흡한 담당 미용사와 악수했다. 거의 한 시간이었다! 그녀에게 진심으로 감사했다.

미용실을 나선 나는 몇 초간 문 앞에 서 있었다. 옆에 어두운 색의 긴 외투를 입은 사람이 보였다. 그는 황급히 차에 올랐다. 내가 그를 똑바로 봤을 때 그는 벌써 유리를 검게 선팅한 자동차로 들어간 뒤였다. 창문으로 안을 들여다보던 바로 그 남자인 것 같았다. 순간 등 뒤를 비추던 헤드라이트도 떠올랐다. 이게 도대체 무슨 일인가? 도대체 왜? 내가 미행당할 만한 인물인가? 그럴 리가!

그 사람이 탄 차가 멀어지더니 곧 꺾어져서 모습을 감췄다. 어두운 빛의 평범하고 큰, 그러나 모스크바에서 자주 볼 수 있는 평범한 벤츠였다. 나는 그 벤츠의 차량번호를 외웠다.

'이게 뭔가. 이런 어이없는 일이!' 나는 생각했다. 예전에 불쾌한 경험을 한 적이 있다. 내가 돈을 훔친 사람으로 몰렸던 것이다. 우랄 지방 어딘가에서 온 아주 어린 의뢰인들이 어디선가 돈을 끌어와 당구클럽을 만들려고 했다. 당시 나는 경험이 전혀 없을 때였다. 그들은 나에게 큰돈을 주면서 '인간적으로 잘'해달라고 부탁했다. 그리고 너무 걱정하지 말라며 돈이 떨어지면 더 주겠다고도 했다.

돈은 상당히 금세 동이 났다. 그들의 돈도 마찬가지였다. 그들은 내가 돈을 훔쳤다고 몰아갔다. 우리는 지리하고도 멍청한 이야기를 이어갔고, 그들은 나를 협박하고 겁줬다. 나는 크게 걱정했다. 당시 모스크바에서 이제 막 일을 시작했던 나는 돈 문제에 민감했고, 밤낮없이 현장에 있었다. 그런데 지금도 이 모양이다.

그때 그들은 나를 위협했고, 나는 그들이 하는 말을 믿는 척했다. 물론 나는 겁먹은 걸 들키지 않으려고 노력했으나, 어쨌든 유쾌한 기분은 아니었다. 그들은 심지어 나를 미행하는 척하기도 했다. 즉 유익한 경험을 한 거다. 하지만 최근에는 그 비슷한 일을 겪은 적이 없다. 그러니 미행이라니, 웃기지도 않는 일이다.

6

두 시 십오 분에 나는 더 이상 참지 못하고 그녀의 전화번호를 눌렀다. 그냥 무턱대고 눌렀다. 어떠한 구실도 생각해내지 못한 채. 관자놀이에서 피가 요란하게 돌았다. 그런데 음성안내 메시지가 흘러나오더니 이 번호는 일시적으로 연결이 안 된다는 것이었다. 이 얼마나 끔찍한 목소리인가! 이 거지 같은 음성안내 메시지를 녹음하는 데 목소리를 허락한 여자는 지금 무수히 많은 문제에 시달리고 있을 게 분명하다.

이런 목소리들은 차분하고 심리치료사들의 목소리 같지만, 언제나 사람을 열받게 한다. 사람이 죽어가면서 절망 속에 마지막 힘을 짜내어 전화를 했더니 수화기 너머에서는 죄송하지만 조금 후에 전화해달라는, 아주 차분한 여자 목소리가 들려오는 거다. 그 목소리를 들은 천 명, 수천 명의 머릿속에서, 입에서 얼마나 심한 저주가 터져나올지. 그런 일이 매 초 계속해서 일어난다. 이 불쌍한 여자에게 밤낮없이 심한 욕설이 쏟아지고 있을 것이다. 욕설이 그 여자 자체를 향한 게 아니라고는 해도, 적어도 그녀의 목소리를 들었다는 사실과는 관련이 있을 것이다. 분명 이 여자는 인생을 살기 쉽지 않을 거다.

하지만 모든 게 아주 간단히 이뤄졌을 것이다. 아마 그 여자는 몇 개의 문구를 녹음해달라는 제안을 받았을 것이다. 마이크에 대고 그 문구를 읽고 나서 약간의 돈을 받았을 것이다. 그리고 이게 그 결과다! 이 여자의 남편이나 애인에게도 휴대전화가 있겠지. 처음에 이들은 누구에게 전화하든 마치 그녀에게 전화하는 것 같다며 함께 재미있어했을 것이다. 하지만 그러다가 모든 게 조금씩 꼬이기 시작한다. 여자의 목소리는 남자에게 뭔가 불쾌한 것을 연상시키게 된다. 그리고 그들은 서로 욕하기 시작하고 남자가 이제 더는 여자의 목소리를 들을 수 없는 지경이 된다! 결국 그 여자는 외톨이가 된다. 그리고 그 여자는 누구와 만나든 "실례지만, 목소리가 낮이 익네요"라는 소리를 들을 거다. 정말 불쌍한 일이다.

나는 무언가에 대해 (그 불쌍한 여자에 관해서는 아니다.) 생각하면서 운전했다. 지금은 기억나지 않는 그 무엇인가에 대해 생각하다가 머릿속에서 뭐가 불안하고 불쾌한 일이 떠올랐다. 모두 한꺼번에 떠올랐다. 미용실 창문을 통해 처다보던 남자와 내 뒤를 비췄던 헤드라이트 그리고 그녀가 휴대전화를 꺼두었다는 사실. 그 외에도 백만 가지 상념이 떠올랐다.

나는 제대로 운전하고 있었다. 제때 방향을 바꿨고 깜빡이를 켰고 액셀러레이터를 밟았다가 브레이크를 밟았다. 하지만 내가 어떻게 사도보예 순환도로에 진입했는지는 기억이 안 난다. 그리고 내가 왜 그리로 갔지? 나는 아마…. 그러니까 책을 읽는데 갑자기 어느 순간 읽은 글자와 단어, 구두점을 이해하지 못했고, 무엇을 읽었는지 기억나지 않는다는 것을 깨닫고는 앞으로 돌아가서 다시 읽어야 하는 경우가 있다. 그럴 때에는 책을 읽어도 소용없으므로 아예 다음으로 미루는 게 가장 좋다.

나는 딱 그런 상태로 운전하다가 갑자기 제정신으로 돌아왔다.

나의 자동차로, 사도보예 순환도로로 돌아왔다. 노란색 작은 차에 탄 누군가(어떤 여자)가 나를 추월하면서 클랙슨을 크게 울렸고 격한 몸짓을 해댔다. 바로 나에게 말이다. 나는 순간 내 차가 이상하다는 걸 느꼈다. 왼쪽 뒤 타이어의 바람이 빠진 채로 운전을 하고 있었던 거다. 타이어는 완전히 쪼그라들어 있었다. 고래고래 욕설을 내뱉고 문을 쾅 닫은 후 차에 발길질을 하고 싶었고, 그렇게 했다. 나는 당장 모두 때려치우고 술이나 마시고 싶었지만, 그러려면 순서를 기다려야 했다.

나에게 스페어타이어는 없었다. 나는 항상 카센터에 가서 여분 타이어를 미리 사두어야겠다고 생각했었다. 벌써 한 달 넘게 차를 탈 때마다 그 생각을 했는데 말이다.

또다시 욕설을 내뱉었지만 기분이 조금도 나아지지 않았다. 타이어는 이미 손 쓸 수 없는 상황이었다. 나는 다시 차에 올라타 가장 가까운 주차장까지 차를 몰았다. 백오십 미터가 채 안 되는 거리였다. 타이어가 그 지경이 될 때까지 어떻게 아무것도 못 느꼈지? 차에 뭔가 조치를 취했어야 했다. 그대로 방치해서는 안 되는 것이었다! 그런데 나는 그 자리에 그대로 차를 버려두고 와버렸다. 뒷좌석에서 목도리와 장갑을 챙기면서 아침에 야구모자를 집에 두고 온 것을 후회했다. 문을 세게 닫은 후 그렇게 차를 버렸다. 내일 어떻게든 해결할 거다.

'지금은 자동차를 어떻게 할 수 없어! 할 수 없다고!'

나는 손바닥에 눈을 조금 모았다. 주위에 주차된 자동차 지붕에는 눈이 잔뜩 쌓여 있었다. 나는 몸을 굽혀 눈으로 목을 닦아내기 시작했다. 옷깃 속으로 떨어진 머리카락 때문에 뜨거워졌던 목이 눈 덕분에 꽤 상쾌해졌다!

'셔츠를 갈아입어야겠어! 샤워도 하고….'

아주 구체적이고 분명한 생각이었다.

'그러려면 집에 가야 하는데, 집에!'

하지만 집은 반대편에 위치해 있었고, 가깝지도 않았다. 게다가 나는 '집으로 갈 거야'라고 생각할 때 내 머릿속에 떠오르는 그 장소를 보고 싶지 않았다. 나는 한낮에 내 집을 보고 싶지 않았다. 집에는 이 년 전에 시작해서 끝내지 못한 (이 년 동안 내가 원하는 집의 모습도 완전히 달라져서 이제 와서 마무리할 필요도 없어 보이는) 리모델링 공사가 하다 만 채 그대로 남아 있었다.

'집으로 가고 싶지 않아. 지금은 가고 싶지 않다고!'

나는 내 머리를 당장 그 자리에서 리모델링하고 싶어졌다.

'내 머리는 어찌나 작은지! 그 용량은 또 어찌나 작은지! 그런데 그 머리에 똥 같은 잡념이 온통 가득 차 있다!'

그렇게 일 분간 서 있는데 막스에게서 전화가 왔다.

'고맙다, 고마워. 막스!'

"어이, 일은 어떻게 되고 있어?"

즐거운 목소리로 막스가 물었다.

"그냥 뭐!"

나는 아주 빠르게 답했다.

"무슨 일인데?"

"다 망했어, 막스! 나는 지금 차를 쓸 수 없어! 타이어에 구멍이 났다고, 망할!"

"아주 잘됐네! 당장 술을 마실 수 있다는 거잖아!"

"그건 그렇지! 그런데 잠깐 기다려. 내가 작업 현장에 들르는 동안 어디 갈지 생각하고 있어봐. 그런데 막스, 나는 오늘 완전히 너한테 맞춰줄 수는 없을 것 같아. 저녁에 약속이 하나 더 있거든."

"여자야?"

"막스! 지금은 길게 설명할 수 없어, 알겠지? 나 지금 길 한복판이야. 계속 늦고 있어. 그래서…."

"사샤, 지하철을 타. 어디든 다 제 시간에 갈 수 있을걸! 그건 그렇고, 그 약속이 여자랑 만나는 거라면 괜찮지만, 여자가 아니라면 앞으로는 네 얼굴도 안 볼 거야!"

"막스, 넌 수염 깎았어?"

막스가 목소리를 낮췄다.

"사샤, 차질이 좀 생겼어! 고모가 내 수염을 너무 좋아해. 보자마자 엄청 좋아했다니까. 고모가 있는 데서는 절대 이 수염을 깎을 수 없었어. 나중에 깎을 테니 걱정 마!"

"그 수염을 한 채로는 내 눈앞에 얼씬도 마! 날 볼 생각도 말라고! 한 시간 후에 다시 전화하자. 바이!"

내가 도대체 왜 바이라고 했든가, 대체 나한테 무슨 일이 일어나는 거지? 오케이라고 하질 않나, 바이라고 하질 않나….

이 자리를 떠야 한다! 빌어먹을 작업 현장으로 가야 한다. 나는 손을 들어 차를 세웠고, 내 앞에 차 한 대가 멈춰 섰다. 나는 그 안을 들여다봤다. 담배 핀 흔적이 남아 있었으며, 지저분하고 후덥지근해 보였다. 그런데다 운전대를 잡은 청년은 야구모자를 쓰고 있었다. 나는 생각했다. '제기랄'

"베르나드스키 대로까지 가주세요. 아주 급해요!"

청년이 말없이 고개를 끄덕였다. 나는 얼룩말 무늬 덮개가 덮인 좌석에 앉았다. 흰 셔츠가 선원의 더러운 셔츠마냥 회색이 되어 있었다. 차 안에는 작은 이콘화가 몇 개 있었다. 운전석의 청년은 출발하자마자 음악을 켰다. 괴상한 음악이었다.

"어느 방향인지 알려주세요!"

청년이 음악소리를 가르며 소리쳤다.

"차 세워요."

즉시 나는 이렇게 말했다.

"그게 무슨 소리입니까?"

청년이 아주 차분하게 말했다.

"세우라고요."

"그러시든가!"

그는 차를 세웠다.

나는 바로 차에서 내려 문을 세차게 닫았다.

그 청년이 창문을 내리고서는 나에게 소리쳤다.

"머리가 어떻게 된 거 아냐."

"세차도 좀 하고 너도 좀 씻고 다녀라! 알아들어?"

"꺼져 버려!"

청년이 내 말은 끝까지 듣지도 않고 소리쳤다. 강하고 차분한 목소리였다.

그 청년은 가버렸다. 나는 그의 뒤에 대고 욕을 내뱉었다. 졸지에 모욕당한 꼴이었다. 결벽증 환자가 침을 뒤집어쓰면 이런 기분일 것 같았다. 기분이 몇 배는 더 나빠졌다!

나는 지하철로 갔다. 눈으로 씻어낸 효과는 금방 사라졌다. 다시 목덜미가 신경 쓰이기 시작했다. '셔츠라도 벗고 옷깃에서 머리카락을 털어내야겠어. 이른 시간부터 미용실에 가는 게 아니었는데. 아니면 옷깃으로 머리카락이 들어가지 않게 하는 고급 미용실에 가든가. 이제 그런 곳에는 돈 좀 그만 아끼자고! (분명 뭔가 조치를 취해야만 했다.) 새 셔츠를 사야 하나?'

하지만 셔츠를 사는 건 간단하지 않다. 보기에만 쉬워 보이는 것뿐이다! 좋은 것들이 으레 그렇듯, 질 좋은 셔츠도 찾기 힘들다. 게다가 셔츠는 피부에 바로 닿는 옷이 아닌가!

나는 오랫동안 지하철을 이용하지 않았다는 사실을 새삼 깨달았다. 그렇다. 지하철…. 지하철은 그렇게 좋지도, 그렇게 나쁘지도 않다. 지하철 안은 늘 똑같다.

에스컬레이터를 타고 내려가면서 생각을 정리하려 애썼다. 생각을 정리해야 했다. 그런데 왜인지 기분이 아주 나빠졌다. 걱정과 거슬리는 느낌이 극에 달했다. 열다섯 살짜리 소년이 에스컬레이터를 뛰어 내려가다가 내 어깨를 세게 쳤다. 나는 그 소년을 붙잡고 욕을 해준 다음 거칠게 밀쳐버렸다. 왜 그랬냐고? 글쎄, 이미 신경질을 주체할 수 없는 상태였다.

그때 나는 고민하기 시작했다. 이런 고민은 왠지 불안한 순간이면 늘 도움이 됐다. 불안의 근원을 찾아 제거하고, 그게 뭐였는지 파악하는 것이다. 그러면 그 원인을 제거하거나 바로잡을 수 없더라도 어쨌든 마음이 편해졌다.

나는 이렇게 생각했다.

'내가 왜 이렇게 동요하지? 응? 전반적으로는 어쨌든 나쁘지 않은 상황인데. 지금 두 가지가 신경 쓰인다. 그런데 첫 번째는 오케이, 오케이가 웬 말인가? 내가 무슨 서부영화의 주인공도 아니고. 이 오케이를 그만 써야겠다.

그러면 해결됐다. 다른 한 가지는 말도 안 되는 일이었다. 그럴 만하다! 창문 앞 남자와 집 앞에 서 있던 차, 누군가 뒤쫓는 듯한 느낌이 나를 불안하게 만든다. 하지만 이 모든 게 말도 안 되는 일이다. 미행이라니, 누구를? 내가 미행당할 만한 인물이라도 된다는 말인가. 좋다! 이제 막스 문제다. 막스? 막스가 왜 문제인가. 막스는 막스답게 행동했을 뿐이다. 모두 정상적인 상황이다. 자동차는? 자동차는 어떻게 하지? 내일 아침에 당장 전화해보자. 그러면 어떻게 해야 할지 알려주겠지. 이럴 때 차가 말썽이라니. 다 문제다! 집이 난장판인 것, 그것도 오래 전부터 난장판인 것도 문제인가? 그

렇다! 불쾌한 일이다. 나는 너저분한 걸 좋아하지 않는다.'

나는 완전히 정돈되고 깨끗하고 정갈한 상태를 좋아한다. 자동차는 세차되어 있어야 하며, 차 안에는 쓰레기가 없어야 한다. 트렁크에는 누군가에게 주려고 챙겨뒀던 상자나 봉투, 잡지가 아닌, 필요한 것들만 있는 상태를 좋아한다. 내 책과 음반들이 정리되어 있고, 책상 위는 깔끔하고 서랍은 거의 비어 있는 상태가 좋다. 나는 선물 받거나 선물하려고 했지만 주지 못한 엽서와 기억나지 않는 사람들의 명함, 팸플릿, 신문, 방문했던 여러 도시에 대한 안내책자 등 온갖 종류의 쓰레기를 버리는 걸 좋아한다. 쓰레기를 버릴 때면 생활하기 더 편해졌다고 느낀다. 세차를 하면 차가 더 잘 달리는 것 같고, 신발을 정리하면 더 건강해지는 것 같다.

그러나 지금은 모든 게 완전히 뒤죽박죽이었다. 리모델링이 중단된 채라고는 해도 집 구색을 갖출 수도 있었을 텐데, 지금은 여기저기 빨고 다림질해야 할 셔츠가 널려 있다. 책과 무슨 문서들이 널려 있고…. 그러니까 총체적인 문제다! 먼지도 많고, 자동차도 지저분하다. 게다가 욕실은 또 어떻고…. 끔찍한 상황이다!

나는 주기적으로 내 집을 정돈해줄 누군가를 구하곤 했다. 그들은 가정부나 얼마간 우리 집에 눌러 산 여자들이었다. 그러나 이상적으로 집 정리를 할 수 있는 사람은 나밖에 없었다. 나는 아주 가끔 정리했다. 삭발을 하지 않으면 집을 정리했다. 나는 지금 너무나 집 정리를 하고 싶었다! 하지만 그럴 힘이 없었다.

나는 생각을 이어갔다. '그래, 지금 엉망인 집을 정리할 수 없다니 불쾌하군. 하지만 할 수 없어. 그 문제로 그렇게까지 신경질을 낼 필요는 없어. 어쨌든 바로잡을 수 있는 문제니까. 파스칼의 행동이 마음에 걸리는 건가? 아마 아닐걸! 그는 날 도와준 거나 마찬가지야. 양심에 손을 얹고 생각해보면 나는 그 의뢰를 받고 싶지 않았다고! 그러니 파스칼과 나 사이에는 문제가 없어. 게다가 파스칼은 나에게 사과하고 싶어 하고. 이 문제는 해결된 셈이야! 그런데 왜 이렇게 기분이 더러운 거지? 셔츠와 머리카락 때문인가? 맞아! 그게 아주 큰 문제야. 빨리 어떻게든 손을 써야겠어. 그리고 그녀가 전화를 꺼뒀다는 것! 이게 바로 내 불안의 근원이다. 안정이 되지 않는다. 그것도 아주! 그녀의 목소리를 들어야겠어, 빨리! 지금 당장!'

나는 사람들에 떠밀려 지하철을 탔다. 사람들이 아주 많았다. '게다가 겨울옷까지 입고 있어서….' 머리에서 이런 생각이 스쳤다. '여름에는 가벼워지겠지. 여름에는 언제나 가볍다. 하지만 여름까지는 상황이 뭔가 진전되어야 할 텐데. 그렇지 않으면 난 여름까지 살 수 없을 거야.' 나는 눈을 감고 살짝 들릴 만한 소리로 신음했다. 그후 눈을 떴다. 나는 내 눈높이에 있는 사람 머리들을 봤다.

우리는 서로 바짝 붙어 서 있었다. 열차가 빠르게 터널을 통과해 달려나가자 사람들의 머리가 흔들렸고, 나는 그 머리들을 보고 있었다. 열차 칸 끝 창문 너머로 다른 칸이 보였다. 그쪽 사람들이 더 심하게 흔들리는 것 같았다. 그들은 아마 반대로 생각했을 것이다. '이 머리들 사이에서 내 머리도 흔들리고 있겠지.' 나는 생각했다.

'머릿속에서 이런 일이 벌어진다면! 어떤 장치로 심란함의 에너지를 측정할 수 있다면 내 머리는 우주에서도 눈에 띌 거야. 내가 타고 있는 지하철이 땅 속 깊숙한 곳에 있다고 해도 말이야. 아마 나는 지금 누구보다도 아플 거다. 심란함 때문에 고통받는 머리가 같은 시간, 동일한 장소에 많지는 않을 거야. 그럴 리 없어! 만약 그랬다면 지하철 전선들이 모두 타버렸을 거야. 세상에! 만약 내가 그녀에게 키스할 수 있었다면 우루과이나 뉴질랜드 어딘가에 있는 발전소가 폭발했을 거야. 나는 앉아야겠다. 당장 앉아야겠어!'

목적지까지 환승 없이 이십오 분 남았다. 나는 너무나 앉고 싶었다. 그래서 주변에 자리가 하나 비는 걸 봤을 때 작정하고 가서 앉아버렸다. 나는 외투를 입고 모헤어 모자를 쓴 통통한 중년 여자가 그 빈자리로 향하는 걸 보았다. 손에 커다란 가방을 든 그 여자는 가방으로 사람들을 밀치며 오고 있었다. 그 여편네(이런 말을 쓰는 걸 용서하라)는 내 행태를 보고는 나무라듯 고개를 저었다. 나는 굳건했다. '어쩌라는 건지! 마음에 안 드는 저 여편네한테 양보하고 싶지 않아!' 나는 아무도 보지 않기 위해 눈을 감아버렸다.

"부끄럽지도 않나! 마구 돌진하는 통에 사람들이 넘어져 죽을 뻔 했잖아!" 그 여편네가 말했다. "게다가 못 본 척하다니. 부끄러움도 모르고 양심도 없나 보지!"

'꺼져 버려, 이 멍청한 아줌마야.' 나는 아주 확고하고 차분하게 생각했다. '내가 당신한테 자리를 양보할 의무라도 있단 거야, 뭐야. 나는 어릴 적에는 자리를 양보했다고. 하지만 어린 시절은 끝났어!

게다가 당신은 아주 짜증나는 여편네라고. 이 못된 여편네! 이 자리는 나한테 더 필요해! 그렇게 말해봤자 헛수고라고. 더 생각할 것 없이 그냥 앉아 있겠어!'

나는 더 이상 이 문제를 생각하지 않기로 했다. 내 오른편에는 남자 셋이 서 있었다. 나는 그들의 대화를 들었다. 그들은 모스크바 특유의 강한 억양으로 큰 목소리로 얘기하고 있었다.

"난 자동차를 가져가지 않을 거야. 가져가 봤자 나한테 좋을 게 뭐야?"

한 사내가 말했다. 사람들이 있는 곳에서는 욕을 섞어 말하지 않으려고 애쓰는 기색이 역력했다. 그는 천천히 말했다.

"톨랸은 나한테 차를 쉽게 내주지 않으려 할 거야. 일단 세차도 해야 해. 그리고 너희만 신나게 놀고 나는⋯."

"됐어, 차는 반드시 필요해! 내일 가게에 들러서 맥주를 모두 쓸어 담아야 하잖아. 우리가 손에 들고 가봐야 얼마나 들고 가겠어? 그 정도로는 주말 동안 턱도 없지! 게다가 시골에서 추운 날씨를 뚫고 어떻게 맥주를 찾아 헤맬 수 있겠어? 한번에 몽땅 가져가야지. 맥주를 산 다음에 여자들을 태우고 출발하자. 거기만 가면 제대로 놀 수 있다고! 하루 종일. 그리고 일요일에 우리는 술을 안 마실 거고⋯."

"톨랸한테 차 빌려달라고 하기 싫어. 톨랸은 투덜댈 거라고."

이 사내들이 어찌나 부럽든지! 그들은 휴일 계획을 세우고 있었다. 며칠간 시골 어디에선가 '진탕' 마실 수 있다는 것이 부러운 게 아니었다. 그들에게 휴일이 있다는 사실이 부러웠다. 그들에겐 휴일이 있었다! 주중에는 일을 했고 주말을 기다렸다. 주말에는 술을 마시거나 낚시를 하러 갔고, 아니면…. 이런 건 중요하지 않다. 그들에게 휴일이 있다는 게 중요하다! 내가 마지막으로 휴일을 즐긴 게 아마 고향에서였던 것 같다. 아주 오래 전이다!

그런데 이제 누가 나에게 휴일을 준단 말인가! 누가 주말이라고 내 머릿속에 일어나는 상념들에서 날 자유롭게 하겠는가? 도대체 누가 그녀로부터 날 자유롭게 해줄 휴일을 선사한단 말인가! 아무도 그럴 수 없다! 휴일이 주어진다 해도 어떻게 휴일을 즐길 수 있겠는가! 나 스스로가 그 휴일을 누리지 않을 텐데.

당장 그녀에게 전화를 해야겠다! 오늘 만날 수 있다고 하면, 만나는 거다. 그녀가 오늘 볼 수 없다고 말하면 작업 현장에 들렀다가 바로 막스와 접선하면 된다. 그리고 술을 마셔야겠지!

나는 막스와 술 마시는 걸 아주 좋아한다! 예전에는 특히 좋아했다. 내가 아내와 이혼했을 때 우리는 자주 만나서 술을 마셨다. 최고였다! 처음에 나는 막스를 따라잡지 못했지만, 어느 정도 시간이 흐른 뒤에는 그를 여러 방면에서 뛰어넘었다. 처음에는 '집에 가야 한다'는 이상한 기분 때문에 제대로 놀 수 없었다. 어느 시점이 되면 나의 내부에서 제동이 걸렸고, 자유와 행복한 감정이 사라져버렸다. 그럴 때면 나 스스로에게 이렇게 말했다.

'너에게는 너를 기다리는 누군가가, 돌아가서 뭔가를 이야기할 가정이 없어. 웬만하면 자정이 되기 전에 들어가야 할 이유가 없다고. 너를 기다리고 걱정하고 네게 화를 낼 사람도 없어, 없다고! 즐겨도 된다는 말이야!'

하지만 흥은 저절로 사그라졌다. 그리고 울적함, 우울 비슷한 것이 찾아왔다. 나는 오랫동안 그런 상태로 지냈다. 그러고 난 후에는 울적한 감정도 지나갔다. 정확히 말하자면, 내게 주말이 있었던 건 아직 기혼일 때였다. 그때는 나에게도 주말이 있었다.

나는 금요일 저녁, 계획 없이 즉흥적으로 막스와 술 마시는 걸 굉장히 좋아했다. 만나서 하는 일은 늘 똑같았다. 처음은 맥주로 시작하고, 뭔가를 먹고 나서 내가 집에 돌아가려고 한다. 하지만 무슨 이유에선지 집에 갈 수 없게 된다. 그다음 자리를 옮긴다. 열두 시를 좀 넘어서면 나는 반드시 집에 전화했다.

"여보, 나 들어가는 중이야. 막스랑 같이 있었어. 오늘이 세르게이 생일이었거든. 그런데…."

나는 아내가 내 말을 끊지 못하도록 최대한 빨리 말하려고 노력했다. 그리고 내 생각에 나는 조금도 취한 목소리가 아니었다. 하지만 돌아오는 대답은 늘 "알아서 해! 됐어!" 혹은 침묵과 통화 종료를 알리는 신호음이었다. 어쨌든 나는 말을 끝까지 하는 데 성공한 적이 한 번도 없었다.

전화가 끊기고 나면 나는 화가 나서 쉴 새 없이 마셔댔다. 새벽 세 시에 집에 들어가서는 살금살금 걸었지만, 의자들을 넘어뜨리면서 소파까지 전진했다. 아침에는 영 상태가 좋지 않았다. 그리고 아무도 나와 대화하려 들지 않았다.

아픈 나는 막스에게 전화했다. 그는 상태가 더 안 좋았다. 우리는 전화로 잠시 수다를 떨고는 갈색 톤의 인테리어에 저녁마다 '플랫'이란 별명으로 불리는 도시의 유명그룹이 공연하는, 담배 연기 자욱한 작은 레스토랑에서 만나기로 했다. 그 식당은 우리 집과 막스네 집의 정확한 중간 지점에 있었다. 고향 도시에서는 모든 것이 가까이 있다. 식당에는 언제나 막스가 먼저 와서 맥주를 마시고 있었다.

여름의 주말은 아주 좋았다. 여름에는 식당 앞 파라솔 아래 앉아 있을 수 있었다. 그리고 고향 도시의 여름 토요일 두 시에는 사람이 별로 없었다. 그렇게 나는 그저 아는 정도가 아니라 완전히 외운 길을 따라 막스를 만나러 갔다. 태양빛 때문에 잘 보이지 않았고 아스팔트가 갈라져 걷기 힘들었다. 머릿속에서는 뇌가 별개의 신체기관처럼 느껴졌다. 그때 내가 어떻게 보였는지는 중요하지 않았다.

우리는 말없이 마주보고 앉았다.

"양심을 지키며 살기가 얼마나 힘든지."

막스가 구부정하게 앉아서 말했다. 그는 나를 기다리면서 맥주를 아주 조금 마셨고, 내 잔의 맥주가 일 센티미터 정도 더 높았다. 그는 내 맥주까지 주문해놓고 기다렸다. 막스는 늘 숙취로 우울하게 신랄해져 있었다.

"막스, 내 맥주 미리 시켜놓지 말라니까! 김도 빠지고 미지근해

졌잖아!"

내가 으르렁댔다.

"닥쳐! 넌 대체 뭐 하는 인간이야!"

막스는 이렇게 말하고는 맥주잔을 들었다. 그리고 나도….

맥주 맛은 정말 끝내줬다! 그러고 나서 나는 맥주를 작은 잔으로, 막스는 큰 잔으로 한 잔 더 마셨다. 그러고 나면 종업원이 따뜻한 살랸카 수프와 얼린 보드카 백 그램을 가져왔다. 우리는 보드카를 오십 그램씩 나눠 마셨다. 그리고 수프를 먹었다. 그러면 몇 분 뒤 다시 정신이 돌아왔다. 햇빛, 나무에 걸린 큰 잎사귀들, 파라솔의 그늘, 여름 소리, 자전거 타는 아이들…. 그리고 내 가슴을 기쁨으로 아주 높이 두둥실 띄워 보내는, 이런 생각을 했다.

'아직 긴 저녁 시간이 남아 있는 데다 내일은 일요일이다. 행복하다! 그리고 여름도 막 시작되고 있다. 세상에, 얼마나 멋진가! 주말이다!'

나는 지하철에 눈을 감고 앉아 있었다. 나는 지쳤다. 아주 지쳤다. 내 머리는 기울었고 턱이 가슴팍으로 떨어졌다. 내가 얼마나 잔 건지 모르겠다. 십 분에서 십이 분 정도 잔 것 같다. 그 이상은 아니다. 나는 졸다가 옆 사람 쪽으로 고개가 떨어지면서 깨어났다. 깨어나서 다행이었다. 첫째, 나는 내려야 할 역을 지나치지 않았다. 둘째, 나는 아랫입술에서 이제 막 흘러내리려는 침을 간신히 다시 들이마셨다. 나는 재빨리 입을 훔치고는 정신없는 눈빛으로 주위를 살폈다. 정신이 하나도 없었다. 그 십 분에서 십이 분 동안 졸면서 꾼 꿈 때문이었다. 정확히는 꿈을 꿨다고 할 수 없다. 나는 그곳에 있었던 것이다. 그러니까….

나는 다리를 넓게 벌리고 서 있었다. 눈이 감겼다. 나는 성냥개비로 눈꺼풀을 들어올려 고정시키는 게 가능할지, 어떻게 하면 그렇게 할 수 있을지 진지하게 생각할 정도로 졸렸다. 그런 방법에 대해 말하는 걸 보니 성냥개비로 눈꺼풀을 고정시킬 수 있기는 한가 보다.

선교에는 당직 선원과 나만 남아 있었다. 선원은 이제 막 교대했는데도 간신히 서 있었다. 어둠을 응시하는 건 무의미했다. 아무것도 보이지 않는데도 우리는 고집스럽게 어둠을 응시하고 있었다. 폭풍우가 잦아들었다. 우리는 폭풍우가 치던 하루 하고도 반나절 동안 정신이 없다가 이제 좀 나아졌다.

그동안 나는 거의 못 잤다. 하루 종일 기계실에 있어야 했다. 기관사 한 명과 기계 운전자 두 명은 거의 위로 올라오지 않았다. 오래된 기계가 이유 없이 작동을 멈추곤 했기 때문이다. 나는 계속해서 그들한테 내려갔다. 하지만 나는 그들을 도와줄 방법이 없었다. 폭풍우가 몰아치는 동안 우리는 어떻게든 전진했다. 노선을 유지하고 배가 뒤집어지지 않도록 노력하고 있었다. 폭풍우가 잦아들자 기관사가 자랑스럽게 말했다. 우리는 십이 노트로 갈 수 있다고 말이다. 십이 노트가 뭔가. 벌써 여섯 시간째였다.

나는 계속 시간을 확인하고 있었다!

여섯 시간째 막스에게서 어떠한 신호도 없었다. 그의 구조 요청 신호를 처음 들은 건 노르웨이인들이었다. 그들은 막스를 구하러 움직였으나 수색 지역 바다의 얼음이 두꺼워 더 나아가기 어렵다고 했다. 막스를 구하기 위해 총 열네 대의 선박이 움직였다. 덴마크인은 두 대의 항공기를 띄우려고 준비했으나, 비행은 꿈도 꿀 수 없는 날씨였다. 우리를 덮친 폭풍우가 이십사 시간 넘게 기승을 부렸다. 이 폭풍우 때문에 구조원들도 여기저기로 흩어지는 바람에 대부분이 철수하기 바빴다.

하지만 구조 요청 신호는 계속해서 들어왔고, 우리는 그 신호를 놓쳤다가 다시 잡곤 했다. 나는 막스가 아직 살아있고 잘 견뎌내고 있을 거라고 굳게 믿었다. 그의 배에 무슨 일이 생긴 건지는 아무도 몰랐다. 갑자기 막스가 구조 요청 신호를 보냈다. 그것도 생각지도 못했던 곳에서. 막스는 어떻게 그곳까지 간 걸까? 이제 어떻게 하지? 우리만이 (우리도 구조신호를 보내야 할 처지였으면서) 십이 노트의 속력으로 그를 구하러 가고 있었다. 그러나 막스는 여섯 시간 전부터 침묵하고 있었다.

나는 항해사에게 원래 노선대로 운항하라고 지시하고는 선실로 내려가 있기로 했다. 주방을 지나가면서 안을 슬쩍 들여다봤다. 조리사가 앉은 채로 자고 있었다. 나는 미안했지만, 그를 깨워서 각설탕 여섯 개를 넣은 커피를 부탁했다. 그리고 그에게 지시했다.

"선교에 있는 당직 선원한테도 한 잔 가져다주고 먹을 것도 좀 챙겨주게. 뭘 좀 먹게 하면 잠들지 않고 버틸 수 있을 거야."

나는 뜨거운 커피가 담긴 커다란 에나멜 잔을 들었다. 나는 이 커피를 안다! 무슨 이름이었는데. 나는 뭔가 뜨겁고 달짝지근한 걸 마셔야 했다. 나는 크게 한 모금 들이켰다가 꽥 소리칠 뻔했다. 입 천장과 식도까지 완전히 타버린 것 같았다. 눈에는 눈물이 핑 돌았고, 입천장이 벗겨진 것 같았다.

꿈에서 살짝 깼지만, 그 시간이 길지는 않았고 너무 멀리 간 것도 아니었다.

나는 입에 손가락을 집어넣어 입천장의 벗겨진 부분을 떼냈다. 그러고 손을 우비에 문질러 닦았다. 감각이 돌아왔다.

덴마크인과 노르웨이인, 스웨덴인이 바다에 두꺼운 얼음이 있다고 입을 모아 경고했다. 하지만 우리는 너무 지친 상태였기 때문에 무서울 게 없었다. 게다가 얼음이 두껍든 얇은 무슨 상관인가? 내 낡은 배한테는 똑같았다. 최악의 경우에는 익사밖에 더하겠는가.

우비 모자를 쓰고 갑판을 봤다. 갑판에 얼음이 잔뜩 떨어져 있었고, 닻줄에는 하얀 서리가 아름다운 모양으로 얼어 있었다. 바람은 차갑지만 강하지는 않았다. '어둡다!' 이것이 잠에 취한 나의 뇌가 내릴 수 있는 유일한 결론이었다. '저 어둠 속 어딘가 막스가 있다.'

그때 선교에서 호출이 있었다. 다시 구조 요청 신호가 잡혔다고 했다! 우리는 옳은 방향으로 가고 있었던 것이다.

"감각이 있으시다니까요."

선원이 말했다. 무선기사와 항해사 그리고 나는 미소만 지을 뿐이었다. 나는 기계부서에 이 희소식을 전했고, 속력을 내달라고 부탁했다. 기관사가 뭐라고 투덜대더니 입을 다물었다. 알고 보니 막스는 수천 마일 떨어져 있었다. 나는 이제 삼십 분이라도 잘 수 있겠다고 생각했다. 나는 선실로 내려가 침대에 앉았다. 몇 초간 배의 금고에 넣어둔 브랜디를 떠올렸다. 하지만 마실 힘이 없었고, 이 브랜디는 암흑 속에서 우리를 기다리는 그 사람들에게 더 필요할 것 같았다. '막스가 좋아하겠지.' 나는 이렇게 생각했다. 그리고 침대에 눕지 않고 벽에 등을 기댄 채 그대로 잠이 들었다.

나는 옆으로 몸이 기울어지는 걸 느끼며 잠에서 깼다. 그리고 내 침이 떨어지는 걸 느꼈다. 나는 자세를 고쳐 앉아서 눈을 떴다.

지하철 안에는 이제 사람이 그리 많지 않았다. 내가 자리를 양보해주지 않았던 여편네는 내 맞은편에 앉아 있었다. 그 여편네의 코에는 안경이 걸려 있었고, 부드러운 표지에 싸인 책을 읽고 있었다. 내가 그녀를 본 순간 그녀가 손가락에 침을 묻혀 페이지를 넘겼다.

'인상적이군. 아마 지하철을 자주 이용하나 보지. 그런데 나는 아니라고. 됐어!'

나는 이렇게 생각했다. 그리고 구멍 난 타이어, 트렁크와 조수석 캐비닛이 지저분한 내 더러운 자동차를 떠올렸다. 그리고는 불현 듯 방금 내가 있던 그 꿈속이 떠올랐다. 이번에도 꿈속에서는 아주 좋았다. 그곳에서는 마음도 편안하고 아주 환상적이었는데! 그렇게 분명하고 연계성 있게 이야기가 이어지는 꿈은 꾼 적이 없었다. '그건 별로 꿈같지 않았어'라고 생각했다. 이 꿈에 대해 생각해봐야 했다. 왜냐하면 그곳, 그 속… 그러니까 내가 꿈에서 본 그곳에서는 모든 게 분명했고 단순했고 엄격했다. 그러면서도 마음은 가벼웠다! 모스크바 지하철에 앉아 있는 나는 추운 바다나 사막에 있는 '나'가 몹시도 마음에 들었다.

'그곳에는 구원이 있다, 구원이!'

7

지하철역 밖으로 나와 그녀의 전화번호를 눌렀다. 그리고 곧바로 취소 버튼을 눌렀다. 입안이 아주 텁텁했다. 나는 오늘 아무것도 먹지 않았고, 지하철에서 졸기까지 했다. 입안이 이렇게 텁텁한 채로는 전화로라도 그녀와 대화할 수 없다.

가판대에서 껌을 샀다. 껌을 씹으면서 번호를 눌렀다가 다시 끊었다. 어떻게 껌을 씹으면서 그녀와 대화할 수 있겠는가?

시계를 봤다. 세 시 삼십 분! 지하철이 확실히 빨랐다. 체감하기로는 더 오랜 걸린 듯했지만….

뭔가를 먹어야 했다. 음식을 좀 챙겨서 입 속으로 밀어 넣어야 했다! 속이 텅 빈 느낌 때문에 머리까지 빙빙 도는 것 같았다. 하지만 뭔가를 먹을 기분이 전혀 아니었다! 뭐가 되었든 씹고 삼켜야 한다는 생각을 하니 구역질이 났다.

나는 케피르(역자 주_ 러시아 유제품, 요거트와 비슷함)를 한 병 사서 단숨에 들이켰다. '케피르는 몸에 좋지.' 나는 이렇게 생각한 나 자신을 비웃었다.

'몸 어디에 좋다는 거지? 뭐 됐어, 좋다는 게 중요한 거지!'

이 년 전 나는 실내 자전거를 샀다. 지금 그 실내 자전거는 무질서한 내 침실의 정중앙에 우뚝 서서는 그 존재만으로 젊음과 건강 그리고 언젠가는 목적의식과 이성이 내 방을 지배할 수 있다는 희망을 고하고 있었다. 차고나 창고, 다락방, 다차에 처박혀 있는 사용하지 않는 실내 운동기구를 많이 봐왔는데도 나는 결국 실내 자전거를 사고 말았던 거다. 그걸 산 이후 주기적으로 아침마다 조깅을 하겠다거나 아령을 들겠다는 결심을 하지 않아도 되었다는 점에서만 의미 있는 소비였다. 실내 자전거는 내 침대 옆에 서서 '다 소용없어!'라고 말하는 것만 같았다.

실내 자전거를 산 후 삼 일 동안은 페달을 밟으며 스스로를 대견해했다. 그리고 평소보다 자주 거울을 봤다. 막스는 우리 집에 와서 외투인지 점퍼인지도 벗지 않은 채 바로 실내 자전거에 앉았다. 그리고 또 시작했다.

"사샤, 이 숫자는 무슨 의미지? 내가 몇 킬로미터나 갔는지 나타내는 거야, 뭐야?"

막스가 손가락으로 화면을 가리키며 물었다.

"아니, 네가 소모한 칼로리야. 그리고 이게 주행거리를 미터로 나타내는 거고."

내가 참을성 있게 설명했다.

"사샤, 너는 알지? 이게 다 뭔지 말이야? 미국인들이 칼로리라는 걸 아주 잘 만들어냈다니까! 아주 영리해! 나도 이런 걸 하나 사야겠어."

막스는 페달을 힘차게 밟으면서 올라가는 숫자를 보며 수다스럽게 말했다.

"그런데 이게 도움이 돼?"

"어디에 도움이 되냐고 묻는 거야?"

"아니, 전반적으로 말이야…."

"전반적으로? 도움이 되지!"

지하철에서 '작업 현장'까지 걸어가면서 몇 번이나 미끄러져 넘어질 뻔했다. 오래된 눈이 잔뜩 쌓여 있고, 얼음이 얼어 미끄러운 길을 다니는 더러워진 차들이 있는 이 시기의 모스크바가 싫다. 도시가 지쳤다는 것이 느껴졌다. 쌓인 눈높이가 올라가 모스크바가 줄어든 것 같고, 어두운 하늘이 모스크바를 압박하는 것처럼 느껴졌다. 아직 네 시도 안 됐는데 벌써 주위가 어둑어둑해졌고, 많은 창문에 불이 켜져 있었다. 아침부터 한 번도 불빛이 들어오지 않은 창문도 있었다.

'우리는 지쳤어. 모두들 지쳤다고.'

머릿속에서 이런 소리가 울렸다.

현장까지는 그리 멀지 않았다. 안으로 들어가기 전 '수리 중'이라는 안내판을 붙인 창 앞에 멈춰 섰다. 아주 고요했다. 상황이 정말 심각하다는 의미다. 현장으로 향하는 길에 멀리서부터 뭔가 내려치는 소리, 둔탁한 소리, 우렁찬 목소리가 들려올 때는 아주 기분이 좋은데 말이다. '욕을 한 바가지 해줘야겠군'이라고 생각하면서, 건물로 들어가기 전 그녀의 전화번호를 눌렀다.

또 다시 그 음성…. 그녀의 목소리가 아닌, 조금 후에 다시 전화해달라는 음성안내 메시지 소리를 듣게 될까 두려웠다. 나는 두려웠다. 그저 두려웠다. 나는 그녀에게 전화할 때마다 늘 그 두려움을 느꼈다. 그러는 동안 감지할 수 없는, 두 전화기를 이어주는 몇 초가 흘렀다. 그리고 긴 연결음이 들렸다. 하나, 둘, 셋…. 그녀가 전화를 받았다!

8

나는 그녀의 말을 재현할 수 없다. 만났을 때나 통화했을 때 그녀가 나에게 한 말 한마디 한마디를 기억하고 있지만 말이다. 나는 그녀의 억양도 기억한다. 하지만 그녀의 말을 다시 재현하거나 되풀이하지 않을 거다. 그저 그렇게 할 수 없기 때문이다!

그녀는 전화를 받고서는 나라는 걸 알고 기뻐했다. 그리고는 중요한 미팅이 있어 잠시 전화기를 꺼두었다고 말했다. 내가 전화했었다는 걸 의식하고 모두 설명해준 거다. 얼마나 멋진 여자인가!

당연히 나는 미팅은 어땠느냐고 물었고, 그녀는 잘 끝났다고 대답했다. 그녀가 나에게 요즘 어떻게 지내냐고 물었고 나는 빠르게, 아주 빠르게 모든 이야기를 쏟아냈다. 친구 막스가 모스크바에 왔는데 소개해주고 싶다는 것, 자동차와 타이어 얘기 그리고 작업 현장의 문제에 대해 말했다.

"그리고 내 친구 파스칼 말이에요, 기억해요? 전에 이야기한 적 있는데…. 아니, 프랑스인인데요. 모험가이지만 로맨티스트인 친구예요. 기억 안 나요? 순진하고 아주 적극적인 프랑스인이요."

물론 그녀는 곧 기억해냈다.

"맞아요. 그런데 파스칼이 사실은 그렇게 순진하지 않더라고요."

나는 웃었다.

"파스칼이 무슨 짓을 했는지는 만나서 말해줄게요. 아주 웃긴 일이 있었어요."

그러고 나서 늦은 저녁 시간에 보자고, 오늘 저녁에 일이 끝나고 짧게라도 만나면 더 좋겠는데 괜찮은지 물어봤다. 나는 그녀에게 편한 장소로 가겠다고 했다.

그녀는 오늘 만날 수 있을지 아직 확답할 수 없다고 했다. 만나고는 싶지만 딸에게 일이 좀 생겼다며 다시 전화하겠다고 말했다. 그래서 나는 한 시간 후에 내가 전화하겠다고 말했다. 그녀가 웃었다. 정말 즐거운 듯 웃었다. 만세! 나는 순식간에 기분이 나아진 정

도가 아니라, 좋아졌다! 그저 날아갈 듯한 기분이었다. '이제 욕을 퍼부으러 갈 수 있겠군.'

나는 이렇게 생각하면서 건물 안으로 발을 내디뎠다.

현장에 문제가 없을 때는 내부가 심하게 소란스러우면서도 쓰레기는 거의 없다. 그런데 지금 이곳 상황은 정반대였다. 아주 고요했고 사방이 쓰레기투성이였다. 전선도 여기저기 늘어져 있었다. 그러니까 아주 안 좋은 상황이었다. 미래의 쇼핑센터가 될 그 큰 공간에 사람은 한 명도 없고 오로지 추위만 있었다. 복도 쪽에서 소리가 들려왔다. 나는 그쪽으로 발길을 돌렸다. 담배 연기과 음식 냄새가 흘러나왔다. 멀리 떨어진 방에서 웃음소리와 말소리가 새어나오고 있었고, 냄새의 역시 그곳에서 흘러나오고 있었다.

그 안에는 먼지 묻은 녹색 작업복을 입은 젊은 인부 여섯 명과 파란 특수 작업복을 입은 뚱뚱하고 눈썹이 짙은 작업반장 보리스 그리고 내 조수 그리샤가 있었다. 그리샤는 아주 착하고 행동이 빠릿빠릿한 청년이었다. 그는 나를 아주 닮고 싶어 했고, 모든 면에서 나를 따라 하려고 노력했다. 나는 그리샤가 나를 닮으려고 애쓰는 것을 알게 된 후 그의 잘못을 더 자주 용서해줬고, 욕도 덜했다. 어쨌든 혼내긴 했지만.

내가 그 방으로 들어서자마자 모두들 입을 다물었다. 나는 그리샤에게 악수하며 인사했다. 다른 사람들에게는 고개만 끄덕인 후 그들의 얼굴을 훑어봤다. 긴장한 기색이 바로 느껴졌다. 당연하다!

다들 상황이 어떻게 돌아가는지 알고 있었다. 다들 질책을 받을 것이라는 것을 알고 있었다.

방 안 상태는 열악했다. 악취가 났고 테이블 위에는 닦지 않은 잔들과 오래 써서 못쓰게 된 찻주전자가 놓여 있었다. 그리고 벽에는 비키니를 걸친 세 여자의 엉덩이 사진이 붙은 달력이 걸려 있었다. 보아하니 다들 풀어져서는 일에서 손을 놓고 있었다.

"그리샤, 잠깐 나와보게!"

나는 그리샤에게 말했다

"죄송합니다만, 잠시 이야기하고 오겠습니다."

나머지 인부들에게는 이렇게 말했다. 인부들은 정중한 존댓말을 들을 때 가장 긴장한다. 존댓말을 들으면 마음속에 죄책감이 들기 때문이다. 늘 그런 건 아니지만 대체로 그렇다. 나는 그 심리를 이용했다.

나는 그리샤와 다른 방으로 갔다.

"무슨 일이 일어난 건가? 말해보게."

나는 늘 그리샤를 정중하게 대했다.

"문제가 생겼습니다! 파샤 말입니다. 제가 지금은 파샤를 다른 현장에 보낸 상태인데요. 바로 오 일 전에 파샤의 아들이 태어났습니다. 파샤가 저한테 그 소식을 전했고요. 그래서 이틀 동안 일을 쉬게 했죠. 그런데 바로 그날 파샤가 술이랑 이것저것 잔뜩 사오더니 바로 여기에서 술판을 벌인 겁니다. 그렇지만 작업시간이 끝나갈 때였어요. 정말이에요. 그런데 그때 마침 건물주가 친구를 데리고 여기에 들른 거예요. 어쩌다 한 번 있는 일인데 하필이면 그때 온 거예요.

사실 저희가 딱히 잘못한 건 없었어요. 인부들은 취기가 약간 올라 즐거워하고 있었지요. 건물주가 나타나자 저희는 그럴만한 일이 있이 있다고 인사하며 그에게 한 잔 권했어요. 그런데 갑자기 인부들과 저에게 욕을 퍼붓는 거예요. 그러면서 공사장 인부들을 바꿔야겠다고, 공사비도 못 주겠다고 했어요. 우리를 협박한 거죠. 파샤는 완전히 기분 상했고요."

"그랬군. 그런데 공사비를 주고, 안 주고는 나와 상의할 문제일 텐데."

내가 엄중히 말했다.

"그리샤, 그래서 문제의 요지가 뭔가?"

"그러니까 그게 문제입니다."

"그게 뭔가?"

"인부들 말입니다."

그리샤는 손으로 애매하게 인부들이 있는 방을 가리켰다.

"인부들은 돈을 받고 싶어 해요."

"무슨 돈 말인가? 선금은 이미 받았을 텐데! 나머지는 완공해야 받는 거지."

"인부들은 파샤만이라도 임금을 미리 받아야 한다는 거예요. 파샤가 아들이 태어난 것을 축하할 수 있도록 말입니다."

"이미 축하했던 거 아닌가?"

그리샤에게 그렇게 말해봤자 소용없다는 걸 알면서도 나는 말했다. 그리샤가 무슨 힘이 있겠는가? 우람한 사내들, 일꾼들이 무리 지어 있으면 특히 양심에 호소하고 정의를 강요하게 마련이다. 그리샤가 어깨를 으쓱해 보였다.

"그러니까 뭔가, 파업이라도 하겠다는 건가?"

"아닙니다. 파업까지는 아니지만, 건물주의 행동도 옳은 건 아니지 않습니까."

그리샤는 완전히 풀이 죽어서 내 눈을 똑바로 쳐다보지 못했다.

"건물주는 저희 얘기는 조금도 들으려 하지 않았고, 당신하고만 이야기하겠다고 했어요."

그렇다. 공사 현장을 방치한 건 나였다! 그 점은 분명한 사실이다. 그리고 이 쇼핑센터의 주인은 꽤나 신경질적인 데다 쩨쩨한 인간이었다. 모든 사항을 열 번이나 확인하고 또 확인했다. 그 정도는 이해해줄 수 있다. 하지만 내가 돈을 지나치게 많이 받는다고 굳게 믿고 있다는 점에서 최악이었다. 그는 리모델링에 대해 좀 아는 사람들 중에 자신이 듣고 싶은 말, 즉 자신이 공사비를 완전히 바가지 쓰고 있다고 말해주는 친구들을 현장에 데려오곤 했다. 물론 건물주들이 이렇게 행동하는 경우를 다른 공사를 진행할 때도 겪어봤다. 나는 그저 불평하는 소리가 듣기 싫은 것뿐이다. 물론 돈이 중요한 건 맞지만.

이 쇼핑센터 공사는 어쩐지 처음부터 일이 잘 안 풀렸다. 나는 노력해보지도 않고 이곳에 신경을 끊었다. 이번에 아들을 낳은 파샤는 꽤 오랫동안 나와 작업해온 괜찮은 사내였다. 작업반장 보리스도 쓸 만한 사람이었다. 나머지 인부들 중에는 내가 모르는 사람도 있지만, 작업반 자체는 문제가 없다. 다만 뭔가 쌓이고 쌓여서 이 지경에 이른 것이다. 그리샤는 상황을 제어하지 못했고 건물주, 그러니까 공사를 맡긴 쇼핑센터 주인은 화가 나서 나에게 전화했던 것이다. 그런데 그때 나는 뭘 하고 있었지? 나는 열렬한 사랑에 빠져 있었던 것이다. 그렇게 된 거다!

상황을 해결해야 했다. 최근 들어 인부들도 설렁설렁 작업하다가 이제는 완전히 손을 놓아버린 상태였다. 이들은 나에게 뭔가 할 말이 있는 게 분명했다. 나는 이런 식의 집단 선동과 남자들의 분노를 너무나도 잘 알고 있다. 나는 그런 것을 좋아하지 않는다. 상황을 해결하기 위해 인부들에게 가봐야 했지만, 정작 나의 마음은 당장 그녀에게 가고 싶었다.

나는 불만이 가득한 인부 일곱 명이 기다리고 있는 방으로 다시 들어갔다.

"이런 식으로 나온다, 이겁니까?"

그보다 더 무의미하고 쓸데없는 말은 없었다. 하지만 어떻게든 말문을 열어야 했다.

"자, 그러니까 누구한테 시위하기로 한 겁니까? 이래서야 되겠습니까! 이틀이나 일을 안 하다니요? 이번 주는 휴일 없이 일할 겁니다. 간단한 논리입니다. 일터에서 술을 마신 건 따로 이야기해야 할 사안이고요. 이런 일을⋯."

"지금껏 한 작업에 대한 임금을 주고 우리에게 사과하기 전까지는 일하지 않겠습니다."

옅은 금발의 덩치 큰 청년이 말했다. 다른 인부들은 모두 서 있었는데 그 혼자만 앉아 있었다. 이전에 나와 일한 적 없는 청년이었다. 보아하니, 그는 무엇을 얘기할지 오래 전부터 벼르고 있었던 것 같았다.

"세게 나오시는군요! 또 있습니까?"

내가 대답했다.

"파샤를 복직시키고 그에게 보너스를 줘야 한다고 생각합니다!"

작고 마른 사내가 말했다. 그의 작업복이 가장 깨끗했다. 오랫동안 봐온 사내로 실력 있는 전문가였으며 인성도 좋았다.

"첫 아들이 태어났지 않습니까. 뭔가 인간적으로⋯."

"인간적으로라고요? 보너스요? 그래요!"

내가 날카롭게 그의 말을 끊었다.

"당연하죠! 일터에서 술 마시고 난동 피고 게으름을 피운 것에 대한 보너스 말이죠! 당연히 줘야지요! 꼭 주겠습니다."

"파샤는 그 일이 있기 전까지 열심히 일했습니다. 그리고 파샤가 난동을 피웠다고는 할 수 없고요."

그리샤가 끼어들었다.

그는 내 바로 뒤에 서 있었다. 사실 가장 난처한 사람은 그리샤였다. 그리샤는 나와 작업반 사이에 껴 있는 형국이었다. 그리샤는 모두 자신의 탓이라고 생각했겠지만, 끼어든 타이밍이 아주 적절하지 않았다.

"일터에서의 음주라니 말도 안 되는 일입니다! 나는 이 일을 어영부영 넘기지 않겠어요. 그리샤 자네도 잘 알겠지. 자네와는 따로 얘기하겠네. 작업도 제대로 관리하지 못했으면 끼어들지 말게!" 나는 그리샤에게 눈길도 주지 않고 이렇게 말했다.

"우리는 일을 마친 다음에 마신 겁니다. 동료의 아들이 태어났다니까요! 일이 끝난 후에 술도 못 마십니까?"

아까 그 금발 청년이었다.

'이 청년이 문제로군.'

"술이요? 얼마든지 마시세요! 나와는 상관없는 일이니까요. 그런데 '현장'에서, 작업복을 입고 술을 마시는 건 상식 밖의 행동입니다! 심지어 세 쌍둥이가 태어났대도 그건 절대 안 됩니다."

나는 그 금발의 청년은 눈으로 정면을 응시했다. 그는 내 눈길을 피하지 않으며 조소를 머금었다.

"여러분은 음주 그리고 직무태만으로 징계를 받게 될 겁니다."

"여긴 우리 일터입니다."

그 청년은 투명한 눈을 거두지 않고 나를 쏘아보며 말했다.

"여기서 우리는 일도 하고 누군가에게 좋은 일이 있으면 축하할 수도 있어요. 동료를 축하해줄 수도 있다는 말입니다."

그는 '우리'와 '우리는'에 힘주어 말했다.

"그런데 그 일터를 여러분에게 제공한 게 바로 나입니다. 그러니

여러분이 여기서 뭔가를 해도 되고 안 되고는 내가 결정합니다. 이
해했습니까?"

나는 '나'에 힘을 실어 말했다.

"그리고 여기서 술을 마시는 건 허용할 수 없고요!"

나는 저 밝은 금발의 청년을 해고하기로 마음먹었고, 의도적으
로 대화를 극단으로 끌고 갔다. 나에겐 승리가 필요했다.

금발 청년이 말을 이었다.

"우리가 그… 당신의… 그러니까 그 '주인'을 곱게 보낸 걸 감사
히 여겨야 합니다."

다른 사람들은 아무 말도 하지 않았다. 즉 모두들 저 금발 청년
의 말에 동의한다는 거다.

"클라이언트는 자신이 여기서 내뱉은 말을, 그러니까 책임져야
합니다."

"나는 당신들에게 감사할 이유가 없습니다! 그리고 당신한테는
더더욱!"

나는 금발의 청년을 손가락으로 가리켰다.

"그리고 여기서 당신에게 누가 무슨 말을 했든 내 알 바 아닙니
다. 여기에서 작업복을 입고 있다는 건 작업을 해야 된다는 뜻이고
요. 이틀 내내 놀아도 된다는 게 아니란 말입니다. 알겠습니까?"

'저 사내를 반드시 해고해야겠어.'

나는 이렇게 생각하면서 말을 이었다.

"여러분은 술을 퍼마셨으니 이 일에 있어서는 변명의 여지가 없

겠죠. 게다가 아무것도….'

"됐고, 왜 자꾸 '퍼마셨다, 퍼마셨다'라고 하는 거야? 다른 말로
는 못 하겠어?"

금발의 청년이 폭발했다.

'아주 좋아! 됐어. 그는 이미 진 거야.' 나는 생각했다.

"'됐고'라는 말은 집에서나 쓰도록 하게. 부모님이 자네를 잘못
교육시킨 탓이니."

금발의 청년이 그 말에 이성을 잃는 게 눈에 보였다. 나는 이렇
게 흥분해서 고래고래 소리 지르는 인간에게 일부러 '신성한' 부모
님을 들먹인다.

"그리고 '삿대질'도 집에서나 하도록 하고."

그는 거의 튀어오르듯 자리를 박차고 일어났다. 얼굴에 반점이
나타났다. 오른쪽 볼에 이상한 모양으로 홍조가 생겼다.

'홍조 띤 모양이 마치 아프리카 지도 같군.'

나에겐 이렇게 생각할 여유도 있었다.

"뭔가? 한 대 치려고 그러나?"

나는 아주 침착하게 말했다.

"알아두게. 여기서 자네를 도와줄 사람은 한 명도 없어. 모두 자
네 말에 완전히 수긍하는 건 아니거든. 나와 우리 동료들은 (나는 나
머지 사람들을 아우르는 몸짓을 하며 말했다.) 오랫동안 함께 일해왔거든.
갈등도 한번 없었고. 그렇죠, 보리스?"

내 모습은 예수 그 자체였다. 나는 집단분노의 연대를 깨버렸다.

조작한 거냐고? 그렇다! 안 그러면 어쩌겠는가!

"그러니까…."

보리스가 대답을 우물거리며 눈을 피했다.

"그리고 앞으로도 정말 '됐고'라고 말할 생각이라면, 젊은이, 난 자네를 해고할 수밖에 없네."

"젊은이라고 부르지 마! 다 알아들었으니까."

금발 청년은 완전히 절망에 차서 전투적으로 대답했다.

"앞으로는 어떤 호칭으로든 자네를 부를 일이 없을 거네. 더 이상 만날 일이 없을 테니."

나는 그리샤 쪽으로 돌아섰다. 그리샤는 쳐다보기 애처로울 정도였다.

"그리샤, 이 남자의 정산서 좀 작성해주게. 지난 이틀간 한 일에 대한 임금도 지불해주고. 자잘한 일들은 신경 쓰지 말자고. 이해했지? 저 사람한테서 특수 작업복과 장비를 수거하고. 뭘 해야 하는지는 자네가 더 잘 알겠지. 미안하네, 그리샤. 나는 자네가 일을 잘한다는 걸 추호도 의심하지 않지만…."

"개자식들! 염병할!"

금발 청년이 나를 제외한 사람들을 향해 소리쳤다. 그리고는 그 자리에서 작업복을 벗기 시작했다.

"그리샤, 저 사람이 편히 옷 갈아입을 수 있게 나가 있자고."

나는 잔뜩 경직되어 있는 그리샤에게 말했다.

"보리스, 기다리게. 다들 나를 기다리라고 하고."

내가 작업반장에게 이렇게 말하자, 그는 기다렸다는 듯 고개를 끄덕였다.

"그리샤와 다시 돌아오겠습니다."

나와 그리샤가 방을 나서자마자 방금 해고당한 사내의 고함이 들려왔다. 그리고 말다툼이 일어났다.

"그리샤, 물어볼 게 두 가지 있네. 당신도 저들과 함께 마셨나? 그리고 저 청년은 어디서 나타난 건가?"

"저는 딱 한 번, 파샤의 첫 아들을 위해 건배한 게 전부입니다."

그리샤는 졸도할 것만 같았다.

"죄송합니다. 그런데 그 청년은…, 그는 트베리에서 온 제 친척이에요. 얼마 전에 군복무를 마쳤고요. 저는 그를 전혀 모릅니다. 친척들이 부탁해서…. 나쁜 사람은 아닌데…."

"무슨 소린가, 아주 돼먹지못한 녀석이던데!"

내가 그리샤의 말을 끊었다.

"앞으로 착해질 수도 있겠지만, 나는 교육자가 아니기 때문에 그를 교육시킬 수 없어. 그건 우리 소관이 아니거든. 그리고 친척을 데려다 쓰는 건 아주 잘못된 일이야. 그런데 최악은 당신이 저 인부들과 함께 술을 마셨다는 사실이네. 자네도 같이 마신 거니 당연히 지금 이 상황에서 저들을 옹호해야 했겠지. 자네도 저들과 마찬가지로 징계할 수밖에 없네."

"당연하죠! 그럼요!"

그리샤는 내 마지막 말을 듣고 너무도 기뻐했다.

"저는 하나도 억울하지 않습니다."

그때 금발 청년이 우리 앞을 성큼성큼 지나갔다. 그는 검은 점퍼에 털모자를 쓰고 있었다. 그는 건물에서 나가기 전에 이쪽을 보더니 그리샤에게 "감사했습니다!"라고 말했다. 그러고 나선 휙 나가면서 문을 세차게 닫았다.

나는 방으로 돌아가서 작업반 사람들에게 말했다.

"이렇게 하죠. 파샤는 반드시 복직시킬 테니 그건 걱정하지 마십시오. 또 다른 문제가 있습니까? 진지하되 흥분하지 말고 말해주세요."

"사샤, 그러니까 말입니다. 우리에게 막말을 했던, 당신의 클라이언트 말입니다. 그가 다녀간 후로는 그 사람을 위해 일하는 게 내키지 않습니다. 여기 있는 인부들 모두 괜찮은 사람들이에요. 그날은 술을 많이 마셨던 것뿐이지요. 우리는 클라이언트에게 다 설명했지만, 그는 고함치더군요. 그가 우리한테 그렇게 소리를 질러도 되는 건가요?"

보리스가 말했다.

"사샤, 클라이언트가 정말로 우리를 모욕했어요. 협박도 했다고요! 제 설명은 들어보려고도 하지 않고요."

그리샤가 힘주어 말했다

"자네가 다른 사람들과 함께 술을 마시지 않았더라면 자네 말을 들었겠지."

내가 대답했다.

"물론 그리샤, 자네가 대처하기에는 지위가 아주 약하다는 걸 알고 있네. 여러분, 욕에는 욕으로 나가야 합니다. 이제 마무리를 해볼까요."

나는 휴대전화를 꺼내 들었다.

"잘 보세요. 우리 클라이언트의 전화번호입니다."

나는 번호를 누르고 전화기를 귀에 가져다 댔다. 모두들 숨죽이고 상황을 지켜보았다.

"여보세요, 안녕하십니까. 예브게니 리보비치! 네, 안녕하십니까! 사샤입니다!"

클라이언트가 내 목소리를 알아차리고는 바로 자신의 이야기를 빠르게 시작했다. 하지만 일곱 쌍의 눈동자가 나를 향해 있었다.

"예브게니 리보비치! 말 끊어서 죄송한데요, 제가 지금 현장에와 있습니다. 그런데 이 말씀을 꼭 드리려고요. 진행된 작업에 질적으로 문제가 있거나 작업 기한, 제 사람들한테 불만이 있으면 저에게 직접 말씀해주십시오. 이 사람들은 저와 한두 번 일한 게 아닙니다. 그리고 이들을 모욕하거나 명령조로 말하지 마시고요. 그렇게해주셔야 합니다! 당신은 이 사람들의 윗사람이 아닙니다! 이해하셨죠?"

그는 생각을 정리하는 듯했다. 잠시 후 수화기에 대고 뭐라고 소리쳤다. 나는 귀에서 전화기를 약간 떨어뜨린 다음 얼굴을 찌푸리고 보리스를 향해 눈짓했다. 모두 만족스럽게 발을 구르며 웃기 시작했다.

"예브게니 리보비치, 예브게니 리보비치! 잠깐만요, 저에게 그렇게 소리치셔도 소용없습니다. 저에게는 협박이 통하지 않습니다. 우리가 이제까지 한 작업에 대해서는 돈을 지불해주셔야 합니다. 그런데 계속 그렇게 나오시면 사람들을 철수시키겠습니다!"

그는 내 말을 끊으려고 했다.

"예브게니 리보비치! 월요일에 만나서 이 문제를 이야기합시다. 하지만 계속 그런 어조로 나오면 대화가 잘 안 풀릴 겁니다. 그럼 안녕히 계십시오."

나는 전화를 끊었다. 나의 확고한 승리였다.

'지금의 내 모습을 그녀가 보지 못하다니 유감이군.'

나는 생각했다. 모두들 동시에 말문을 열었고, 드디어 분위기가 풀어졌다.

"그리샤, 걱정하지 말게! 예브게니 리보비치라는 사람은 우리와 계속 일할 거네. 파샤를 다시 출근하게 하고."

내가 그리샤에게 낮은 목소리로 말한 후 모두를 향해 말했다.

"여러분, 여러분은 이 사람을 위해 일하는 게 아닙니다."

나는 우리의 클라이언트 예브게니 리보비치가 전화기 속에 있는 것처럼 인부들 앞에서 휴대전화를 들어 보였다.

"여러분은 저와 작업하는 겁니다. 그러니 일단 쓰레기부터 치웁시다. 쓰레기가 이렇게 많아서는 제대로 작업할 수 없습니다. 다들 잘 아시겠지만요."

"알겠습니다, 사샤. 당장 치우도록 하죠. 파샤는 내일부터 여기로 나왔으면 좋겠네요. 파샤 말고는 전기 작업을 할 수 있는 사람이 없거든요."

보리스가 말했다. 그는 상황이 해결되었다는 것에 아주 만족하고 있었다.

"그리고 여러분. 휴일은 미리 써버린 거나 마찬가지죠. 그러니 이번 주는 주말에도 일하는 겁니다. 물론 평일 근무시간만큼은 일하지 않아도 됩니다. 그리고 이 잡스러운 것도 부디 치워주세요."

내가 벽에 걸린 달력을 가리켰다.

"그리샤, 우리 작업반에 좋은 달력 좀 골라주게."

"그게 그리샤가 고른 달력인데요."

몸집이 작고 예의 바른 인부가 말했다. 모두 웃음을 터뜨렸다.

나는 주머니에서 지갑을 꺼내 지폐를 몇 장 꺼냈다.

"그리고 하나 더요. 파샤에게 보너스는 주지 않겠습니다."

내가 말했다.

"파샤의 보너스는 아내나 장모가 챙겨주라죠. 그러나 그에게 선물을 주는 건 여러분의 말처럼 '꼭 필요한 일'이라고 생각합니다."

나는 탁자에 돈을 놓으면서 모두가 나의 행동에 감탄하고 있다는 것을 느꼈다. 온몸에 전율이 느껴졌다. 나는 문제를 멋지게 해결한 거다. '완벽한 승리다.' 나는 나 자신에게 이렇게 선언했다.

"그리샤, 나를 배웅해주게."

나는 그리샤를 불렀다.

"여러분, 그럼 다음에 봅시다."

나는 모두와 악수를 하고 출입구로 향했다.

"인부들과는 무슨 일이 있어도 술을 마시지 말게. 절대로! 이번 일로 자네는 교훈을 얻었을 거야. 그럼 내일 보세."

나는 그리샤와 힘주어 악수하고 밖으로 나왔다. 거리는 어둑어둑해져 있었다. 나는 그녀에게 전화하려고 서둘러 전화기를 찾았다. 하지만 번호를 누르기 전에 먼저 시계를 봤다. 안 된다. 전화하기는 이르다. 한 시간 후에 전화한다고 했는데 오십삼 분밖에 지나지 않았다. 그래서 나는 막스에게 전화했다.

9

막스가 전화를 받자마자 내가 말했다.

"미안해, 막스. 내가 조금 있다가 다시 할게. 한 오 분 후? 알았지?"

그러고서는 전화를 끊었다.

건물, 그러니까 내가 방금 나온 그 건물의 입구로부터 왼쪽 방향으로 이십 미터쯤 떨어진 곳에 아까 그 벤츠가 서 있었다. 귀신이 곡할 노릇이다.

'이게 가능한 일인가? 나는 지하철로 이동했는데? 내가 미행의 대상이 될 만한 인물이란 건가? 이게 도대체 무슨 일이냐고?'

나는 잠시 생각했다. 겁먹은 건 절대 아니었다. 하지만 찝찝했다. 그것도 몹시. 벤츠로 다가가 "도대체 왜 이러는 겁니까?"라고 당장 말해버리고 싶다는 충동이 들었고, 어쩌면 그렇게 해야 했는지도 모르겠다. 하지만 나는 다르게 행동했다.

나는 오른쪽으로 꺾어져 큰길로 걸어갔다. 내 뒤에서 헤드라이트가 켜졌고, 벤츠가 움직이기 시작했다. 나는 이십오 미터쯤 걷다가 멈춰서 뒤를 돌아 나를 쫓아다니는 벤츠를 정면으로 응시했다. 앞유리 뒤로 한 사람의 형상이 보였다. 하지만 헤드라이트 때문에 제대로 볼 수 없었고, 옆 창문은 선팅되어 있었다. 벤츠는 황급히 속력을 내며 나를 지나쳐 가더니 신호등 앞에 서서 우측 깜빡이를 켰다. 그리고 신호가 바뀌자 큰길로 줄행랑쳤다.

이건 웃어넘길 수준이 아니었다. 곰곰이 생각하고 따져볼 일이었다. 왜인지 문득 그녀가 굉장히 걱정되기 시작했다. 그녀에게 전화해서 잘 있는지 확인하고, 조심하라고 말하고 싶어 견딜 수 없었다. 그런데 도대체 뭘 조심하라는 건가? 나는 그녀의 번호를 눌렀고, 그녀가 바로 전화를 받았다.

그녀는 "여보세요"라고 말하는 대신에 웃음을 터뜨렸다. 그리고 내가 시계만큼이나 정확하다고 말했다. 이럴 수가. 그녀를 사랑하게 된 게 얼마나 큰 행운인지. 그녀와 이야기하면 얼마나 유쾌하고 편안한지. 나는 즉시 안정을 찾았다.

그녀는 웃고 있었는데, 아주 기분이 좋은 것 같았다. 지금 막 사무실에서 나온 참이어서 잠깐이지만 편하게 통화할 수 있다고 했다. 그 말을 들은 나는 아주 기쁜 동시에 멍해졌다. 딱히 할 말이 없었던 것이다. 나는 뭔가를 말했고, 만날 수 있느냐고 다시 한번 물어봤다. 그녀는 삼 초간 생각하더니 오늘 일이 끝난 후 잠시 만나는 것 외에는 시간을 낼 수 없다고 했다. 오늘 딸을 맡길 곳이 없어서 시간을 많이 낼 수 없다고 했다. 그러나 여덟 시까지 일을 마친 후 근처 작은 카페에서 삼십 분 정도 커피 마실 시간이 있다고 했다. 나는 기뻤다. 좋아, 아주 좋아!

"좋습니다! 일곱 시 오십오 분까지 그쪽에 가 있을게요. 키스를!"

그녀도 나에게 '키스를'이라고 했다! 어두운 벤츠가 일으킨 불안감이 사그라졌다. 확대경으로 불안감을 보다가 확대경을 치워버린 것처럼 불안감이 아주 미약해졌다. 좋아! 모두 사소하고 대수롭지 않은 일이었다.

그때 막스가 나에게 전화했다.

"너 왜 전화를 안 해?"

그가 툴툴댔다.

"배고파 죽을 것 같은데."

"막스, 내가 너한테 밥을 떠먹여 줘야겠어?"

"우리 만나서 뭘 좀 먹기로 한 거 아니야? 바보처럼 앉아서 네 전화만 기다리고 있었다고."

"막스, 성질내지 마. 혼자 먹을 시간도 충분했잖아. 우리는 만나기로 했던 거지. 만나기로 한 거랑 만나서 먹기로 하는 거랑은 다른 거고."

"사샤! 그러면 도대체 네가 왜 나한테 필요한데? 만나서 뭘 먹지도 않을 거면 뭐 하러 만나? 먹기라도 해야 네가 흥분해서 말을 하지 않겠지. 먹느라 입이 바쁠 테니까. 아마 모스크바에서는 아무도 네 말을 듣지 않나 봐. 그러니까 네가…."

"됐고, 막스! 어디서 만날지는 생각해봤어?"

"사샤, 우리 중 모스크바에 사는 게 누군데 그래? 네가 나보다 더 잘 알 거 아냐. 그리고 내가 어디 가자고 해도 투덜대면서 인상이나 쓸 거잖아. 어쨌든 제일 잘나가는 곳에 가자고!"

"모스크바에 그런 곳이 어디 있어! 너는 뭐 나 없으면 먹지도 못해? 어린애처럼 말이야."

"나는 레스토랑에 가고 싶어. 모스크바에 올 날만 기다리고 또 기다렸다고. 난 고급 레스토랑에 가고 싶은 기분이야. 나는 지금 모스크바에 있는 거라고, 사샤! 어쨌든 이따위 논쟁을 하기에는 시간이 눈물 나게 아깝다."

막스가 투정을 부렸다.

"막스! 난 레스토랑에 앉아서 식사할 정도로 시간이 많지는 않아. 지금 시간이 어떻게 되지?"

나는 몇 시인지 알고 있었는데도 왜인지 시계를 다시 봤다. (언젠가 실험을 한 적이 있다. 방금 시계를 봤던 사람한테 다가가 '지금 몇 시인지 알 수 있을까요?'라고 물으면 사람들은 예외 없이 대답하기 전에 다시 한번 시계를 봤다.)

"좋아! 지금이 다섯 시야. 그런데 여덟 시에 누구를 좀 만나야 해. 하지만 오래 걸리지 않을 거야. 그 후에 다시 접선하자. 지금은 그루지야 음식점 어때? 아스토젠카 거리에 있어. 괜찮아?"

"좋아! 나 지금 나간다."

막스가 말 그대로 벌떡 일어나는 소리가 들렸다.

"삼십 분 후에 도착할 거야."

"삼십 분은 무슨! 차가 얼마나 막히는데!"

"지하철로 갈 거야. 사샤, 알겠어? 난 지하철을 탈 거라고!"

막스가 전화를 끊었다.

막스는 반드시 약속시간을 지켜야 할 때는 언제나 늦었다. 하지만 레스토랑에서의 약속은 늘 나보다 일찍 도착해서 누군가와 벌써 말을 트거나 음식을 주문해놓았다. 혹은 두 가지 모두를 해낸 후 나를 기다리고 있었다.

육 초 후 막스가 다시 전화했다.

"레스토랑 이름이 뭐라고?"

그가 물었다.

"'게나츠발레'야. 위치는…."

말을 끝내기도 전에 막스가 전화를 끊었다.

나는 어둡고 차가운 겨울 공기를 들이마셨다. 찬 공기를 가슴 깊이 들이마셨다가 하얀 김을 내뱉었다. 기분이 좋았다. 나는 모스크바에 있었다. 제길!

큰길가로 갔다. 큰길가에는 늘 눈이 지저분하게 쌓여 있었다. 그러나 평소처럼 주의 깊게 발 밑을 살피지는 않았다. 나는 고급 구두를 즐겨 신기 때문에 평소에는 땅을 살펴보고 조심하며 다닌다. 하지만 이번에는 땅이 아닌 주변을 주의 깊게 살폈다. 나는 무엇을 찾고 싶었던 걸까? 모르겠다! 그저 불안과 어떤 긴장감 때문에 시력과 청력이 곤두서 있었다. 당연한 것 아닌가! 누군가 내 뒤를 쫓는다는 것, 누군가 나를 감시한다는 사실에는 거의 의심할 여지가 없었다.

차들이 나를 지나쳐 갔다. 길에는 차가 아주 많았다! 나는 손을 들어 택시를 잡았다.

"안녕하십니까, 아스토젠카까지 가주실 수 있습니까?"

내가 이렇게 물으며 차와 택시기사를 힐끗 봤다.

'괜찮군.' 나는 생각했다.

"타세요."

긴 머리에 수염은 없고 안경을 낀 체격 좋은 택시기사가 말했다. 그는 밝은색 스웨터를 입고 있었다. 그는 미소를 띠고 있었다.

"가는 방법도 아시나요?"

그가 말했다.

"길을 아냐고요! 그쪽으로 가본 횟수가… (그는 머릿속으로 뭔가를 계산하는 시늉을 했다.) 백만 번은 족히 될 겁니다."

내가 뒷좌석에 앉자 차가 출발했다. 택시기사가 음악을 켰다. 시끄럽지 않고 꽤 편안했다. 음질을 보니 좋은 음향 설비를 갖춰놓은 것 같았다. 그가 튼 음악은 재즈였다. 나는 재즈에 대해선 문외한이다. 나에게 재즈란 끝이 없고 난해한 음악일 뿐이었다. 하지만 지금은 듣기 좋았다. 실눈을 뜨니 도시의 불빛과 주위 차들이 내뿜는 빛이 합쳐져 기다란 선이 되어 내 눈으로 들어왔다. 택시와 재즈, 머리가 길고 동그란 안경을 낀 택시기사, 차 냄새, 나를 미행한다는 것… 그리고 미국!

"음악이 거슬리지는 않으세요? 조금 줄일까요?"

택시기사가 물었다

"라디오는 틀지 않을 겁니다. 저는 라디오를 듣지 않거든요."

"아니요, 지금 다 좋은데요. 괜찮아요. 감사합니다."

내가 답했다.

"흡연자시면 담배를 피우셔도 됩니다! 하지만 라디오만은 절대 안 돼요."

그의 목소리는 아주 듣기 좋은 중저음이었다.

나는 라디오를 안 듣는 이유가 끔찍한 노래를 들을 여력이 없다거나, 안 그래도 인생이 힘든데 뭐 하러 나쁜 소식만 전하는 뉴스를 듣겠느냐 같은 종류일 거라 예상했다. 하지만 생각지도 못한 답변이 돌아왔다.

"저는 라디오를 별로 안 좋아해서 듣지도 않습니다. 너무 걱정돼요! 뭔가 놓치고 있다는 느낌이 들거든요. 라디오 방송국이 이렇게 많은데 말입니다! 채널 수가 너무 많다는 점도 두렵습니다. 물론 모든 채널이 같은 방송을 내보내고 있지만요. 뉴스 내용도 거의 같고, 음악도요…. 그런데 이런 상황이 왠지 걱정됩니다."

그는 천천히 차분하게 이야기했다. 그가 모스크바에서 택시를 오래 몰았다는 것이 느껴졌다. 내가 물어보면 그가 대답했다. 질문하지 않으면 입을 다물고 있었다.

"저도 예전에는 모스크바를 아주 두려워했어요. 모스크바를 잘 알기 전까지는 걱정하고, 잠도 못 자고, 뭔가 놓칠까 봐 불안했어요. 그런데 지금은 모스크바를 알죠. 잘 아는 건 아니지만 구십 점 정도는 됩니다. 그래서 이제는 진정됐습니다. 떨지도 않고요."

"재즈 좋아하시나요?"

이제 나는 무슨 질문이든 하고 싶었다.

"좋아하는 건 아닌데 듣기는 해요. 음악을 틀어놓지 않으면 뭘 할 수가 없어요. 그런데 요즘 음악 종류는 어찌나 다양한지, 그런 현상 역시 두렵습니다. 하지만 재즈는 언제나 재즈예요. 게다가 러시아에서는 재즈가 아주 진중하고 쉽지 않은 음악이라고 좋게 생각하지 않습니까…. 독특하고 비범한 사람들이 듣는 음악이라고요…. 제가 재즈를 듣고 있으면 저를 그런 사람으로 보더라고요. 그래서 손님들이 제 허락 없이는 담배도 피우지 않고 차를 더럽히지도 않아요."

"혼자 운전할 때도 재즈를 들으세요? 아니면 자신만을 위한, 가장 좋아하는 장르가 있나요?"

나는 정말로 궁금했다.

"저는 재즈를 계속 틀어둬요. 들어도 그만, 안 들어도 그만이긴 하지만요. 괜찮은 음악이에요! 제가 너무 아는 척 한다고는 생각하지 마세요. 저는 오래 전부터 재즈를 들었거든요. 차에 틀어놓기 부끄럽지 않은 음악이죠. 그런데 제일 좋아하는 음악은 차에서 듣지 않아요. 뭐 하러 긴장할 일을 만듭니까? 안 그래요? 음악을 그저 대충 즐기는 게 아니라 제대로 듣는 것, 그러니까 좋아하는 음악을 듣는 것 말입니다. 무슨 말인지 아시겠어요? 신경을 곤두세우지 않고는 좋아하는 음악을 들을 수 없으니까요."

그는 나를 힐끗 봤다.

"그래서 재즈를 틀어놓는 겁니다. 그러니까 사랑을 잃은 사람을 위한 음악 말이죠!"

"죄송한데요, 모스크바에서 태어나셨습니까?"

어떤 이유에선지 내가 이런 질문을 했다.

"네, 모스크바에서요."

그가 간단히 답했다.

"나이가 어느 정도 되시죠?"

"많지는 않고. 하지만 자네보단 많을걸세."

그는 다시 한번 나를 힐끗 보더니 미소지었다.

그는 아주 멋진 택시기사였다. 그가 어찌나 노련하게 그리고 적절한 타이밍에 나를 '자네'라 칭했는지! 나는 이런 택시기사들을 좋아한다. 아주 오랫동안 차를 몰며 자신의 도시를 누빈, 진정한 택시기사다. 진정한 택시기사는 그리 많지 않다! 나는 진정한 택시기사들이 좋다. 이들은 자신이 태운 승객들을 이해하고 좋아한다. 그러니까 우리를 좋아한다! 물론 아주 좋아하는 건 아니지만!

이들이 얼마나 많은 사람을 여기저기 데려다줬겠는가! 인간에 관해 얼마나 많이 알고 있겠는가! 택시기사들은 낭만주의자나 도시의 수호천사가 아니다. 분명히 확신하는데, 이 택시기사는 (같이 동행하는 게, 대화하는 게 이토록 유쾌한 이 사람은) 내가 외국인 억양으로 말하거나 술 취한 시베리아 수다쟁이였다고 해도 같은 요금을 불렀을 거다. 그는 아마 어디에 가면 여자를 살 수 있는지, 얼마면 살 수 있는지도 알고 있을 거다. 잘하면 어디에서 마약이 유통되는지도 알아낼 수 있을 것이다. 그는 모든 걸 알고 있다.

그는 마음에 안 드는 사람들, 자신을 존중하지 않고 모욕하거나 제멋대로 구는 교양 없는 사람들을 태우고 이 길을 숱하게 다녔을 것이다. 나라면 그런 상황에서 인간과 인류에 대한 믿음을 이미 오래 전에 잃어버렸을 텐데. 그는 온갖 날씨의, 모든 계절의, 모든 시간대의 도시를 봤을 것이다. 사고 현장이나 산산조각 난 차, 갈기갈기 찢기거나 차가워진 시체도 많이 봤을 거다. 여느 사람이었으면 닳고 닳은 염세주의자나 신경질적인 얼간이가 됐겠지. 그는 교통체증 때문에 서 있거나, 호위차량을 대동한 특별 차량이 지나가길 기다리며, 혹은 매일 이 거리로 오는 망나니들이나 예의 없는 운전자들… 어떤 때는 바보 같은 운전사들을 무시하면서 이 거리에서 아주 많은 시간을 보냈을 거다. 나라면 그 백분의 일만 경험했어도 이 모든 것을 그 즉시 그리고 평생 저주했을 것이다.

그런데 이 사람은 이 일을 계속하고 있다.

막 모스크바에 적응하기 시작할 때 어떤 기분이었는지 떠오른다. 오랫동안 모스크바에 마음이 가지 않았다. 일 때문에 오거나 경유할 때마다 모스크바는 나를 겁먹게 했고, 화나게 했다. 모스크바에서는 어떤 방향에서 해가 뜨는 건지 알 수 없었다. 거리도 가늠할수 없었다. 모스크바에서는 모든 것이 멀리 떨어져 있었다. 나는 긴장하며 지하철로 들어가거나, 의심하며 택시를 타고 모스크바를 다녔다. 가장 두려운 일은 하룻밤 재워주거나 도움을 줄 만한 친지 혹은 지인의 번호가 적힌 종이쪽지를 잃어버리는 것이었다. 모스크바를 욕하고 미워하는 게 얼마나 쉽고 즐거운 일이었는지. 내가 모스크바에 도착했을 때의 옷차림은 늘 날씨와 맞지 않았다. 너무 덥거나 그 반대였다. 그리고 얼마 안 되어 나는 모스크바에 정착했다.

처음 내 차를 몰고 모스크바 거리를 운전했을 때가 생각난다. 나는 혼자였다. 그리고 몹시 놀란 상태였다. 이제 두려워할 게 하나도 없다, 하나도! 그 사실이 얼마나 놀라웠든지! 나는 운전을 하며 모스크바를 누비고 있었다! 나에게 삿대질하는 사람이 아무도 없었다. 모든 게 순조로웠다. 특별한 일은 하나도 없었다.

내가 사도보예 순환로를 두 번 지났다는 사실이 놀라웠다. 그것도 한밤중에 말이다. 나를 억압하고 힘들게 만든 무언가가 순식간에 사라졌다. 나는 희미하고 깨끗한 소리를 조금씩 듣고 느끼기 시작했다. 마치 입고 있던 우주복을 벗어버린 듯한 기분이었다. 이곳에서도 우주복을 벗고 숨을 쉴 수 있다는 충격적인 사실을 깨달은 것 같았다. 그리고 여기에 사람이 있다는 것, 그것도 아주 많이 있다는 것 역시….

택시 안은 후덥지근했다. 땀이 나는 것 같았다. 나는 단추를 풀고 목도리를 벗었다. 목덜미가 불타는 것 같았다. 목을 긁지 않고는 참을 수가 없었다. 택시기사가 그 모습을 보고는 창문을 살짝 내려줬다.

"감사합니다. 아주 적절한 순간에 창문을 내려주셨네요."

내가 말했다. 거리의 서늘함과 소란스러움이 기분 좋게 다가왔다. 하지만 목이….

"어디 불편한 데라도 있습니까?"

택시기사가 물었다. 그는 다시 존댓말로 말하고 있었다.

"아닙니다, 별 거 아니에요! 점심시간에 미용실에 갔는데 머리카락이 옷깃으로 들어갔어요. 도저히 못 참겠네요! 그런데 저녁까지 참는 수밖에 별 수가 없어요."

"그렇지요. 그럴 땐 아주 찝찝하죠, 저도 압니다!"

그가 꽤나 무심하게 말했다.

"쉐이빙 로션이 있는데 좀 쓰시겠어요? 제 생활이 이렇다 보니 늘 세면도구를 가지고 다니거든요."

"네, 빌려주시면 감사하죠!"

나는 택시기사의 호의 때문이 아니라 정말 지긋지긋한 간지러움 때문에 제안을 받아들였다. 택시기사는 조수석 캐비닛에서 주머니를 꺼냈다. 그 안에는 면도기와 쉐이빙 로션, 치약, 칫솔이 있었다. 나는 차가우면서도 뜨거운 물기로 목을 문질러 씻어냈다. 이 세상에는 기분을 좋게 하는 감촉이 참 많다!

'좋은 사람이야.' 나는 생각했다. 그에게 얼마나 지불해야 할지 정해야 했다. 그러니까 팁을 얼마나 줘야 할지 말이다. 가장 어려운 부분이다. 어떻게 돈으로 그의 도움과 친절을 환산할 수 있겠는가. 그는 돈을 바라고 날 도와준 게 아니다. 그냥 도와준 거다. 어쩌면 나에게 호감을 느꼈던 걸지도 모른다. 어떻게 감사의 마음을 돈으로 딱 떨어지게 표현한단 말인가? 중요한 것은 실수하지 않는 것이다. 많이 줄 필요는 없다. 순수한 마음으로 도운 건데 돈을 준다면 화낼지도 모른다. 그렇다고 평상시만큼 줄 수도 없다. 내가 그의 운전 실력을 높이 평가했다는 것과 그의 운전이 내 마음에 쏙 들었다는 걸 표현할 수 있는 정도여야 했다.

"저기요, 이거 받으세요. 쓸모 있을 겁니다."

택시기사가 이렇게 말하고서는 내게 뭔가를 내밀었다.

"이게 뭡니까?"

내가 놀라서 물었다.

내 손에는 얇고 아주 매끄러운 천이 쥐어져 있었다.

"어떤 여성분이 놓고 내린 거예요. 벌써 오래 전이지만요. 가져가세요. 목에 매는 스카프로 쓸 수 있겠네요. 시인처럼요."

그는 아주 온화하고 듣기 좋은 원숙한 목소리로 이야기했다.

"쓰고 나서 필요 없으면 버리시고요."

"아닙니다! 저는 받을 수 없습니다."

나는 그가 준 걸 다시 내밀었다.

"가져가세요. 어차피 버릴 거였습니다. 실크라 먼지도 안 붙을 거예요. 여기서 오랫동안 뒹굴고 있었어요.”

택시기사가 내부 등을 켰다.

“보세요! 아름답지 않습니까?”

내 손에는 크지 않은 실크 스카프가 들려 있었다. 푸른색 바탕에 하얀 도트무늬가 박혀 있는 스카프였다. 나는 스카프의 향기를 맡아 보았다. 아직 향수 잔향이 느껴졌다. 나는 왜인지 그녀를 떠올렸다. 이게 그녀의 스카프라고 생각한 것은 아니었다. 왜인지 바로 그녀가 떠올랐을 뿐이다. 그 순간 심장이 빠른 정도가 아니라 터질 듯 뛰기 시작했다.

“왠지 그러면 안 될 것 같은데요. 그리고 혹시 주인이 나타나면 어떡합니까?”

내가 힘없이 말했다. 이 스카프는 마음에 쏙 들었고 나는 이걸 가져가고 싶었다. 하지만 교양 있게 행동해야 했다.

“오랫동안 차에 두고 다녔던 겁니다. 가져가세요. 사람들이 자신의 물건을 얼마나 많이들 놓고 내리는지 아세요! 모스크바의 절반을 치장할 수 있을 정도죠.”

“그러면 이 스카프는 여성분한테 선물하세요.”

나는 물러서지 않았다.

“아주 아름다운 데다가 싸구려도 아니잖아요.”

“여자라니요?”

그는 이렇게 말하고는 나를 힐끗 봤다.

“무슨 말입니까! 제가 말했잖아요. 저는 ‘사랑을 잃은 이를 위한 음악'을 듣는 사람이라니까요. 아시겠어요?"

우리는 다섯 시 사십이 분경 레스토랑 앞에 도착했다. 나는 그 멋진 택시기사의 차에서 내렸다. 팁을 얼마나 줄지 결국 정하지 못했다. 평소보다 조금만 더 얹어줬다. 그와 헤어지는데 어쩐지 마음이 불편했다.

그는 길을 따라 차를 몰았고 나는 그가 떠나가는 걸 지켜봤다. 마치 의식처럼 그 모습을 지켜봤다. 그렇게 감사의 마음을 표현했다. 저런 택시기사를 만나다니 운이 좋았다. 인생에서 삼십 분 정도를 인상적으로 즐겁게 보낸 것이다. 택시가 시야에서 사라지고 몇 초 후 나는 장갑을 차에 두고 내렸다는 사실을 깨달았다.

10

나를 둘러싼 도시의 윤곽이 어딘가 달라지기 시작했다. 도시에 두려움이 감돌기 시작했다. 내 시선은 정신없이 앞쪽 아래를 향하지 않고 멀리 거리를 관통하고 있었다. 나는 먼저 내 앞에 펼쳐진 파노라마를 하나하나 자세히 뜯어봤다. 내 시선은 앞으로 뻗어가 모퉁이 너머를 엿보려 했다. 나는 주위를 살폈다. 아까 그 벤츠가 없다는 것을 확인하고서야 레스토랑으로 들어갔다.

나는 막스가 벌써 도착해 있을 거라고 확신했다. 들어가자마자 외투를 맡기고 번호표를 받았다. 53번. 나에게는 아무 의미 없는 숫자였다. 특별할 것도, 수의 마력도 없는 번호이다. 나는 그 번호표를 받고 화장실에 들렀다.

재킷을 벗어 화장실 칸에 걸고 세면대로 다가가 거울을 응시했다. 거울에 비친 내 모습이 마음에 들었다. 최근 한 달간 나는 말랐다기보다 줄어들었다. 핼쑥한 얼굴과 지쳐버린 촉촉한 눈, 하얀 셔츠가 제법 멋져 보였다! 손을 씻으려고 소매를 걷어 올리는데 소매가 벌써 까매진 걸 발견했다. 그럴 만하다! 오랫동안 세차하지 않은 차와 지하철을 타고 이동했고, 작업 현장을 방문한 데다 이곳은 모스크바이므로….

셔츠를 배꼽까지 내리고 손에 물을 적셔 목덜미를 닦아냈다. 자잘한 머리카락이 잔뜩 붙어 있었다. 나는 수도꼭지 아래로 손을 가져가 물을 축인 다음 머리를 매만졌다. 셔츠를 다시 올려 입고 택시기사가 선물한 스카프를 목에 맸다. 매끄러운 실크가 나를 고통에서 구원하려는 듯 목 위에 안착했다. 나는 스카프를 요란한 모양으로 묶지 않고 매듭을 꽤 멋지게 마무리 했다. 순식간에 나는 전혀 다른 사람이 되어 있었다. 미소를 지어봤다.

그런데 안타깝게도 셔츠가 이미 구겨져 있었다. 나는 고개를 돌려 겨드랑이 냄새를 맡아봤다. 거울에 비친 내가 순식간에 볼품없는 모습으로 변해 있었다. 거울 속 내 눈을 응시하며 어깨를 으쓱해 보였다. 그리고 때를 감추기 위해 소매를 두 번 접었다. 나는 재킷을 걸치고 스카프에 남은 향수의 잔향을 느꼈다. 그리고 마지막으로 거울을 다시 한번 봤다. 어쨌든 여전히 만족스러웠다.

막스는 멀리 홀 구석의 창문 옆 테이블에 입구를 향해 앉아 있었다. 막스는 내가 들어가자마자 날 발견했다. 그는 날 보자마자 즐겁게 웃었다.

머리를 빗어 말끔한 모습이었지만, 얼굴에 아까 그 멍청한 수염이 남아 있었다. 테이블에 가까이 가니 막스가 웃으면서 테이블 아래 숨는 시늉을 했다.

"아저씨, 때리지 마세요."

막스는 손으로 얼굴을 가리면서 큰 목소리로 이렇게 말하고는 호탕하게 웃어댔다.

"막스! 뭐야, 삐에로같이. 응? 내가 제발 자르라고 했잖아."

사실 나는 그가 면도하지 않았으리라는 걸 알고 있었다. 막스만큼 고집 센 사람은 없다. 적어도 나는 그런 사람을 못 봤다.

"나와. 쇼하지 말고…."

"사샤, 멋진데! 늘 앞서가는구나."

막스가 내 실크 스카프에 반응을 보였다.

"어때, 오늘 헤밍웨이 게임 한번 해볼까? 그건 그렇고, 난 네 충고를 아주 진지하게 받아들였다고."

그는 옆 의자에 놓여 있던 와인색 가죽 서류가방을 집어 들었다. 비싸 보이는 새 서류가방이었다. 그는 가방을 열고 일회용 면도기 '염소칼' 세트를 꺼냈다.

"이것 봐. 이제 마음만 먹으면 턱수염을 밀 수 있어."

그가 말했다.

"서류가방 멋진데!"

나는 그만 칭찬해버렸다.

"아주 고급스럽지?"

막스는 서류가방을 펜에 걸고 들어 올려서는 돌려가면서 여러 각도로 보여줬다.

"네 전화를 기다리는 동안 가게에 들러서 산 거야. 야구모자를 사러 간 거였는데 서류가방과 손전등만 샀지."

그는 서류가방에서 작은 손전등을 꺼냈다. 손에 들고 다닐 수도 있고 어딘가 달아놓고 작은 등처럼 쓸 수 있었다. 막스는 즉시 그 손전등을 켜서 여러 방향으로 비추더니 내 눈 쪽으로 비추었다.

"괜찮지?"

그가 물었다.

"괜찮네! 어디 좀 보자."

나는 진심으로 감탄했다.

정말로 멋진 손전등이었다. 작고 살짝 무게감이 있었으며, 고급스러웠다. 그래, 손전등이야! 이런 손전등을 선물해야겠다는 생각이 순간 머릿속에 떠올랐다. 그녀는 이 손전등을 틀림없이 좋아할 거다.

나는 그녀에게 선물다운 선물을 준 적이 아직 없다. 그녀에게 무엇을 선물하면 좋을지 알 수 없었기 때문이다. 그녀에게 어울리는지, 그녀가 좋아할지 따지느라 선물을 고르지 못한 게 아니었다. 우리가 대체 무슨 관계인지를 모르는 게 문제였다. 그걸 모르니 그녀에게 꽃 말고 무엇을 줄 수 있었겠는가….

하지만 꽃 선물도 그리 간단하지 않았다. 나는 꽃에 대해 눈곱만큼도 모른다. 나는 오랫동안 사람들에게 물어보고 다닌 후에야 가장 무난한 꽃 선물은 장미라는 걸 알게 됐다. 그런데 장미라고 다 같은 장미가 아니었다!

첫 만남 때 나는 흰색에 가까운 아주 자그마한 장미를 골랐다. 살짝 푸르스름한 빛도 띠고 있었다. 그녀는 그 장미를 마음에 들어 했다. 카페… 치스티 연못 근처에 있는 카페에서 차를 마시는 동안 그녀는 내가 선물한 장미를 감상했다. 종업원에게 꽃을 꽂아둘 수 있게 물을 달라고 부탁하기도 했다. 다음번에는 봉오리가 큰 연한 분홍빛 장미 세 송이를 샀다. 하지만 그 꽃은 내가 들고 가는 길에 추위에 얼어버렸거나 애초에 싱싱하지 않았는지 우리 눈앞에서 시들어버렸다. 그녀는 속상해하면서도 시든 꽃을 집으로 갖고 갔다. 봉오리만 잘라 물이 담긴 찻잔에 띄워 두겠다고 했다.

세 번째에는 화분을 선물했다. 아주 큰 잎사귀가 화산 분출하듯 힘차게 솟아난 꽃이었다. 하얀 줄기의 그 꽃의 이름은 어려운 라틴어풍의 이름이었다. 나는 하얀 줄기와 꽃 이름이 마음에 들어 그 화분을 골랐다.

나와 그녀는 모두 합해 네 번 만났다. 네 번째 만남을 앞두고 그녀는 아무것도 가져오지 말아달라고 했다. 그러니까 꽃을 들고 오지 말라는 의미였다. 우리의 네 번째 만남은 지난 주 토요일 대형 백화점의 카페테리아에서였다. 그런 의아한 장소를 고른 건 그녀였다. 그날 그녀는 아주 우울해 보였고, 계속 자리에서 일어나 전화를 받으러 나가곤 했다. 나는 전화를 받으러 나간 그녀가 신경질적인 제스처를 취하며 누군가와 통화하는 걸 봤다. 나는 아무것도 묻지 않았다. 그때 나는 기분이 아주 안 좋았다. 그녀를 그녀의 인생으로부터 벗어나게 하고 않았다. 당연히 많은 일이 있었고, 지금도 일어나고 있을 그녀의 인생으로….

　나는 아무것도 묻지 않고 있었는데, 갑자기 그녀가 내 손을 잡았다. 그 삼 분간 지구가 회전을 멈췄다. 그녀는 지난 이 년 동안 동거한 남자와 상황이 복잡하다고 털어놓았다. 그녀는 차분히 그리고 분명히 '그를 사랑한 적이 단 한 번도 없지만, 그는 누군가의 보살핌을 필요로 하던 시기에 나타난 사람'이라고 말했다. 그녀는 그가 자신을 돌봐주는 걸 막지 않았다고 했다. 그리고 그 이 년간 즐거운 추억도 많았고, 그는 좋은 사람이라고 했다. 그리고 그녀와 가족이 되기를 바란다고 했다. 하지만 그녀는 그와 가정을 꾸리고 싶다고 생각한 적이 없다고 했다. 그의 말대로 하는 게 맞고, 또 현실적이었지만 말이다. 그녀는 마음이 흔들렸다고 했다.

　그리고 그녀가 다음과 같이 말했을 때, 잠시 회전이 멈췄던 행성이 다시 돌기 시작했다. 처음 몇 번은 아주 빠르게 도는 바람에 파도가 인도양 어딘가에 있는 작은 섬 몇 개를 덮쳐버렸다.

　그녀는 그의 청혼을 승낙하는 쪽으로 마음이 기울었다고 했다. 정확히 말하면, 그의 집요한 공세에 못 이긴 거다. 딱히 반대할 근거도, 기력도 없었던 것뿐이다. 자기 자신을 생각하더라도 거절할 이유가 없었다. 그러던 중에 돌연 내가 등장한 거다!

그녀는 정확하게 말했다. 그렇게 말하고는 즉시 일어서더니 자신을 쫓아오지 말라고 부탁한 후 모피코트를 입고는 황급히 나가버렸다. 물론 나는 그녀가 하라는 대로 할 생각은 없었지만, 일단 커피값을 지불해야 했다. 테이블에 원래 금액의 다섯 배를 놓고 그녀를 잡으러 달려갔다. 하지만 찾지 못했다. 그녀는 내 전화를 받지 않았다. 그날 저녁 그녀에게 백 번은 족히 전화했을 거다. 밤이 되자 미쳐버릴 지경이었다.

그날 나는 집에 도착해서 오랫동안 벽에 기대어 서 있다가, 또 오랫동안 의자에 앉아서 앞뒤로 흔들거리고 있었다. 신발도 벗지 않은 채 방의 구석에서 구석까지 서성였고, 몇 시간 동안 바닥에 누워 끙끙댔다. 새벽에는 위산이 올라오는 듯한 끔찍한 굶주림과 살가죽이 없어져버린 것 같은 느낌을 경험했다. 살면서 그보다 더한 고통을 겪은 적이 없었다.

예전에 나는 학교에 다녔고, 군대에서 복무했고, 고생했고, 전역했을 때는 이미 산전수전 다 겪은 상태였다. 모스크바에 왔을 때 나는 불확신과 외로움으로 매우 힘들었다. 목놓아 울 만큼 사랑하는 나의 아들과 함께 있을 수 없다는 사실이 괴로웠다. 하지만 이 모든 고통도 내가 그날 새벽에 경험한 것에 비할 바가 아니었다. 나는 인생의 경험이라는 것을 겪어보지 않았음을 깨달았다. 내가 알고 있고, 할 수 있는 것들은 앞으로도 쓸모없고 도움이 안 될 거다.

그날 밤, 사랑이 행복도 불행도 아닐 수 있다는 걸 깨달았다. 어쨌든 사랑은 견딜 수 없는 무엇이었다. 나는 바닥에 누워 스스로 뭘 원하는 건지 알 수 없다는 걸 깨달았다. 나는 무엇을 바라고 있는 걸까?

나는 아침이 돼서야 잠들었다. 몸을 말고 침대 옆 바닥에 누운 채였다. 꿈결에 나는 침대에서 베개와 이불을 끌어내렸다. 정오에 일어났다. 하지만 내 상태가 나아졌을 거라고는 생각하지 말기를. 나는 버튼을 눌러서 꺼졌다가 다시 버튼을 눌러 깨어난 것처럼 일어났다. 내가 이미 말하지 않았던가. 영원히 끝나지 않는 하루를 사는 것만 같다고. 하루가 끝나지 않고 있었다.

다음날 깨어나서는 큰 기대 없이 그녀의 전화번호를 눌렀다. 그녀가 전화를 받았다. 전화를 받은 것이다. 그녀는 마치 우리가 어제 백화점에서의 만남이 없었던 것처럼 말하기 시작했다. 나는 기분이 좋아져서는 기운을 차렸다.

이런 상황에서 가장 참기 힘든 것은 희망에서 절망으로, 확신에서 의심, 혹은 그 반대로 바뀌는 순간이다. 들쑥날쑥한 감정 변화는 우리가 상상할 수 있는, 가장 진폭이 큰 파동 같았다.

어쨌든 손전등은 오늘 그녀를 위한 선물로 안성맞춤이었다. 여러 방면에서 완벽했다. 손전등은 유용한 데다 어릴 적부터 남자아이와 여자아이들 모두 좋아하는 소품이 아닌가. 손전등은 기쁨과 낭만의 상징이다. 특별히 관리할 필요도 없었고, 분명 그녀와 그녀의 딸을 기쁘게 해줄 것이다.

"막스, 이 손전등 나한테 팔아!"

내가 말했다.

"뭐? 이걸? 내놔!"

막스가 손전등을 잡으려고 테이블 위로 팔을 뻗었다. 나는 손을 멀리 뒤로 뺐다.

"내가 똑같은 거 사줄게. 내일! 알았지?"

나는 손전등을 넘겨주지 않았다.

"지금 필요해서 그래. 알겠어? 지금 당장! 지금 이걸 사러 갈 여유가 없다고."

"안 돼. 사샤! 안 줄 거야. 나한테도 필요한 거라고. 필요하니까 샀지."

막스가 아주 만족스러운 웃음을 띠었다.

"도대체 왜 하필 오늘 내 손전등이 필요한데?"

"필요해, 막스. 그냥 필요하다고."

"여자한테 주려는 거지?"

"됐어! 내가 내일 똑같은 거 사준다니까…."

"어디서 살 건대?"

막스가 손전등을 양보할 생각이라는 게 티가 났다. 괜히 버텨보는 거였다.

"사샤, 그러니까 내 손전등을 여자한테 선물하고 싶은 거지?"

"맞아, 이 개자식!"

나는 얼굴이 살짝 달아오른 걸 느꼈다.

"괜찮은 여자인가 보네! 멍청한 여자한테는 손전등을 선물할 생각을 하지 않겠지. 손전등이라니…. 자!"

막스가 가져가라는 손짓을 했다.

"얼마 주면 돼?"

"뭐라고? 뭐가 얼마냐는 거야?"

막스가 이해가 안 된다는 표정을 지었다.

"손전등이 몇 푼이었냐고?"

내가 막스의 말버릇 흉내 내면서 물었다.

"무슨 거지 같은 소리야! 응?"

막스가 화를 냈다

"몇 푼이냐니! 누가 그런 말을 가르쳤어?"

손전등이라니! 기발한 선물이다. 왜 나는 손전등을 생각하지 못
했지? 나는 기뻤다. 아주 기뻤다!

"그 여자 얘기 좀 해봐."

막스가 갑자기 물어봤다.

"좋은 여자야, 막스. 아주 좋은 여자야!"

"그게 다야? 나는 내 친구가 내 손전등을 선물할 여자에 대해 더
알고 싶다고."

막스가 정곡을 찔렀다. 나는 그녀에 대해 너무나 이야기하고 싶
었다. 정확히 말하자면, 그녀에 관해 짧게 언급하는 것이 아니라,
계속해서 이야기하고 싶었다. 온종일 그녀 이야기를 하고 싶었다.
그녀가 얼마나 멋진지 말하고 싶었다. 그녀는 아주 친근하고 진실
하고 어른스럽고 아름다우며 똑똑하고 늘씬하고 또…. 이런 자랑거

리를 늘어놓고 싶었다. 그녀에 관한 것, 그녀보다 의미 있는 주제는 없는 것 같았다. 나는 누군가와 그녀에 이야기를 해야 했다.

"아냐, 막스! 지금은 더 이상 말하지 않을래. 다음에 해줄게. 지금 말고."

내가 아주 심각한 표정으로 말했다.

"손전등 고마워."

그리고 우리는 음식을 주문했다. 너무나 술을 마시고 싶었지만, 아직 안 된다. 그녀를 만나기 전에 술을 마실 수 없다. 왠지 오늘 그녀를 만나면 내가 그녀를 사랑한다고 분명하게 말할 거란 확신이 들었다.

우리는 꽤 많이 시켰다. 막스가 주체하지 못하고 메뉴에 적힌 모든 음식을 손가락으로 가리켰기 때문이다. 그는 내가 술을 안 마시면 자신도 마시지 않겠다고 했다. 그래서 미네랄 워터를 주문했다. 그리고 우선 커피부터 가져다 달라고 했다. 오늘 마신 커피라고는 아침 공항에서 마신 게 전부였다. 끔찍한 커피였다.

음식 냄새도, 사람들이 식사하는 모습도, 메뉴에 있는 음식 이름도 나의 식욕을 자극하지 못했다. 내가 그루지아 음식을 굉장히 좋아하는데도 말이다. 그루지아 음식 중 특히 찬 요리를 좋아한다. 너트와 치즈, 콩, 민트 그리고 고수가 아주 섬세하게 조화되어 있는 음식이다. 그루지아 음식은 마음에 안 드는 구석이 하나도 없는, 진정으로 훌륭한 음식이다! 다양하고 세세하게 분류도 아주 잘 되어 있으며, 발전 가능성도 무궁무진하다. 무엇보다도 일단 맛있다!

하지만 나는 뭘 먹을 기분이 아니었다.

"막스, 너 모스크바에는 대체 왜 온 거야?"

나는 갑자기 막스가 음식물을 소화하는 과정이 궁금해졌다.

나도 뭔가를 우물거리고는 있었다. 막스는 아주 흡족해하며 맛있게 먹었다. 막스가 포크를 내려놓고 이제 본격적으로 대화할 수 있게 될 즈음 내 앞에는 세 번째 커피 잔이 놓였다. 나는 자리에 앉은 채 몇 시에 레스토랑을 출발하면 시간 맞춰 도착할 수 있을까만 계산하고 있었다. 아직 시간이 있어서 마음이 급할 이유가 없었는데도 나는 초조했다. 나와 막스는 잡다한 이야기를 나눴다. 정확히 말하자면 거의 막스 혼자 말했다. 일상적인 수다였다. 그러니까 특별할 건 없었다.

나와 막스는 레스토랑 '게나츠발레'에서 이런 대화를 나눴다.

막스: 그러니까 그 여자 얘기를 안 해주겠다는 거지?

나: 막스, 내가 얘기를 해주는 것보다 우리 셋이 같이 만나는 게 좋을 것 같아.

막스: 걱정되지는 않고?

나: 뭐라고! 막스, 그게 무슨 뜻이야?

막스: 그래, 그래! 그러니까 사랑에 빠졌단 말이지?

나: 됐어! 넌 뭐가 그렇게 궁금한 건데?!

막스: 사랑에 빠졌고만! 운이 좋은데! 그래, 사샤! 아주 좋은 일이야! 나는 얼마 전 한 아가씨와 알게 됐어. 젊고 차분한 아가씨였어.

그녀도 나도 서로에 대해 잘 알고 있었지! 그녀는 내가 기혼이란 걸 알고 있었다고, 사샤. 우리 도시에서는 모두들 서로에 관해 알고 있거든. 아, 너도 아는 당연한 얘기를 내가 왜 하고 있지?

어쨌든 우리는 공공장소에서 공개적으로 만날 수 없었어. 도시가 작으니까. 우리는 일주일 동안 전화로만 연락을 주고받다가, 내가 토요일 저녁 그녀를 교외에 있는 레스토랑으로 데려갔지. 얼마 전 우리 도시의 공항 가는 길목에 레스토랑과 호텔이 생겼거든. 너는 모를걸. 네가 모스크바로 떠난 다음에 생겼으니까. 아주 잘 만들어 났더라고. 그래서 내가 그 아가씨를 저녁에 교외로 데리고 간 거야. 의도가 뻔한 거 아니겠어! 안 그래?

나는 시내에서 그녀를 태우고는 교외 레스토랑으로 향했어. 그녀는 즐거워하며 깔깔대고 모든 게 좋았다고…. 레스토랑에는 난로 옆 테이블을, 호텔에는 더블 룸 하나를 예약해뒀어. 우리는 도착해서 저녁식사를 시작했지. 이런저런 이야기를 나눴는데, 기분도 최고였어. 그 아가씨는 법학부에 다니는 여대생이었어. 똑똑한 아가씨였지. 유머코드도 잘 맞았고. 우리는 샴페인을 마시고 간단히 식사도 했어. 그러니까 이제 막 저녁이 시작되었고, 우리에겐 기나긴 밤이 남아 있었어. 나는 '이런 여자라면 아침까지도 대화를 나눌 수 있겠어'라고 생각했지.

그런데 그때 그녀가 갑자기 내 쪽으로 몸을 기울이더니, 그날이라고 속삭이는 거야! 알지? 여성의 그날! 나는 그녀를 이렇게 일 분간 멍하니 바라보다가 말했지. "자기야, 난 이제 더 할 얘기가 없어.

끝이야! 우리 대화는 끝났어." 우리는 시킨 음식을 다 먹고 샴페인도 다 마셨지. 그리고 그 아가씨를 다시 도시에 데려다주고는 집에 들어갔어. 이봐, 뭘 그렇게 웃어대는 거야?!

(나는 박장대소했다.)

나: 막스, 아주 잘했어! (나는 계속 웃어댔다.)

막스: 그날이라는데 어쩌겠어? 나는 일 초 만에 그날 가능한 시나리오란 시나리오는 다 만들어봤다고. 그런데 우리가 할 수 있는 게 뭐가 있겠어? 또 대화를 나누고 키스하고 껴안고 이런 것? 아니지. 마침표를 찍을 수 없는 게 분명하다면 그런 수고를 하려 들지도 않을 거야.

기억나? 우리는 육체적인 행위, 짧은 거사는 다 웃기는 일이라고, 그런 것보다 사전 작업이 더 중요하다고 이야기하곤 했잖아. 게다가 그걸 강조하던 게 바로 너라고! 모든 대화나 암시, 이뤄질까 이뤄지지 않을까 하는 불확실성, 가벼운 신체 접촉과 눈빛 교환이 진정 즐거운 유희라고 했잖아. 마지막은 피할 수만 있다면 피하는 편이 훨씬 좋다면서 말이야.

그런데 왜 낄낄대는 거야, 응? 네가 그렇게 주장했던 거 아냐! 기억해? 육체적 관계를 갖기 전까지는 모든 게 안개 속처럼 불확실하고, 우리는 아주 멋지고 재치 있는 사람이라고 했잖아! 그런 것들이 거사를 치르자마자 다 사라지는 거라고! 그러면 해부학적으로 세세한 것들이 눈에 들어오면서 일도 생각나고 잠을 자고 싶어지거나 한다면서. 맞는 말이야! 그런데 나한테는 그 일이 일어나지 않을 거라는 게 확실해진 거야, 이해해? 절대 일어날 수 없다는 게 분명해진 거야.

밀어붙이거나 설득하고, 유혹해봤자 헛수고라는 것이 확실했지. 그러자 그녀가 하는 말을 듣고 싶지도 않았고, 멋지고 섬세한 남자로 있고 싶은 욕구가 모두 순식간에 사라져버렸어. 그녀가 그 사실을 통보하기 전까지는 모든 게 완벽했는데. 게다가 저녁식사와 샴페인 값을 지불할 때는 그날 펑펑 쓴 돈이 어찌나 아깝든지. 시간도 아까웠지. 저녁시간을 완전히 의미 없이 낭비한 거였으니까. 게다가 찜찜한 기분까지 남았어. 그러니까 그 아가씨가 날 골탕 먹이고 속였다는 기분 말이야.

나: 그렇군, 그렇게 된 거군! 그나마 착한 여자한테 걸렸네 뭐. 네가 한번 잘해보려고 애쓰는데 그 여자가 새벽에서야 자기 사정을 말했다고 생각해봐. 네가 이미 김칫국을 마신 상태에서. 그랬으면 얼마나 열 받았겠어! 네가 할 수 있는 모든 노력을 기울였는데 그녀가 거사 직전에 고백하는 거지. 짜잔! 하고 말이야. 그러니까 네 욕망이 실현되는 길목에 극복할 수 없는 난관이 있었던 거야. 극복할 수 없는 난관….

막스: 웃을 테면 웃어. 하지만 너라도 그렇게 했을걸. 생각해볼 것 없이 뻔해! 난 이제 아무 얘기도 듣기 싫어. 들어도 그 의견을 수용하지 않을 거고.

이렇게 우리의 대화는 마무리됐다.

우리를 담당하는 종업원은 아주 꼼꼼한 성격에 나이가 좀 있어 보였다. 내가 보기에 그는 우리에게 과도한 열성과 주의를 기울이고 있었다. 그 점이 내 신경에 거슬렸지만, 막스는 그를 마음에 들어 했다. 재빨리 상황을 파악한 종업원은 막스에게만 말을 했다. 나한테는 기대할 게 없다는 걸 감지한 것이다. 내가 그의 눈 밖에 난 것이었다.

곧 그녀를 만나러 갈 시간이었다. 막스와는 아홉 시 조금 넘어 연락해서 시내에서 바로 만나기로 했다. 십오 분 정도 더 앉아 있을 여유가 있었다.

우리는 계산서를 요청했다. 그때 번호표 생각이 났다. '내가 번호표를 어디 뒀더라? 내 53번이 어디로 갔지?' 주머니도 뒤져보고 테이블도 봤다. 나와 막스는 냅킨, 접시까지 모두 들춰봤고 테이블 위를 꼼꼼히 살펴봤다. 나는 주머니에 있는 것들을 전부 테이블 위로 꺼냈다. 막스는 서류가방을 거꾸로 뒤집어 털기까지 했다. 그의 번호표 33번은 그 안에 있었다. 그런데 내 번호표는?

종업원은 우리의 행동을 주시하고 있었다. 마침내 내가 자리에서 일어나 허리춤에 손을 얹고 도저히 모르겠다며 더는 찾지 못하겠다는 제스처를 취하자 종업원이 나에게 다가와서는 강하고 멋들어진 그루지아 억양으로 물었다.

"죄송한데 아마 이 번호표를 화장실에 놓고 가셨던 것 같습니다. 누군가 옷 보관소에 맡겨놓았어요. 걱정하지 않으셔도 됩니다!"

아주 열이 뻗쳤다. 그는 우리가 오 분 동안 뭔가를 찾고 있는 걸 뻔히 보지 않았던가. 좀 일찍 말해줄 수는 없었나?

우리는 커피를 마저 마시기 위해 다시 앉았다. 종업원이 계산서를 가져왔다. 나는 이미 잔뜩 열 받은 상태였다. 신경이 아주 곤두서 있었다. 어쨌든 나는 지쳤던 거다.

종업원이 계산서를 가져오자 우리의 두 번째 대화가 시작됐다.

(종업원이 막스에게 계산서를 내민다. 막스는 계산서를 보고 살짝 고개를 끄덕이고는 지갑을 꺼냈다.)

나: 잠깐잠깐. 나도 좀 보자.

막스: 뭐 하려?

나: 봐야지!

막스: 볼 필요 없어!

나: 좀 보자니까!

막스: 오늘은 내가 낼 거야.

나: 무슨 소리야. 같이 내야지.

막스: 내가 낸다니까….

나: 우리 그런 걸로 싸우지 말자, 응?

막스: (계산서를 보고는) 얼마 안 나왔어. 정말 별로 안 나왔다니까.

나: 그럼 더더욱 볼래. 적은 액수로 다툴 수 없잖아.

막스: 그렇지.

나: (막스의 손에서 계산서를 뺏어 들고 나서) 이게 뭐야! 이게 얼

마 안 나온 거라고?

막스: 괜찮다니까!

나: 괜찮다니 그게 무슨 말이야! 대체 뭐가 '괜찮다'는 거야?

막스: 뭐? 우리는 앉아서 잘 먹고 잘 마셨잖아. 이제 지불해야 할 순서라고.

나: 기다려봐. 너 이 정도 나올 거라고 대충 예상했었어? 이게 (나는 손가락으로 계산서를 짚었다.) 네가 생각한 금액과 일치하냐고. 그래서 그게 '괜찮다'는 거야? 아니면 네가 돈을 아까워한다고 생각할까 봐 자의적인 의미로 '괜찮다'고 말한 거야?

막스: 나는 그렇게 깊이 생각하지 않았어. '괜찮다'는 건 '괜찮다'는 뜻이야. 그게 전부야. 싸지도 않지만, 비싸지도 않은 '괜찮은' 가격이라는 뜻이라고.

나: 그런데 내가 봤을 때는 이게 (나는 막스의 얼굴 앞에 대고 계산서를 흔들어댔다.) 지랄 맞게 비싼 거라고! 그리고 이 가격이 (나는 또다시 계산서를 흔들어댔다.) 전혀 '괜찮지 않다'고! 우리는 그리 오래 앉아 있지도 않았어. 막스, 지불하기 전에는 일단 뭐가 쓰여 있는지 확인해봐야 해. (나는 심혈을 기울여 계산서를 살펴보기 시작했다.) 그런데 다들 이렇게 주의 깊게 확인하고 조심하는 걸 꺼린다니까! 제길, 꺼릴 게 뭐 있다고! (나는 종업원 쪽 어딘가를 향해 팔을 휘저었다.) 중요한 건 저 장사꾼들은 전혀 꺼리지 않는다는 거야.

막스: (나한테서 계산서를 뺏어가며) 그러니까 내가 낸다니까. 일

만들지 마. 이런 자질구레한 거에 신경 쓰지 말자.

　나: 자질구레한 거라니 무슨 뜻이야? 여기서 그런… 지방 출신의 열등감은 드러내지 마.

　막스: 지방 출신의 열등감이라니? 나는 그저 돈을 내고 싶은 것 뿐이야! 그리고 마침 너는 여기서 돈을 내고 싶지 않은 것 같으니 돈 내지 마. 나는 만족했으니 돈을 내고 싶어. 돈도 있고….

　나: 돈은 나도 있어. 그러니까….

　막스: 돈은 누구한테나 있어! (막스는 순간 말을 멈췄다.) 알겠어? 누구나 돈을 갖고 있다고! (다시 멈춤) 뭘 그렇게 봐? 당연한 거잖아! 돈은 누구에게나 있는 거야! 연금으로 생활하는 할머니들한테도 어느 정도의 돈이 있고, 애들도 저금통에는 돈을 갖고 있지. 심지어는 길거리에서 구걸하는 사람에게도 돈이 있어. 어떤 사람은 그 정도는 돈도 아니라고 생각할지도 모르지만, 그건 돈이 맞아. 즉 누구나 돈을 갖고 있어! 그리고 지금 마침 오늘 하루 동안 쓰려고 여기에 돈을 넣어서 왔다고. (그는 자신의 지갑을 보였다.) 이 돈은 이미 없는 거나 마찬가지야. 없는 거나 마찬가지라고!

　(막스는 지갑을 열더니 나에게서 살짝 돌아앉아서는 지폐를 꺼내지 않은 채 돈을 세기 시작했다.)

　나: 너 왜 나한테 지갑을 숨기는 거야? 응? 왜 숨기는 건데?

　막스: 그럼 내가 네 앞에서 지폐를 흔들어 보이기라도 해야 한다는 거야?

　나: 돈을 흔들라는 게 아니잖아. 숨기지 말라고. 안 볼 테니까.

막스: 알았어. 그렇게 하기 왠지 불편해서….

나: 거봐!

막스: '거봐'라니?

나: '불편하다'고 했잖아! (막스의 말투를 흉내 내며 말했다.) 돈에 얽힌 문제는 다 그렇다니까, 전부 다!

막스: 무슨 말이야! 도대체 무슨 말을 하는 거야? (막스는 종업원에게 돈을 주면서 그에게 '감사합니다'라고 했다.) 도대체 이해가 안 되네. 사샤, 뭐가 '다' 그렇다는 거야?

나: 모르겠어? 봐봐. 너는 심지어 나한테도 돈을 감춘다고. 숨기는 거지! 사우나랑 화장실도 같이 가는 사이인데! 너는 네가 만난 모든 여자에 대해 아주 자세히 나에게 얘기해주지. 어디서 누굴 만났고, 몇 번 했고, 어떻게 했는지…. 심지어는 약점도 다 말하잖아. 내가 물어보지도 않는데도 털어놓는다고! 그런데 돈은? 천만에! 돈은 '불편한 것'이지. 돈은 화제에 올리면 안 되는 거야. 가장 건드려서는 안 되는 주제야. 금지된 게 아니라 금기시되는 것. 이해돼? 최고로 망측했던 섹스에 대해서도 말하면서, 제기랄, 모든 것, 그러니까 모든 것, 말해서는 안 되는 것조차 다 얘기하면서!

그런데 돈에 대해서는 말하려면 할 수 있지만 기피한다고. 그런데 사람들의 가장 큰 관심사가 바로 돈이야. 이해하겠어? '누가 누구랑 어디서'가 아니야! '얼마에!'가 궁금한 거라고. 누가 누구에게 실제로 얼마를 줬는지, 누가 실제로 얼마를 받았는지가 가장 중요한 거야. '무엇 때문에'는 다음 문제지. '어디서 났어'라는 질문보다

'얼마에'를 더 궁금해한다고.

하지만 돈만큼 금기시되는 화제도 없어. 그리고 그만큼 거짓으로 점철된 것도 없어! 다들 거짓말을 하지! 예를 들면 누군가가 아주 비싼 고급 시계를 찼다고 치자. 선물로 받은 것일 수도 있고. 그런데 사람들이 모여 있는 곳에서는 그 젠장 맞을 시계를 제네바 어디에선가 얼마에 샀다고 하면서, 다른 곳에서는 스몰렌스크의 기차역에서 술 취한 사람한테 술병과 맞바꾼 시계라고 뻥 치는 거야. 나중에 확인해보니까 그 시계가 금으로 된 진품이라는 거지. 그리고 또 다른 데 가서는 그 시계를 아무도 볼 수 없도록 빼서 주머니에 넣기도 해.

그렇다니까! 돈 자랑을 하는 것 같아 부끄러우니까! 그런데 빌어먹게 비싼 차를 타고 다니는 건 부끄럽지 않은가? 오백 그램짜리 금시계를 차고 다니는 건 부끄럽지 않나? 여자들에게 옷을 사 주는 것 말이야. 도대체 무슨 옷을 입히는 건지. 여자를 크리스마스트리 마냥 치장하고는 '보세요! 이 여자가 바로 제 여자예요!'라는 듯 모두에게 과시하는 건 또 어떻고! 마음대로 하라지! 그런데 이러면 어떻게 될까?

(나는 내 지갑을 꺼내서 활짝 열고 막스에게 그 속을 보여줬다.)

이러면 안 된다는 거야! 웃기는 거지! "네 돈 치워!", "여기서 돈 자랑하지 마. 불편하다고!"라고 한다니까. 그러면서 돈을 과시하는 행동만 해대지. 사람을 보자마자 그가 어떤 넥타이를 맸는지, 어떤 재킷을 입었는지 파악하고 가격을 가늠하며 백 보 떨어진 곳에서도 그게 진품인지, 아니면 싸구려 모조품인지를 파악해. 사람들이 서로에게 보여주는 건 돈밖에 없어. 자신의 재능이나 연줄, 취향도 약간은 자랑하지만, 결국 가장 과시하는 건 돈이라고. 이렇게만 안 한다 뿐이지! (나는 다시 지갑을 열어 보였다.) 이러면 '불편'하니까!

막스: 이제 그만해! 자, 이게 내 돈이야! (막스도 나처럼 자신의 지갑을 보여줬다.) 나는 이 돈이 부끄럽지 않아, 알겠어? 어디서 발견한 것도, 누가 선물한 것도 아닌, 내가 번 돈이야. 날 자극해봐야 소용없어.

나: 네가 번 돈이라고? 누군들 돈을 안 벌어? 이렇게 생각해보자. 네 주머니에서 돈을 빼가는 인간도 '내가 돈을 벌었어! 이건 누가 그냥 준 돈이 아니야!'라고 생각해. 저기 저 약삭빠른 놈도 그렇고. (나는 내 눈 밖에 난 종업원을 가리켰다.) 너 저 사람한테 팁도 줬잖아? '얼마'를 줬냐고 묻는 게 아냐. '줬냐'고, '안 줬냐'고? 줬지! 이제 알겠어? 너가 돈을 벌었지만, 사실은 저 사람이 돈을 번 셈이라고!

막스: 그 돈이 아깝지 않다니까! 아깝지 않다고! 저 종업원이 정말 망할 정도로 나쁜 개자식이라고 하자. 그런데 그게 나랑 무슨 상관이야. 너랑 내가 따뜻한 곳에 앉아서 이야기를 나누고 식사하는 동안 저기 저 사람은 여기서 우리에게 미소짓고 있었어. 그리고 내가 그에게 돈을 줬지. 그도 만족하고, 나도 만족하고, 우리 모두 만족한다고! 그러니까 나는 제대로 돈을 쓴 거야. 그게 끝이야! 그 이상의 의미는 없어.

나: 맞는 말이야. 그런데 그런 문제가 아니라고. 그 정도에 그냥

그런 식으로 지불하면 안 되는 거야.

막스: 나는 이미 돈을 냈어. 됐어, 사샤! 되고 안 되고가 어디 있어. 너한테는 안 될지 몰라도, 나한테는 돼. 이런 이야기는 그만 끝내자! 너무 오랫동안 돈 얘기를 했어. 우리가 이 문제에 이렇게 긴 시간을 허비할 필요 없어. 나는 이제 이 이야기…

나: (고개를 흔들며) '이 문제에 이렇게 긴 시간!'이라니. 우리가 바로 이 문제에 일생을 허비하고 있는데 무슨 소리야. 한평생이라고! 우리는 평생 돈과 함께 살아가. 돈이 떨어지면 그걸로 끝이야! 그때부터 다시 시작해야 해! 어린애들조차 돈을 받으면 그 돈으로 무엇을 해야 하는지 바로 알아. 뭐든 다 입으로 가져가는 애들도 돈만큼은 어떻게 써야 하는지 바로 알고 저금을 시작해. 왜? 영문도 모르면서 일단 모으고 보는 거야! 자신의 돈은 쓰고 싶어 하지 않아. 과자 따위 시시한 것들은 어른들이 사줄 것이라는 걸 뻔히 아는 거지. 자기 돈을 모으면서부터 약삭빠르게 꾀를 쓰기 시작하는 거야. 그런데 애들이 돈에 대해 뭘 알겠어?

생각해보자. 나는 일을 하지. 돈을 번다고. 나는 공부를 했고 노력해서 지금은 내가 하고 싶은 일을 하고 있어. 정확히는 내가 하고 싶어 했던 일을, 내가 과거에 하고 싶어 하던 걸 지금 하고 있어. 현재의 나는 이 일을 과거에 그랬던 만큼 갈망하는 건 아니지만, 어쨌든 하고 있어! 스스로 원했던 일이니까! 그래서 지금 그 일을 하고 있어. 그게 내 직업이고 내 일이고, 그게 '나야, 나!'라고. 알겠어? 그리고 사람들은 내가 한 작업에 대해 대가를 지불하지. 나는 공짜로는 일하지 않을 거야.

그런데 돈을 받는다는 바로 그 사실 때문에 하고 싶었던 일을 어정쩡한 마음으로 하게 되는 거야. 내가 생각했던 것만큼 열정적으로가 아니라. 그런데 내가 지금 그 얘기를 하려는 건 아니야. 아마 돈을 받고 열정을 다해 일할 수는 없겠지. 알겠어? 나는 내가 할 수 있는 일을 해. 달리 할 수 있는 일이 없다는 건 다른 것을 원할 필요가 없다는 뜻이지.

나는 일하는 걸 좋아해, 막스. 너도 알다시피 나는 노력하는 것을 즐긴다고. 그리고 지금처럼 일하게 되기까지 많이 고생했지. 그 일을 해서 돈을 벌고 삶을 이어가는 거야. 지금과 같은 생활수준을 유지하기 위해서 돈을 버는 거라고.

그런데 내가 돈을 발견했다고 해보자. 길바닥에서 어마어마한 액수의 돈을 발견한 거야. 아주 큰 돈 말이야! 백만이나 된다고, 젠장! 그렇게 되면 다 끝나는 거야! 전부 끝! 그 순간 이제까지 내가 번 돈은 더 이상 돈이 아니게 되지. 기꺼이 노력할 준비가 되어 있던 금액은 더 이상 돈이 아니게 되는 거야. 내 일 전부가 일순간 일종의 취미가 되어버려. 그 후에는 더 이상 일하지 않게 될걸. 그전까지 어떤 인생이었든 간에, 내 인생은 파탄 날 거고. 모든 것이 말 그대로 거지 같은, 그런 상황이 될 거라고! 내가 배운 것과 내가 성취한 것 전부가, 내 일생이!

많은 사람이 나에게 말하겠지. "나한테 돈이 그만큼 있었으면 끝내주는 작업실을 만들거나 끝내주는 센터를 만들 텐데!" 어련하시겠어! 지금 끝내주는 작업실이 없는데…. 그런데 막스, 제일 무서운 건 말이야, 그 정도 돈을 보면 나는 그 돈을 주울 거라는 거야! 그 돈 때문에 내 인생이 망가질 걸 알면서도 주울 거야. 틀림없어! 큰돈을 발견한 그 시점부터 이미 삶은 무너진 거거든. 모두 다 말이야! 알 겠어? 어떠한 경우든 인생이 무너질 거야! 내가 나 자신을 위해 그 돈을 주운 게 아니라고 해도, 멍청하게 그 돈을 국가에 주거나 주인 을 찾아주더라도 말이야. 그 돈을 내 손에서 떠나보내면 나는 남은 일생 그걸 떠올리며 괴로워하겠지. 그리고 주변 사람들 모두 나를 바보라고 생각할 거야. 그것도 가장 멍청하고 역겨운 바보로.

막스: 당연하지! 그리고 너를 좋아하지도 않을걸. 네가 무슨 이유 로 그랬든지 말이야. 그런데 네가 돈을 줍든, 줍지 않든 달라지는 건 없어, 알겠니? 사샤, 나는 돈이 좋아. 돈 자체가 좋아. 생각해봐. 누 군가 나에게 내 친구의 가치가 얼마냐고 물어본다고 치자. 그러니 까 너의 값어치가 나에게 얼마냐고 묻는 거야. 나는 그런 질문을 들 으면 바로 질문한 인간의 면상에 한 방을 날려줄 거야! 그런데 다른 한편으로는 네 생일선물을 살 때 이 가게 저 가게 돌아다니면서 이 렇게 생각하는 거지. '그래, 이건 그 친구 선물로는 너무 싸. 그렇다 고 저건 또 너무 비싸고.' 그러면서 너한테 적합하다고 생각하는 가 격대의 선물을 고르지. 알겠니? 그러니까 너의 구체적인 값을 찾는 거라고. 누구의 값이냐고? 친구의 값이지! 너의 가치! 더러운 일이 지? 다 우스운 거라고!

나: 아냐! 나는 지금 그 얘기를 하는 게 아니야. 돈을 좋아하든 싫

어하든 무슨 상관이야. 돈이 존재한다는 사실은 바꿀 수 없는데. 하지만 내가 바라는 것은 돈을 의식하지 않는 거야. 돈을 조금도 의식하고 싶지 않아.

막스: 의식하지 않는다고? 어떻게?

나: 어떻게냐고? 예를 들어볼까. 겨울에 딸기를 사는 상황을 생각해보자. 어린 시절처럼 우유에 설탕과 딸기를 넣어서 먹고 싶어진 거지. 가게에서는 딸기를 팔고 있고 나에게는 돈도 충분히 있어. 그런데 딸기는 여름에 더 맛있고 (중요한 건) 더 싸다는 사실이 반드시 머릿속에 떠오른다는 거야. 나는 이런 식으로 돈을 의식하고 싶지 않아! 유월에 이제 막 나온 체리를 사면서 비싸다고 생각하고, 몇 주 후에는 값이 내려갈 거라고 의식하고 싶지 않은 거야. 내가 원하는 게 뭔지 알겠어?

막스: 알겠어! (막스는 어깨를 으쓱했다.) 그런데 내가 무언가를 바란다면 그건 투명모자나 물고기처럼 물 밑에서 숨을 쉬는 능력, 아직 이 세상에는 존재하지 않는 환상 속의 작은 비행기일 거야. 난 그런 것들을 원해!

하지만 평소에는 그런 생각을 하지 않지. 그보다 나는 돈 문제를 더 많이 생각해. 맞아, 사샤! 작업을 어떻게 끝내는 게 이익일지 생각해. 새 차를 살지 말지, 산다면 어떤 걸 살지 생각해. 그리고 그런 문제와 본질적으로는 비슷한, 다른 여러 일에 대해 결정을 내려.

하지만 나에게 무엇을 원하느냐고 물어본다면 투명모자와 물고기처럼 숨 쉬는 능력을 원한다고 했을 거야! 그리고 아빠와 대화할 수 있게 해달라고 간절히 바랐을 거야. 아버지와 지금 대화하는 것 말이야. 지금 내 나이에. 하지만 아버지께서는 돌아가셨지. 오래 전에! 아버지가 돌아가시기 전에 아버지와 나는 싸웠어. 내가 왜 이 얘기를 하더라. 아버지와 투명모자를 이야기하는 건 유쾌한 일이야. 중요한 것은 이 얘기가 부끄럽지 않다는 거고! 왜 부끄럽지 않은 줄 알아? 왜냐하면 그것들을 손에 넣는 것이 불가능하기 때문이야! 반면 새 차는… 뭐 하러 새 차에 관해 이야기하겠어? 어차피 필요하면 사게 될 텐데. 사샤, 그런데 너 지금 늦은 거 아니야?

이렇게 우리의 대화가 끝났다.

세상에서 가장 차가운 물을 뒤집어쓴 기분이었다. 시계를 본 나는 약간 혼란에 빠졌다. 칠팔 분이나 더 앉아 있었던 거다. 내가 어떻게 시간을 잊을 수 있었지? 내가 어떻게 감히 그런 위험을 감수했던 거지? 나는 옷 보관소로 달려갔다. 막스도 싱글벙글하며 서둘러 내 뒤를 따라왔다. 하지만 나는 농담할 기분이 아니었다.

"거봐 사샤, 돈 얘기를 하자마자 사랑은 까맣게 잊어버렸지!"

막스, 이 나쁜 놈의 말이 옳았다.

11

드디어 택시를 잡았을 때는 이미 일곱 시 십 분이었다. 차 안이 깨끗한지 아닌지는 이제 조금도 중요하지 않았다. 중요한 것은 출발하는 거였다. 빨리 출발하는 것!

"정확히 어디로 모실까요? 미르 대로는 꽤 긴데요."

머리를 짧게 깎은 깡마른 택시기사가 물었다.

"제가 주소는 기억하지 못해요. 가면서 알려드릴게요. 일단은 미르 대로로 가주세요. 그러니까 사잇길로 꺾지 마시고요, 오른쪽 차선으로 가주세요."

나는 신경이 곤두서서 가까스로 설명했다.

"알겠습니다."

택시기사가 말했다.

"그런데 지금 서둘러 가야 하는 건가요?"

"제가 지금 아주 늦어서요."

나는 재빨리 대답했다.

"그렇군요, 급하시면 제가 한번….."

그가 택시기사들의 전형적인 흥정을 시작했다.

"네, 네, 그럼요. 당연하죠! 사십 분 안에 목적지에 도착하면 값을 후하게 쳐드릴게요."

나는 안 들어도 뻔한 그의 말을 중간에 잘랐다.

길에는 절망적일 정도로 차가 많았다. 까딱하면 약속시간에 늦을 것 같았다. 일곱 시를 조금 넘긴 시간이었는데 말이다! 정말로 이 정도로 막힌단 말인가? 모스크바는 거의 움직이지 않고 있었다. 하지만 나의 택시기사는….

나의 택시기사는 엄청난 운전술의 소유자였다. 깡마르고 키가 큰 택시기사는 등을 등받이에 대고 있지 않았다. 그 반대였다. 그는 운전대에 바짝 몸을 붙이고 있어, 그의 코가 앞유리에 닿을 것만 같았다. 그는 계속 자신의 긴 팔다리를 움직였다. 페달을 밟고 속도를 조절하고 계속해서 핸들을 돌렸다. 그는 짧게 깎은 머리를 흔들면서 가능한 모든 틈새를 찾아냈다. 그는 빈틈을 보자마자 즉시 그리로 진입했다. 그러면서도 쉴 새 없이 다른 운전사들을 비판했다. 누군가를 추월할 때면 어김없이 그쪽을 힐끔 보고는 이렇게 말했다.

"그럴 줄 알았다. 이 안경제비 멍청한 놈! 눈은 어따 달고!" 혹은 "아니 이 할망구가! 내 그럴 줄 알았지!" 혹은 "사람들이 면허증을 돈 주고 산 거 아냐? 응?" 등등. 마치 싸우러 나온 것 같았다. 그는 좁은 틈새 사이로 끼어들면서 변화하는 도로 상황을 분석했고, 순간적으로 결단을 내렸다.

그가 운전하는 택시는 군용차 같았다. 차 안에는 불필요한 물건은 하나도 없었다. 라디오가 있어야 할 자리에는 검은 구멍이 뚫려 있었는데, 텅 빈 암흑 속에서 전선들이 튀어나와 있었다. 운전기사가 내 시선을 눈치 챘다.

"도둑맞았어요! 한 달도 더 된 일이에요. 잠깐 오줌 싸러 갔다 와보니 없더군요. 그런 라디오는 아무도 안 훔쳐갈 거라고 생각했는데. 아니더라고요. 모조리 훔쳐간다니까요!"

택시기사가 따발총 쏘듯 빠르게 이야기했다.

"이 자동차는 벌써 십오 년 됐어요. 그런데도 어쨌든 올해만 해도 벌써 세 번이나 도둑맞을 뻔했다니까요. 하지만 이 차는 저 빼고는 아무도 시동을 못 걸어요. 그러니 훔치려고 해봐야 헛수고죠."

그는 이렇게 말하더니 입에 담배를 물고 피기 시작했다.

"죄송한데요, 담배를 좀 꺼주시면 안 될까요. 제가 천식이 있어서…."

나는 거짓말을 했다. 그가 담배를 피우지 않았으면 했다. 나는 담배 연기를 맡아도 상관없었지만, 그녀에게 담배 냄새를 풍기고 싶지 않았다. 천식은 택시기사의 기분을 상하게 하지 않으려고 한 거짓말이었다.

"죄송합니다."

택시기사가 이렇게 말하고는 조금 내린 창문 밖으로 재빨리 담배를 던졌다. 그는 삐걱대지 않는 곳이 없는, 오래된 고물차를 아주 과격하게 몰다가 급정거하곤 했다. 나는 반사적으로 내 발 밑에 있지도 않은 브레이크를 밟았다.

"잠깐, 잠깐! 브레이크 밟지 마세요."

택시기사가 내 움직임을 놓치지 않았다

"걱정할 거 없어요. 내가 예전에 구급대에서도 일해봤거든요. 시간 맞춰서 도착할 거예요. 이런!"

그는 계속해서 떠들어댔다. 그때 나는 늦는 걸 얼마나 두려워하고 있는지 깨달았다! 하지만 한편으로 이렇게까지 걱정할 게 있을까? 좀 다른 시각으로 생각해보면…. 그러니까 늦어봐야 최대 얼마나 늦겠는가! 아마 십 분 정도일 것이다. 그녀는 내가 늦은 걸 이해해주지 않을까? 당연히 이해해줄 거다! 내가 늦으면 우리에게는 삼

십 분이 아니라 이십 분의 시간이 남게 된다. 그러면 또 어떤가! 내가 그녀에게 하고 싶은 말을 하는 데는 일 분이면 충분하다. 그런데 그녀를 사랑한다고, 이렇게 사랑에 빠진 적은 처음이라고 오늘 말하지 않는다면 두 시간이나 세 시간을 함께 있어도 마찬가지다. 그런데도 왠지 늦으면 안 될 것 같았다! 오 분에서 십 분 정도 일찍 도착해 있는 편이 좋다. 그녀를 만나기 전에 숨을 고르고 싶었다.

우리가 탄 차는 아주 더디게 나아갔다. 택시기사가 운전을 잘하긴 했지만, 불가능한 걸 가능하게 만들 수는 없는 노릇이었다. 나는 혼미한 정신으로 시선을 한곳에 고정했다. 상황을 판단한 후 조금 늦어도 괜찮을 거라는 결론을 내렸는데도 전혀 진정되지 않았다. 만분의 일이라도 늦을 확률이 있다는 걸 알았더라면 막스를 만나러 레스토랑에 가지 않고 바로 그녀와의 약속 장소로 갔을 것이다. 그곳에 앉아서 차분히 그녀를 기다렸을 것이다.

나는 초점이 흩어진 눈으로 한 지점을 응시했다. 내 옆에서 운전사가 떠드는 소리와 내 주위 길가에서 나는 소음, 심장이 뛰는 소리가 들려왔지만, 듣지 않고 있었다.

나는 이 거대한 도시가 어떻게 내 시간을 훔치고 빼앗는지…. 어떻게 모스크바가 그 어마어마한 힘으로 나의 걱정을 증폭시키는지를 물리적으로 직접 느끼고 있었다. 나는 끊임없이 시계를 보지 않으려고 눈을 질끈 감았다.

봄을 봤다.

아무도 나를 배웅하지 않았고, 그럴 수도 없었다. 나는 내가 탈 열차의 플랫폼에 서 있었다. 화창한 초봄의 어느 날이었다. 태양은 눈부시게 빛났고, 하늘은 아주 높았으며, 눈과 얼음 녹는 냄새가 물씬 풍겼다. 역사 근처에서는 관악합주단이 연주하고 있었다. 플랫폼은 사람들로 붐볐다. 장병들과 장교들, 하급 공무원들은 벌써 투박한 겨울 군복을 벗고 춘추복 차림이었다. 모두들 품위 있고 말끔한 차림에 훈장과 메달을 달고 있었다. 여자들도 한껏 꾸민 헤어스타일에 밝은색 옷차림이었다.

  열차 주위에는 온통 연인들밖에 없었다. 나만 빼고 말이다. 나는 혼자였다. 내가 탈 열차 칸에는 부상으로 입원했다 퇴원한 장교들이 타는 칸이었다. 이들은 애인이나 부인들과 함께 있었다. 침묵하는 이도 있고, 쉴 새 없이 떠드는 이도 있었지만, 서로의 눈을 바라보며 손을 맞잡고 있다는 점만은 다들 똑같았다.

  우리 부대 수송열차는 먼 곳으로 갔다. 모든 군대의 견장과 계급장이 눈앞에서 왔다 갔다 했다. 항공군용 군모와 차양이 없는 군모가 어른거렸다. 마지막 칸은 신병들이 타는 칸이었다. 이미 떠밀리듯 열차에 탑승한 신병들은 창문마다 다닥다닥 붙어 작별의 인사를 나누느라 정신이 없었다. 신병들을 배웅 나온 이들은 대부분이 중년 여자였는데, 창에 딱 붙어 말을 끝맺지 못할까 봐 두려운 듯 무언가를 아주 빠르게 말하고 있었다. 마지막 칸 옆으로 눈물이 물줄기가 되어 흐르고 있었다. 한편 내 열차 칸 옆은 눈물이 차올라 찰랑거리는 정도였다. 그런데 이 눈물은 진정한 이별의 눈물이었다. 여기서 작별의 인사를 나누는 사람들은 이제 다시는 만날 수 없을 것이란 사실을 알거나 예상하고 있었을 것이다. 분명히.

역으로 오면서 나는 복장 위반이라는 걸 알면서도 외투를 완전히 열어젖히고 웃옷 단추 두 개를 풀었다. 모자도 벗어 차양을 잡고 갔다. 나는 모든 소지품을 작은 여행 가방에 구겨 넣었고 역 근처에서 신문과 작은 튤립 꽃다발을 샀다. 튤립 다섯 송이였다.

나는 꽃은 잘 모르지만, 튤립은 좋아한다. 특히 이제 막 피어날 준비를 하고 있는, 봉오리를 꽉 다문 작은 튤립이 좋다. 튤립들이 서로 부대끼면서 구부러졌다. 튤립이 어쩌나 촉촉한지 모두 삼켜버리고 싶을 정도였다. 도톰한 줄기라도 살짝 깨물어보고 싶었다.

튤립을 사야 할 이유가 딱히 있었던 것은 아니다. 그저 무언가를 사고 싶었다. 우리가 갈 곳에서는 돈을 쓸 일이 없을 것이다. 나는 아무도 날 배웅하러 오지 않으리라는 걸 알고 있었다. 나는 꽃을 그냥 산 것뿐이었다.

튤립을 산 건 괜한 짓이었다! 내 손에 꽃다발이 쥐어진 순간 손이 꽃을 들고 있다는 것에 의미를 부여하며 모든 감각이 나를 덮쳤다. 열차에 탑승해서 내가 있을 칸을 살펴봤다. 나는 자리에 앉은 다음 선반에 여행가방을 올려놓고 외투도 벗었다. 하지만 안에 앉아서 신문이나 읽고 있을 수는 없었다. 그래서 튤립을 들고 플랫폼으로 나갔다.

나는 내가 주위의 모든 여자의 얼굴을 주의 깊게 바라보고 있다는 걸 문득 깨달았다. 나는 사람들을 한 명씩 살펴보고 있었다. 그녀의 얼굴을 찾는 것이었다. 그녀가 여기, 이 작은 도시에 있을 리 없다는 게 확실한데도 그녀를 찾고 있었다. 내가 지금 플랫폼에 서 있다는 걸, 내가 탄 열차가 이제 막 출발하리라는 걸 그녀가 알 리 없었다. "그녀가 여기 있을 리 없다니까!" 나 스스로에게 말했다. 하지만 내 손에는 꽃이 들려 있었고, 그건 내가 사람들 속에서 그녀를 찾고 있다는 의미였다.

그리고 나는 내가 역사의 시계와 손목시계를 번갈아 보고 있다는 사실을 불현듯 알아차렸다. 그녀가 당연히 와야 된다는 듯 그녀를 기다리고 있었다. 나는 불가능한 일이라는 걸 알고 있었지만 내 손에는 튤립이 들려 있었고, 그렇기 때문에 그녀를 기다렸다.

열차의 경적이 울렸다. 흥미롭게도 역사의 중요한 장면에는 경적 말고도 여러 가지 소리가 교차된다. 그런데 유독 열차의 경적만은 사람들이 알아듣고 그 의미를 이해한다. 연인들이 작별인사를 나누기 시작했다. 어떤 이는 창가에 서서 유리창에 손가락으로 뭔가를 썼고, 어떤 이는 창문을 사이에 두고 서서 소리 내지 않고 입 모양으로 말했다. 연인들이 서로 멀어졌다. 마지막 칸 쪽에서 여자들의 울음소리가 들렸다. 작은 관악합주단은 폐에 공기를 더 불어넣은 듯 평소보다 우렁찬 소리로 가장 경쾌하게 (그래서 더더욱 우울하게 들리는) 행진곡을 연주했다.

나는 플랫폼에 꼼짝 않고 서 있다가 마지막에 열차에 올랐다. 어서 탑승하라고 나에게 고함치는 소리가 들렸다.

귓전에 울리는 모든 소리가 잦아들고, 주위의 움직임이 슬로모션처럼 느려졌다. 눈을 들어 역사의 시계를 봤다. 그러고 눈을 더 높이 들어 하늘을 봤다. 그 순간 열차가 움직이기 시작했다. 열차가 팽팽히 열을 가다듬더니 앞으로 나아갔다. 나는 세 달음 만에 열차의 열린 문으로 올라타고는 뒤꿈치를 들어 열차의 움직임을 느껴보았다.

몸을 돌려 플랫폼에 남겨진 이들을 찬찬히, 아련하게 쳐다봤다. 나는 왼손을 천천히 들었고 무엇 때문인지 다시 시계를 올려다봤다. 그리고 몇 초 후 플랫폼과 출발하는 열차 사이로 꽃다발을 떨어뜨렸다. 나는 꽃다발에서 벗어나 자유가 된 내 손을 주머니에 넣었다. 주머니에서 푸른색의 작은 실크 스카프를 꺼냈다. 그녀의 유일한 선물이었다. 나는 스카프에 얼굴을 파묻고 희미하게 느껴지는 향수의 잔향을 들이마셨다. 그리고 삼 초 후 소리와 색채, 삶의 속도가 원래대로 돌아왔다.

나는 혼미한 상태로 모스크바의 교통체증으로 발이 묶인 낡은 택시의 앞좌석에 앉아 있었다. 옆에서는 택시기사가 계속 몸을 들썩이고 있었다. 나는 왼손으로 목에 맨 매끈한 스카프를 만져봤다.

나는 피식 웃었다. 마치 이 스카프를 그녀의 선물인 양 다루고 있다는 생각이 문득 들었기 때문이다. 다른 사람이 아닌 그녀가 이

스카프를 선물했고, 이게 그녀의 향기인 듯….

"그래, 그래! 그거야! 어서….."

택시기사가 누군가에게 말했다. 나는 시계를 힐끗 봤다. 내가 택시기사에게 포상을 약속한 사십 분이 채워지기까지 팔 분 남았다. 그렇지만 우리는 이제 막 미르 대로에 진입한 참이었다. 정말 살인적인 교통체증이다!

"아니, 이 많은 차가 도대체 어디서 쏟아져 나오는 걸까요?"

택시기사가 도저히 이해가 안 된다는 듯 말했다.

우리는 늦었고, 나는 그녀에게 전화해서 제시간에 도착하지 못할 것 같다고 말하려 하고 있었다. 우리 차가 꺾어져서 꽉 막힌 대로로 들어섰다.

"그래, 이제 됐어!"

옆에 앉은 나의 길동무가 기쁨에 차서 외쳤다.

나는 그 말의 의미를 이해하지 못했다. 그런데 바로 그 순간 우리 왼편에서 구급차 한대가 사이렌을 울리며 지나갔다. 나의 길동무는 재빨리 오른쪽으로 꺾더니 구급차의 뒤꽁무니에 바짝 따라붙었다. 도로교통법과 운전법, 상식과 일반적인 도로예절을 무시하고, 그의 열정이 거둔 섬광과 같은 승리였다. 우리는 총알처럼 날아갔다. '나를 위해 보내준 구급차인걸.' 나는 생각했다.

"제시간에 도착할 겁니다, 틀림없어요. 빨리 손님을 내려드리고 싶은데요. 담배를 피워야겠거든요! 당장 피우고 싶군요"

택시기사가 웃었다.

나는 그를 쳐다보며 생각했다. '이 택시기사는 나와 연배가 비슷해 보이는데. 우리 중 누가 더 나이 들어 보일까?'

"천식이라고 하기에는 너무 건강해 보이시는데요! 저는 다행히 천식은 없습니다. 가끔 허리만 조금 아픈 정도죠…."

목적지까지 사십이 분 걸렸지만, 나는 택시비를 두 배 이상 지불했다.

12

전에 한번 이 카페에서 그녀와 만난 적이 있다. 테이블이 여섯 개밖에 없고, 그다지 인상적일 게 없는 자그마한 카페였다. 잿빛 바닥과 베이지색 벽의 실내에 긴 테이블 바와 원형의 테이블들이 놓여 있고 벽에는 오래된 여객선과 비행기 사진이 걸려 있는, 특별히 눈에 띄거나 별난 것 없는 평범한 카페였다. 하지만 바로 여기에서 그녀와 만난 적이 있었고, 그래서 이 카페는 나에게 그 어떤 고급스럽고 세련된 카페보다 더 의미 있고 소중했다.

입구 바로 옆 테이블 하나만 비어 있었다. 다른 테이블에는 모두 사람들이 앉아 있었는데, 다들 금방 자리에서 일어설 것 같지 않았다. 나는 빈 테이블에 앉아 외투와 목도리를 벗어 옆 의자에 놓고 시계를 봤다. 여덟 시 칠 분 전이었다. 나는 바깥과 문 쪽을 보지 않기 위해 입구를 등지고 앉았다. 바깥쪽을 보고 앉으면 기다리는 게 더 힘들다는 것을 잘 알고 있었다.

그녀는 오른쪽에서 올 것이다. 저 대로변에 서 있는 건물에 그녀가 근무하는 사무실이 있다. 환한 푸른색 간판에 회사명이 쓰여 있고, 더 밝은색으로 작은 비행기와 배가 그려져 있다. 꽤 귀여운 간판이다. 나는 사무실로 들어가 근무 중인 그녀를 보고 싶은 마음이 굴뚝같았지만, 그것을 실행에 옮길 용기는 없었다.

나는 그녀가 들어올 문을 보고 있지 않기 위해 입구를 등지고 앉았다. 아주 어렸을 때부터 누군가를 간절히 기다리면서 그가 등장하게 될 곳을 보고 있으면, 그가 걸어오든 뭘 타고 오든, 한 번도 끝까지 기다린 적이 없거나 등장하는 순간을 놓쳐버렸다. 한번은 엄마와 함께 역사로 아버지를 마중 나간 적이 있다. 그때 나는 열차가 꺾어져 모습을 드러내는, 아버지가 탄 열차가 들어올 선로를 응시하면서 기다리고 있었다. 나는 열차가 등장하는 순간을 너무나 보고 싶었다. 하지만 열차가 늦어졌다. 삼 분, 오 분, 육 분…. 그리고 나는 몇 초 간 딴 데 정신을 팔았다. 엄마에게 뭔가 질문했거나 엄마가 나에게 뭔가 물어봤을 것이다. 그런데 내가 선로로 눈길을 다시 돌렸을 때는 이미 열차가 진입하고 있었다. 기적적인 등장의 순간을 놓친 것이다. 그 뒤로는 늘 그런 식이었다. 그런 이후로 나는 내 시선이 기다리는 대상의 도착을 늦춘다는 결론을 내렸다. 그래서 나에게는 입구를 등지고 앉는 습관이 생겼다.

지난 한달 동안 나에게 전화 거는 사람 수가 줄었다. 자연스럽게 전화벨이 울리는 횟수도 줄어들었다. 그동안 걸려오는 전화마다 반가운 척하던 걸 그만뒀을 뿐인데⋯. 행사 초대도 거절하고 대화도 피했다. 그러자 걸려오는 전화 횟수가 점차 줄었다. 나는 기뻤다. 사 년 전 의뢰인과 동료, 친구, 여자친구들의 전화가 물밀 듯이 쏟아졌을 때처럼 지금 이 상황이 기뻤다. 사 년 전 나는 성공을 실감했다. 많은 사람이 나를 필요로 한다는 것, 단지 일을 하는 전문가로서가 아니라 친구나 말동무로 여긴다는 것을 느꼈다. 그러면서 모스크바에서 사귀는 사람 수가 급격히 늘었고, 새로운 장소와 주소, 사람들이 내 인생에 등장했다.

그러다 한 달 전 그런 것들이 모두 거짓이며 덧없는 일이라는 걸 깨달았다. 내가 이룬 일이라고는 멋진 집 한 채를 건설한 게 전부였다. 그 집은 내 대표작이었는데, 모스크바에서는 그걸로 아직 충분히 더 우려먹을 수 있었다.

내 주위는 점점 더 적막해졌다. "너 요즘 왜 이렇게 안 보여?"라든가 "뭔가 꿍꿍이가 있는 거 아냐? 전화도 안 하고 문자도 안 보내고 말이야!" 혹은 "자기야, 아픈 건 아니야? 다들 자기 소식을 모르네!" 같은 전화도 예전만큼 걸려오지 않았다. 나는 이런 전화를 받으면 상대에게 뭔가 유쾌하지 않은 말을 중얼거렸다.

내가 기다린 건 오로지 그녀의 전화였다. 그녀는 한 번도 내게 전화하지 않았다. 단 한 번도! 그녀에게는 나에게 반드시 전화해야 할 이유가 없었기 때문에 내게 전화하지 않았을 뿐이다. 늘 내가 먼저 전화를 걸었다.

그녀는 아무 이유 없이 낮이거나, 밤이거나 혹은 아침이거나 그 냥 내 목소리가 듣고 싶어서, 아니면 얘기를 나누고 싶어서 전화하는 적이 없었다. 그녀는 그런 여자가 아니었다! 나는 그 사실이 만족스러웠다. 그래도 그녀가 나에게 한 번이라도 전화를 했더라면 나는 너무나 행복했을 것이다! 나는 전화를 기다렸다. 늘 기다리고 있었다.

최근 내 사업은 만족스러웠다. 일 년 전 나는 건설과 수리, 리모델링을 여섯 군데나 동시에 진행한 적이 있었다. 나와 내 조수 그리샤뿐만 아니라 비서와 회계사 등 직원을 모두 동원해도 여섯 곳을 관리하고, 문건이나 계약서 등을 수정하는 일을 모두 해내기에는 역부족이었다. 의뢰받은 프로젝트도 그다지 재미있는 것들이 아니었다. 나는 짜증을 냈고, 기를 쓰다가 모두 다 해낼 수 없다는 걸 깨달았다. 내 자존심에 어마어마한 타격을 입었다.

지금은 단 두 개의 프로젝트만 진행 중이다. 이 두 프로젝트를 끝내기 전에는 새로운 의뢰는 받지 않기로 했다. 의뢰가 들어오는 것들도 거의 상점과 약국 리모델링이었다. 모스크바에서는 리모델링만 해도 평생 먹고 살 수 있을 거다. 게다가 나와 같은 고향 사람이거나 다른 지방 사람들도 나에게 리모델링 공사를 의뢰했다. 젠장, 어느새 나는 모스크바 건축가가 되어 있었던 거다!

러시아의 전역에는 모스크바에 대한 비슷한 수준의 혐오가 퍼져 있지만, 그럼에도 '모스크바다운 것'은 최고의 브랜드였다.

내 고향 도시의 시립 교향 음악홀의 벽에 붙어 있던 포스터를 뚜렷이 기억한다. 지역 교향악단의 공연 포스터였다. 오케스트라에 관한 모든 정보와 이들이 연주하게 될 작품의 작곡가는 중간 크기와 작은 크기의 하늘색 글자로 인쇄돼 있었다. '지휘자'라는 단어도 하늘색이었다. 오로지 '다비드 치딜랸, 모스크바'라는 글자만이 빨간색으로 환하게 불타오르고 있었다.

나는 모스크바 밖에서 들어오는 의뢰는 하나도 받지 않았다. 아직 이 마법의 단어 '모스크바(왜인지 언제나 빨간색과 함께 연상되는 이 단어)'를 활용할 줄 몰랐던 거다. 어쩌면 일부러 활용하지 않았던 것일지도 모른다! 모스크바 밖으로 나가봐야 뭐가 있겠는가! 나는 이곳 모스크바에 익숙해졌다. 이곳을 떠나고 싶지 않았다. 내 전부가 여기 있었다. 게다가 지금 이곳에 그녀도 있다. 나는 일 의뢰는 거의 받지 않고 있었지만, 그래도 만족했다.

그러고 보니 그녀도 십 년 전 모스크바에 온 지방 출신이다. 어딘지 먼 곳에서 왔다. 그녀가 나에게 해준 얘기다. 나보다 훨씬 먼 지방에서 왔다고 했다. 나는 그녀가 나에게 과분하다는 걸 알고 있었다.

나는 그녀를 기다렸다. 내 몸 전체가 마비되는 바람에 신체의 끝부분과 몸속 깊은 곳 어디에선가 보내던 신호가 끊겼다. 머리와 심장만이 작동하고 있었다. 여덟 시 정각. 나는 급격히 절망의 나락으로 떨어지기 시작했다. 여덟 시 칠 분, 나는 그녀에게 전화했다. 이상하게도, 나는 왠지 그녀가 오지 못한다는 것을 알고 있었던 것 같다. 우리가 만날 약속을 하기 전에 나는 그것을 이미 알고 있었다.

나는 화나지 않았다. 그녀에게 화를 낼 수는 없었다. 내가 그녀에게 화를 낼 수 있는 상황을 가정해보거나 상상하는 것조차 불가능했다. 나는 슬퍼하지도 않았다. 슬프지 않았다. 그저 아주 높이 날던 비행기에서 엄청난 속도로 떨어진 느낌이었다. 그러니까 나는 숨이 멎는 동시에 마비됐다.

그녀는 전화를 바로 받지 않았다. 나는 아홉 번이나 열 번 정도 연결음을 들어야 했다. 사실 그녀는 고작 칠 분 정도 늦고 있을 뿐인데, 나는 왠지 그녀가 오지 않을 거라고 예감했다.

그녀의 목소리가 아주 멀리서 들려왔다. 그녀는 전화벨 소리를 듣고서야 시계를 보고 깜짝 놀랐다고 솔직히 말했다. 그리고 사과했다. 뭔가 안 좋은 일이 생겨서 일찍 퇴근할 수밖에 없었다고 했고, 나에게 그 사실을 미리 말해줄 수 없었다고 했다. 그리고 전화해서 못 만나게 되었다는 것을 알려줘야 한다고 생각하고 있었지만, 그럴 수 없었다고 했다.

나는 딸에게 무슨 일이 있는 건 아니냐고 물었다. 그녀는 아니라고 대답했다. 그리고는 더 이상 통화할 수 없다며 내일 다시 얘기하자고 했다. 그리고 다시 한번 사과하고는 전화를 끊었다.

"그렇단 말이지."

"그렇단 말이지."

나는 소리 내어 계속해서 그 말을 반복했다.

'나에겐 도움이 필요해, 도움이!' 나는 생각했다. 그리고 오늘 하루 동안 커피 네 잔과 케피르 한 병을 마신 게 전부라는 것 그리고 한 번도 화장실에 가지 않았다는 걸 깨달았다. 나의 몸이 내게 애처로운 신호를 보내고 있었다.

나는 일어나서 화장실로 갔다. 소변을 보고 조금 울었고 세수를 한 후 세면대의 수도꼭지를 잡고 서서 거울에 비친 내 눈을 응시했다. 그 순간 나는 아주 강렬하게 고통과 절망의 신호를 보냈다. 우주를 날아다니는 위성들이 내 신호를 감지했더라면, 자신의 궤도에서 답신을 보냈을 것이다. 나는 화장실에서 나왔다.

"전화기 가져가세요."

나는 목소리가 들리는 쪽을 돌아봤다. 바텐더였다. 어두운 색 머리카락을 지닌, 남부 출신임이 분명해 보이는 남자로 하얀 셔츠에 검은 조끼 차림에 비싼 안경을 쓰고 있었다.

"문 옆에 두고 가시면 안 돼요. 제가 물론 주시하고 있지만, 그래도…. 그런데 괜찮으십니까?"

몇 분 후 나는 바 앞의 높은 의자에 앉아 얼음과 레몬을 넣은 콜라를 마시며 막스에게 전화하고 있었다.

"손님, 얼굴에 핏기가 하나도 없었어요. 쓰러지는 줄 알았어요."

검은 머리의 바텐더가 말했다. 그는 가슴에 작은 이름표를 달고 있었다. 이름표에는 에릭이라는 글자만 쓰여 있었다. 에릭은 오십 세쯤 되어 보였다. 그보다 어리지는 않았다.

나는 어서 막스가 내 옆에 있어야 하다는 걸 깨달았다. 이리로 와서 나를 데려가라고 하자. 어디론가 데려가서 나에게 보드카를 따라주고 뭔가를 먹이도록 하자. 내가 한 발짝도 안 움직였다고 욕하거나, 원하는 대로 마음껏 떠들어도 좋다. 어쨌든 나는 혼자 있을 수 없었다.

'하지만 이게 최악의 상황은 아닌데! 최악의 상황까지는 가지도 않았다고! 아니야, 아직 최악의 상황은 아니다. 최악의 상황이었으면 훨씬 더 깊은 나락으로 떨어졌겠지.'

그곳은 너무나 좋았는데! 사막이나 기관총이 옆에 있던 참호 속, 춥고 깜깜한 바다에 있을 때…. 아주 좋았는데! 부대 수송열차에서는 고요했다. 춥고 고요했다. 그곳에 구원이 있었다. 왜냐하면 그곳에는 희망이 없었기 때문이다. 조금도 없었다! 희망의 그림자조차 없었다!

어느 북극기지에 있는 것도 멋질 뻔했다. 얼음과 눈이 끝없이 펼쳐진 가운데 아주 작은 트레일러가 덩그러니 놓여 있는 거다. 차가운 바다가 사람들이 살고 있는 따뜻한 대륙과 눈과 얼음의 땅을 갈라놓고 있다. 여러 달, 아니면 몇 년을 그 기지에서 살 수 있다면.

그곳에는 과묵하고 엄격한 동료가 있어 그와 하루에 두 세 마디만 주고받을 수 있다면 좋을 텐데 말이다. 예를 들면 이런 대화다. 내가 "차 마실래?"라고 물어보면 동료가 "응"이라고 한다. 그리고 세 시간 후에는 그가 말한다. "장작 구하러 갈까?" 그럼 내가 "응"이라고 대답한다. 밤이 가까워져서 내가 "오늘은 누가 장비를 확인하지?"라고 하면 그가 "내가"라고 대답하는 거다. 그게 끝이다. 그 정도면 충분하다.

우리의 트레일러는 좁지만 편안하고, 따뜻하지만 덥지 않아야 한다. 작은 창문은 늘 얼어붙어 있지만 ,아침에는 극지의 태양빛으로 환히 빛나고 밤에는 어두워질 터였다. 나는 매일 통신을 하러, 어디론가 무언가를 보고하러 가야 한다. 극지 탐험가들이 또 뭘 하더라? 특별 기록부도 꼼꼼히 작성해야 할 거다.

날씨가 어떻든 하루에 세 번 트레일러에서 나와 장비의 치수를 확인한다(그러니까 내가 극지 탐험가라면, 나는 그 일들을 할 수 있었을 거고 그런 작업을 도대체 왜 해야 하는지도 알았을 거다). 동료가 있다면 당연히 모든 임무를 번갈아 했을 거다. 순번을 정해놓고 장치들의 지표를 기록부에 기입하며 청소를 하고 음식을 만들고 '큰 대륙'과 통신하러 나가는 일 말이다.

음식은 늘 똑같고 단출하다. 하지만 나는 이런 식생활을 문제없이 받아들인다. 그런데 책은 반드시 많아야 한다. 두껍고, 읽어도 읽어도 끝이 안 나는 고전 소설이 잔뜩 있어야 한다. 다시 읽거나 처음으로 읽는 거다! 쥘 베른과 월터 스콧, 스티븐슨, 마크 트웨인 전집이 있어야 한다. 도스토예프스키와 톨스토이는 말고! 디킨스는? 있어도 된다. 푸시킨의 《대위의 딸》과 《벨킨 이야기》도 좋다. 하지만 애석하게도 푸시킨은 이런 작품을 많이 남기지 않았다.

그러니까 현대 소설은 없고, 러시아 소설은 최소한만 있는 거다. '샴페인을 따고 《피가로의 결혼》을 다시 읽는 것'도 아주 좋을 것 같다. 하지만 그것은 불가능한 일이다, 불가능하다! 《피가로의 결혼》을 읽어본 적 없다는, 단순한 이유 때문이다. 읽은 적이 없는데 어떻게 '다시 읽는 것'이 가능하겠는가? 게다가 극지에서 샴페인은 또 어떻게 구하고? 그리고 삼 개월에 한 번씩 비행기가 오지만 착륙하지는 않고 우리 위로 날아간다. 반갑게 날개를 흔들어 인사한 후 장비와 식량, 선물, 책이 들은 상자를 던져준다. 하지만 그 안에 편지는 없다, 단 한 통도!

감옥에 있는 것도 괜찮을 것이다. 하지만 러시아 감옥은 싫다. 지금 시대도 안 되고, 범죄를 저질러 투옥된 것도 아니어야 한다. 그저 영문은 알 수 없지만 프랑스 감옥에 오랫동안 갇혀 있는 거다. 감옥이 아니라 요새여도 좋다. 돌벽과 금속 징이 박힌 목재 문, 들판의 파릇파릇한 잔디와 창살이 달린 높은 창문과 푸른 하늘이 있다.

내 수중에 책은 단 한 권(무겁고 오래된 성경)뿐이고, 다른 책은 없다. 드디어 성경을 완독한다! 깨끗하고 구입한 지 얼마 안 된, 헐렁하지만 소매가 좁은 셔츠들을 늘 갖고 있을 것이다. 셔츠는 지금 것처럼 얇지 않다. 두꺼운 아마포로 만들었다.

나는 언제나 깨끗하게 면도한 상태다. (그나저나 그때, 그 오래 전에는 어떻게 면도했는지 궁금하다.) 매일 아침 나에게 이발사가 와서

면도를 해주는 것도 좋을 것 같다. 그리고 종종 성직자가 찾아와서 대화를 나누는 것도 좋다. 우리는 철학을 주제로 점잖게 끝이 나지 않는 토론을 할 것이다. 간수와 체스를 둘 수도 있다. 나는 좋은 빵과 사과, 와인 한 잔을 공급받는다. 하지만 누군가에게 어떠한 쪽지도 건넬 수도 없고, 누군가에게서 편지를 받는 것도 완전히 불가능하다.

게다가 이곳에서 탈출할 방법은 전혀 없기 때문에 이제까지 아무도 탈출하지 않았다. 그리고 탈출 시도조차 없었다는 사실을 분명히 알고 있어야 한다. 마음이 평온하도록, 가라앉지 않는 분노라든가 명예에 대한 의무가 없도록 말이다. 내가 평생 그 요새에 갇혔다는 걸 분명히 알도록 말이다! 정권 교체라든가 사면을 기대해봐야 전혀 의미 없다. 완전히 쓸데없는 일이다! 평생을 그렇게 살아야 하는 거다!

길고 다루기 힘든 턱수염을 기른 수도사였어도 (단 정교 수도사는 빼고) 아주 좋았을 것이다. 나는 추운 사원에서 살고 싶지 않다. 나(내가 수도사라면)처럼 턱수염이 더부룩하고 창백하고 깡마른, 못생긴 사람들과 식탁에 둘러앉아 밍밍한 수프와 신 양배추 (역자 주_ 양배추를 발효한 요리)를 먹고 싶지 않다. 또 험한 일이나 별 의미 없는 일을 (특히 영하의 겨울날에) 하고 싶지 않다. 그런 일들은 싫다!

저 멀리 펼쳐진 풍경이 아름답고 한적한 곳, 작은 호수에서는 잉어가 헤엄치는 그런 곳에서 수도사로 살고 싶다. 경치가 좋고 산과 평원이 있고 덥지도 춥지도 않은 곳, 평생 머리를 밀고 살 수 있는 곳 말이다. 그곳에는 책이 단 한 권도 없다. 그런데도 그곳에서는 다들 모든 것을 알고 있다! 그곳에서는 힘들게 수행하며 몸을 단련하고 평안과 힘을 터득하며, 부동자세로 앉아 일출을 보고 석양에 지는 태양을 배웅한다.

그곳에서 나는 존경할 수 있는 사람(나의 스승)을 만날 것이다. 그는 틀림없이 작고 마른 체구에 나를 완전히 꿰뚫어보는 사람이어야 한다. 그는 나에게 빗소리를 듣는 법과 메뚜기의 노래와 매미의 울음소리를 구분하는 법을 가르쳐줄 것이다. 구름을 보고 이해하는 법을 가르치고, 안개 속으로 들어가더라도 언제나 사원에 다다르는 법을 알려줄 것이다. 나는 그곳에서 모래사장 위에 막대기로 첫 자작시를 쓸 것이다. 비와 구름들, 메뚜기, 매미 그리고 안개와 모래에 대한 시이다. 나 자신에 대한 것은 한 글자도 없다. 단 한 글자도!

그뿐만이 아니다. 나는 언제 올지 기약 없는 우주 탐사에도 기꺼이 합류할 것이다. 우주 탐사를 떠나 지구로 돌아올 수 없고, 행여나 돌아오더라도 나를 기다릴 만한 사람은 지구에 남아 있지 않을 것이다. 우주와 지구에서 시간은 다른 속도로 흐른다. 나는 다시는 그녀를 볼 수 없고, 그녀의 목소리를 들을 수 없다는 것을 알면서 우주로 날아갈 것이다. 수백 년 후, 지구에서 수백만 파섹 떨어진 곳에서 내가 눈을 뜨도록 설정해놓을 것이다. 그래서 나는 그녀가 없는 세상에서 깨어날 거다!

하지만 만약 내가 간 게 아니라 그녀가 우주로 간 거라면…. 그러면 나는 여기서 살 수 없을 거다. 그건 불가능하다! 여기에서 는 모든 것이 그녀를 떠올리게 하기 때문에, 그녀를 그저 기다리 고 있을 수 없다. 여기에 머물러 있을 수 없다.

막스가 전화를 받았다. 드디어!

"막스! 당장 여기로 와줘!"

"사샤, 네가 이리로 오는 게 낫지. 여기에서 마침…."

"제길, 막스! 제발 부탁이니까! 네가 이리로 와줘! 나를 데리고 나가달라고."

"무슨 일 있어?"

막스가 심각해진 목소리로 물었다.

"막스, 이쪽으로 와줘."

"사샤, 거기가 어딘데?"

"미르 대로야. 시내에서 오려면…."

나는 막스에게 오는 길을 제대로 설명할 수 없다는 걸 깨달았다.

"막스, 지금 내가 바텐더 바꿔줄게. 어떻게 오는지 설명해줄 거 야. 제발 빨리 와!"

나는 에릭에게 수화기를 넘기며 내 친구에게 이곳으로 오는 법 을 설명해달라고 부탁했다. 에릭은 전화기를 받아들고 막스에게 오 랫동안 참을성 있게, 상세히 손짓까지 해가며 오는 법을 설명했다.

"곧 올 겁니다."

에릭이 나에게 전화기를 돌려주며 말했다.

"좀 괜찮으십니까? 차라도 드릴까요? 좀 진하게 우려서요."

"아니요, 지금은 괜찮습니다! 그런데 제 친구가 어디서 온다고 이야기하던가요?"

"노비 아르바트에서 오는 법을 물어보데요."

"이런! 멀리서 오네요…."

여기에서 최소 사십 분은 앉아 있어야 한다는 뜻이다. 끔찍했다! 하지만 혼자서 어디로 가겠는가? 아무데도 갈 수 없다! 막스를 기다리겠다. 뭔가를 단숨에 마시고 싶은 기분이었다.

13

"정말 아무것도 필요 없으십니까? 콜라 한 잔 더 어떠세요?"

바텐더가 못미더운 듯 눈썹을 찌푸리며 물었다.

"좋습니다. 그걸로 주세요."

"얼음 많이 넣어서요?"

"얼음 많이 넣어서요."

"레몬도 넣으실 거죠. 빨대는 필요 없고요?"

"네, 그래요!"

나는 오 초 동안 내가 콜라 마시는 방식을 에릭이 어떻게 알아낸 건지 놀라워했다. 그런데 내 앞에 콜라와 얼음, 레몬 조각의 흔적이 남은 잔 하나가 놓여 있었다. 즉 내가 이미 그렇게 주문했었다는 거다. 내 기억에 없을 뿐이지.

에릭은 능수능란하게 일했다. 카페에 좌석은 많지 않았지만, 젊고 덩치 큰 여종업원이 쉴 새 없이 에릭에게 주문지를 전해주었다. 에릭은 굉장히 능숙하게 일처리를 했다. 그의 팔은 평온한 얼굴과는 동떨어진 것처럼 유려하게 움직이고 있었다. 그는 분명 대화를 좋아하는 사람이었다. 동양적인 상냥함을 겸비한 그는 간결하게 말했다.

"그런데 혹시 작가이십니까?"

그가 미소지으며 나에게 물어봤다.

"아니요, 작가는 아닙니다."

내가 답했다.

"그럼요?"

"시인도, 화가도, 기자도 아닙니다."

"죄송합니다."

에릭은 민망해하면서도 어쨌든 이야기를 계속 이어갔다. 그는 나에게 자신의 이야기를 들려주었다.

"저는 당신이 작가가 아닐까 생각했습니다만…. 언젠가 저도 실의에 빠졌던 적이 있었어요. 아주 크게 상심했었죠. 오 년 전이었습니다. 아직 호텔 '우크라이나'에서 일할 때였죠. 아니 이런! 아니군요. 오 년이 아니라 팔 년 전입니다. 세상에, 이렇다니까요. 자신을 잊고 사는 인생이라니….

그러니까 호텔 '우크라이나' 위층에 있는 바에서 일하고 있을 때였어요. 왠지 모르게 불쾌한 가을이었고, 사랑이라고 하기도, 아니라기 하기에도 애매한 감정을 느끼고 있을 때였습니다. 그러니까 당시에 저도 우울해하며 가슴 아파했습니다. 눈물이 터질 것 같은 기분이었죠.

거리를 걷는데 갑자기 목에 매는 스카프를 사고 싶어지더라고요. 상점도 이곳저곳 가보고 시장도 가봤죠. 하지만 마음에 드는 스카프를 찾을 수 없었습니다. 그렇다고 여성용 스카프를 사고 싶지는 않았고요. 천연소재가 아니라 화학섬유로 만든 것도 별로 내키지 않았어요. 저는 스카프를 매본 적이 없었습니다. 그래서 어디서 스카프를 파는지도 몰랐어요. 그런데 누군가 저에게 한 가게를 추천해주더군요. 그래서 가봤죠. 그곳에 진열된 스카프들은 굉장히 멋졌어요. 종류도 많았고요.

저는 이렇게 생각했습니다. '세상에, 바로 세 장을 사 가야지.' 그리고 점원 아가씨에게 물어봤습니다. "아가씨, 이 스카프는 얼마죠?" 그때 점원 아가씨의 대답이 어찌나 충격적이었던지! 저는 대답을 듣고는 손으로 머리를 감쌌어요. 이렇게요. (에릭은 어떻게 머리를 감쌌는지 직접 보여줬다.) 그리고서는 이렇게 말했죠. "이 조그마한 게 얼마라고요? 말도 안 돼!" 이토록 작은 스카프 한 장 살 처지가 안 된다는 것 때문에 젊은 아가씨 앞에 서 있기가 민망했습니다. 스카프 가격이 이 정도면 그 가게에서 파는 정장은 또 얼마겠습니까? 온몸이 화끈거렸습니다. 수중의 돈을 세봤습니다. 겨우 스카프 한

장, 그것도 가장 싼 걸로 한 장 살 만큼 있더군요. 돌아올 때는 지하철을 타고 왔습니다.

저는 그렇게 산 스카프를 이렇게 셔츠에 매기 시작했지요. 모두들 아주 멋지다며 좋아했습니다. 제가 봐도 꽤 괜찮았습니다! 그리고 저는 어떤 손님 한 명 역시 목에 스카프를 매고 다닌다는 걸 알게 됐습니다. 키가 큰 외국인이었습니다. 나이는 저보다 많았고요. 그는 이곳에서 어떤 네덜란드계 기업의 대표로 일하고 있었습니다. 유쾌하고 정중한 사람이었어요. 오면 맥주를 두세 잔 마시고 앉아서 책을 읽었습니다. 그러고 나서 저와 대화하기 시작했지요. 그는 러시아어를 잘했습니다. 똑똑한 사람이었죠! 누구보다도 오래 앉아 있었습니다.

하루는 그가 테이블이 아니라 바에 앉아 있었어요. 아주 우울한 모습으로 뭔가를 쓰면서 저와 대화했지요. 그런데 나가면서 이렇게 의도하지 않은 척, 우연인 것처럼 바에 메모를 남기고 가더군요. 제가 그 메모를 보니 저에게 쓴 메시지더군요. 필체가 아름다웠습니다. 물론 실수가 있긴 했지만요. 그래도 저는 그 나라 말을 못 하는데, 그 똑똑한 친구는 러시아어로 메시지를 남긴 거예요. 시간이 되면 저녁을 같이 하자는 초대였어요. 그런 일을 다 겪었다니까요! 그 후로 저는 절대 목에 스카프를 두르지 않습니다.“

“죄송합니다만, 전 당신을 저녁에 초대할 생각이 없어요. 지금 제 친구가 오고 있으니까요.”

내가 말했다.

에릭은 이 분 동안 웃어댔다. 내 농담을 아주 마음에 들어했다. 하지만 나는 농담한 게 아니었고, 농담할 여유도 없었다. 그녀에게 무슨 일이 일어난 걸까, 그녀가 무슨 일을 겪은 걸까 그리고 가장 중요한 건 왜 그녀가 나에게 그 사정을 말하지 않았을까 하는 물음이 나를 괴롭히고, 내 마음을 찢고 짓이겨 놓았다는 것이다. 그녀가 힘든 일을 털어놓을 만한 사람이 나 말고 또 누가 있단 말인가? 그녀는 내 사랑을 느끼지 못하는 걸까? 당연히 느끼고 있을 거다! 그녀는 왜 나에게 그녀를 돕는 행복을 허락하지 않는 걸까. 이럴 수가, 그녀가 도와달라고 내게 전화했더라면! 그녀는 왜 나를 신뢰하지 않는 거지?

내 휴대전화가 울렸다. 휴대전화의 진동이 내 몸을 타고 울렸다. 나는 다시 현실 세계로 돌아왔고, 뭔가 툭 끊어지며 발꿈치로 툭 떨어졌다. 아프리카 남부 어디에선가 교역 상품을 실은 화물열차가 탈선한 것 같았다. 그녀의 전화가 아니었다. 낯선 목소리가 들려왔다. 젊은 여성의 목소리였다.

"안녕하세요! 알렉산드르 씨 맞나요? 죄송합니다만, 제가 부칭을 몰라서요(역자 주_ 러시아에서는 예의를 갖춰 호칭할 때 이름과 부칭을 함께 말함, 알렉산드르는 사샤의 원형 이름)."

"걱정 마세요. 괜찮습니다. 제가 알렉산드르입니다."

"아, 예. 안녕하세요! 마리나예요. 저는 그리샤의 아내예요."

"잠시만요, 어느 그리샤 말씀이시죠?"

"그리샤 말이에요! 어떻게 모르실 수 있어요? 당신과 함께 일하는 조수 그리샤요."

"아, 그리샤 말이군요! 당연히 알죠. 네, 압니다. 무슨 일이시죠?"

"아니요. 무슨 일이 있는 건 아니에요. 괜찮아요. 이렇게 전화 드려서 정말 죄송해요."

아주 젊은 여성의 목소리였다.

'이 여자는 몇 살일까?' 나는 생각했다. 그리샤는 스물다섯 살이다. 그리고 나는 그가 기혼이라는 것조차 몰랐다. 그는 사적인 이야기는 전혀 하지 않았다. 나는 이 년 전 그를 고용했는데, 그의 인생에 대해서는 아는 게 하나도 없었다.

"그리샤는 제가 당신에게 전화하는지 몰라요. 알면 별로 안 좋아할 거예요."

"그러니까 제가 이해한 게 맞는다면, 당신이 저한테 전화한 사실을 그리샤에게 말하지 말아달라는 거죠? 맞습니까?"

"네, 그런데…."

그녀는 아주 걱정스러운 목소리였다. 그런데 이쪽은 완전히 난감했다.

"아, 그런데 지금 통화 가능하세요? 이 분 정도 시간 내주실 수 있나요? 제가 하시는 일을 방해하는 건 아닌가요?"

"이 분 정도는 괜찮습니다."

나는 이 말을 필요 이상으로 근엄하게 말했다. 그녀는 걱정스러운 목소리로 예의 바르게 그리고 말을 아주 잘했다. 안 좋은 일이 있고 심각한 상황인 건 분명해 보였다. 그렇지 않았다면 전화도 안 했을 것이다.

"걱정 마시고 말씀하세요."

"감사합니다! 그리샤의 전화번호부에서 알렉산드르 씨의 번호를 알아냈어요. 어떻게 이야기를 시작해야 할지 모르겠는데요. 그리샤는 알렉산드르 씨를 아주 존경하고 있어요. 늘 들떠서 알렉산드르 씨에 대해 이야기하곤 해요. 알렉산드르 씨가 얼마나 훌륭한 전문가이고 좋은 사람인지를요. 그이는 알렉산드르 씨를 존경하고 있어요. 거의 흠모하는 수준이죠. 무슨 일이 있는지 늘 관심을 가지고 신경을 쓴답니다. 원래는 일과 작업장에 대해서 별로 이야기하지 않는 사람이지만, 알렉산드르 씨에 대해서는, 늘 들떠서 이야기하지요. 그는 알렉산드르 씨를 자랑스러…."

"네, 감사합니다! 제가 몸 둘 바를 모르게 만드시는군요! 그러니까…."

그녀가 내 말을 잘랐다.

"아, 죄송하지만 하려던 얘기를 마저 할게요! 그러니까 최근에, 특히 최근 며칠간 그리샤가 정말 이상했어요. 아무것도 먹지 않고, 잠도 못 자더라고요. 밤에는 욕실에서 훌쩍거리기까지 했어요. 저한테는 아무것도 이야기해주지 않았요.

오늘은 한 시간 전에 집에 왔어요. 저는 식사를 잘 차려줬고, 그는 식탁에 앉았죠. 입을 꼭 다물고 앉아 있었습니다. 아무것도 입에 대지 않았어요. 그러더니 알렉산드르 씨를 아주 곤란하게 만들었다고, 자신은 하등 쓸모없다고, 왜 자기 같은 사람을 참아주고 있는지 모르겠다고 했어요. 그러고서 자기는 해결할 수도, 바로잡을 수 없는 상황을 오늘 알렉산드르 씨가 와서 해결했다고 하더라고요.

자신은 일주일 내내 해결해보려고 노력했지만 아무것도 못 하고 그저 모든 걸 망치기만 했다고 했어요. 그런데 알렉산드르 씨가 나타나서는 모든 상황을 파악하고 오 분 만에 해결했다는 거예요.

또 그리샤는 자신이 알렉산드르 씨에게 필요하지 않고 방해할 뿐이라며 자신을 해고시키지 않는 건 다만 가엾기 때문이라고 말하더군요. 그러더니 옷을 입고 나가버렸어요.

알렉산드르 씨, 아시겠어요? 그는 울었어요. 믿어주세요. 그는 당신을 굉장히 좋아하고, 정말로 노력하고 있어요. 일을 제대로 못 하더라도 일부러 그러거나, 게을러서 그리고 부주의해서 그런 게 아니에요. 정말이에요. 그리샤는 아주 착한 사람이에요. 그리샤가 너무 걱정돼요. 지금 대체 어디로 간 걸까요?”

젊은 여자가 우는 소리가 들렸다.

“마리나! 걱정할 거 없어요. 저는 그리샤를 아주 높게 평가하고 있어요. 훌륭한 전문가이자, 책임감 있고 훌륭한 동료라고 생각하고요. 그리샤 없이 저는 일을 못 해요. 당연히 저도 그리샤를 아주 존중하고요. 자랑스럽게 생각하셔도 됩니다. 그런데 그리샤가 집을 나갔다고요…. 휴대전화는 가져갔나요?”

“잘 모르겠어요.”

그녀가 훌쩍거렸다.

"지금 한번 볼게요."

나는 발걸음과 뒤적이는 소리를 들었다. 그녀는 그리샤의 휴대전화를 찾고 있었다.

"안 보이는데요. 한번 전화해볼게요."

"지금 전화하지 않는 게 좋겠어요! 제가 해볼게요. 그리고 다시 전화 드리겠습니다. 어쨌든 제가 다시 전화 드릴게요. 조금만 기다려주시고, 걱정 말고 계세요. 전화해줘서 고맙고요."

나는 전화를 끊었다.

'세상에, 완전히 유치원이 따로 없군!'

순간 그리샤의 절망 가득한 눈빛과 가죽만 남은 마른 몸, 무언가를 말해보려던 몸짓들이 떠올랐다. 그랬던 거다! 그리샤는 현장에서 아주 괴로워했던 거다! 무엇 때문에? 누구 때문에? 모두 다 나의 사랑 때문에, 나 때문이다. 불쌍한 그리샤!

그리샤는 우리가 무슨 작업을 하는지조차 아직 모르는 상태였다. 그것은 별로 중요한 문제가 아니었다. 우리 정도의 사람들은 세상에 쌔고 쌨다는 것도 그리샤는 아직 모른다. 물론 우리가 가장 형편없는 건 아니지만, 우리보다 더 잘하는, 훨씬 더 잘하는 사람들이 세상에는 많다. 이 거대한 도시만 해도 수천 개의 건축팀이 작은 건물과 큰 건물을 짓고 수리하고 리모델링 공사를 한다. 나 같은 건축가도 또 얼마나 많은가. 제길! 못돼먹고 이기적이고 거만하며 어중간한 성격에 그리 착하지도 않은, 딱 나 같은 인간 말이다. 나는 도대체 뭐 하는 인간인가!

그런데 불쌍한 그리샤는 우리가 뭔가 중요한 일을 하고 있다고 믿으며, 나한테 폐를 끼칠까 봐, 내 기대와 책임에 부응하지 못할까 봐 염려하고 있다. 그리샤에게는 그 이상 중요한 게 없는 거다. 불쌍하다! 이렇게 불쌍할 데가….

나는 서둘러 그의 전화번호를 찾아 전화를 걸었다. '제발 전화를 받아야 할 텐데!' 오늘 이 짐까지 안고 다닐 수는 없었다. 당장 이 문제를 해결해야 했다.

학창 시절에 학생식당에 앉아 생각에 잠기곤 했다. 그때가 열세 살, 아니면 열네 살이었을 것이다. 나는 주방에서 일하고 있는 요리사들을 보며 생각에 잠겼다. 우리 도시에 학교가 몇 개나 될지 머릿속으로 세어보기 시작했다. 아마 팔십 개는 족히 넘을 것이다. 그 학교마다 학생식당이 있을 것이고, 그곳에는 요리사가 최소 네 명 정도는 근무할 거다. 학교뿐 아니라 기업과 공장, 대형 사무소, 병원 등과 같은 곳이 또 얼마나 많은가. 이 모든 곳에 식당이나 카페테리아, 아니면 작은 카페가 있다. 그리고 이곳에는 한평생 맛없는 음식만 만드는 요리사들이 일하고 있다.

이들은 형편없는 요리사들다! 그렇지만 이 요리사들에게도 나처럼 (내가 이미 말했듯, 당시 나는 열세 살 혹은 열네 살이었다.) 어린 시절이 있었을 것이다. 어린 시절에 자신이 앞으로 요리사가 될 거라고 생각하지 못했을 것이다. 그들에게도 각각 이름과 성이 있고, 그러니까 서로 다른 인격체, 세상에서 유일한 인격체이다! 그런데 형편없는 요리사가 되고 말았다. 그러니까 이들은 대체 누군가? 이들은 형편없는 요리사다! 그뿐이다! 그 이상 설명이 필요 없다. 그렇다면 이들의 인생은 어떻게 되는 건가?

내 기억에 나는 내 성을 자랑스러워했다. 내 성이 멋지고 흔치 않으며, 멋지게 발음된다고 생각했다. 내 앞에는 분명 특별한 운명이 펼쳐질 거라고 생각했다! 마당에서 축구를 할 때면 언젠가는 반드시 축구팀 코치가 지나갈 거라고 생각하며, 언제나 그 장면을 상상했다. 축구팀 코치는 멈춰 서서 나를, 내가 축구하는 모습을 보고는 이렇게 생각하는 거다.

'아니, 이렇게 훌륭한 소년이 있다니. 진정한 재능이란 바로 이런 걸 두고 하는 말이군.'

그리고서는 주위에 있던 한 아이를 붙잡고 물어본다.

"저 애는 누구니? 저기, 저 파란 민소매티를 입고 있는 아이의 이름이 뭐지?"

그러면 그 아이는 내 이름을 멋지게 말할 것이라고 믿었다. 형편없는 요리사가 된 저 사람들처럼 나는 흔적 없이 녹아버릴 리 없다. 그럴 리 없다!

그리고 난 내가 흔적 없이 녹아버리지 않았다고 생각했다. 나는 모스크바에서 일하고 있다. 모스크바 말이다! 이제 뭘 더 할 수 있단 말인가? 여기가 한계다! 나는 이곳 모스크바 일하고 있다! 나는 대단하다! 나는 프로젝트에 나의 이름을 올린다. 하지만 그게 무슨 의미가 있단 말인가? 나는 모스크바 근교에 있는 마을의 작은 길에 멋진 집을 한 채 지었다. 그것이 전부다! 대부분의 시간을 딱정벌레마냥 끝이 보이지 않는 모스크바의 미로에서 샛길을 파고, 또 파고 있는 것이었다. 모스크바에 나 같은 인간은 내 고향 도시에 있는 요리사의 수보다 많다!

그리샤가 전화를 받아야 하는데….

그리샤가 전화를 받았다.

"여보세요."

그리샤가 차분하고 남자다운 목소리로 전화를 받았다.

"그리샤! 전화를 받아서 다행이군. 날세, 알렉산드르."

나는 들뜬 목소리로, 자발적으로 전화한 것처럼 말하려고 노력했다

"그래, 기분은 좀 어떤가?"

"괜찮습니다. 일곱 시에 현장에서 나왔습니다. 쓰레기는 거의 다 치웠고요. 다들 기분이 좋습니다. 내일부터 바꿀 건…."

"에이, 공사 현장이 뭐 그리 중요한가! 어떻게든 되겠지! 그리샤, 자네가 상당히 지쳐있다는 걸 잘 아네."

"아닙니다! 전혀 지치지 않았습니다. 죄송합니다. 제가…."

그가 내 말을 끊고 이야기를 시작했다. 물론 지친 걸 안다는 말은 그리샤한테 괜히 한 거였다. 그런 말을 할 필요가 없었다.

"아냐, 그리샤. 자네가 날 용서해야지. 내가 오늘 자네에게 의도치 않은 말을 했어! 오늘 자네와 얘기한 후부터 왠지 찜찜해서…."

"제 잘못이에요. 제가 어떻게 말씀드려야 할지 몰라서…."

"그리샤! 내 말 끊지 말게. 누군가 잘못이 있을지 모르지만, 그게 자네 잘못이 아니라는 것만은 분명해. 최근 들어 일에 신경 쓰지 않은 건 나야. 순전히 내 탓이라고! 그리샤, 자네가 아니었다면 모든 것이 진즉에 무너졌을 거야. 자네가 나와 함께 일해줘서 얼마나 다행인지 몰라. 나는 자네를 전적으로 신뢰한다고. 그리고 정말 미안하네. 내가 자네의 책임감과 성실함을 완전히 악용한 꼴이 되고 말았어. 이 말을 더 일찍 하고 싶었는데 현장에서는 할 수 없었고 달리 말할 기회도 없었어. 현장 말고 다른 곳에서 한번 만나야겠어! 어떻게 생각하나? 아, 그리샤, 자네 기혼인가?"

"네, 마리나라고 아내가 있습니다!

"잘됐군! 아주 좋아! 어떻게든 시간을 내서 같이 한번 보자고. 영화는 어떤가? 나도 내가 아는 여자를 한 명 데려가겠네. 같이 영화나 보러 가지. 그 후에 저녁식사를 하고. 내 계획이 어떤가?"

"글쎄요, 마리나에게 한번 물어보겠습니다."

"물어볼 거 뭐 있나! 수줍어할 거 없네. 내일 약속시간을 정해보지. 나한테 자네 아내를 소개시켜주는 거야, 오케이?"

"네, 알겠습니다. 감사합니다!"

그리샤가 (좋은 의미로) 황당해하는 목소리로 대답했다. 분명 얼떨떨할 것이다.

"감사 인사는 나중에 하라고. 좋아! 내일 전화해서 약속시간을 잡도록 하지. 그럼 잘 있게. 아내한테 안부 전해주고. 오늘 일 마음에 담아두지 말게. 다 괜찮아. 아주 잘했다고. 그럼 이만!"

나는 하마터면 '그리고 집으로 돌아가게!'라고 덧붙일 뻔했다.

"안녕히 들어가세요. 정말 감사합니다! 마리나에게 안부인사 전하겠습니다. 안녕히 들어가세요."

그리샤가 기어들어가는 목소리로 말했다.

행복한 사람들의 모습을 보고 그들의 목소리를 듣는 것은 얼마나 기분 좋은 일인지. 잠시나마 사람들을 행복하게 해주는 게 때로는 얼마나 쉬운지. '이제 한 사람을 또 행복하게 만들어볼까.' 나는 이렇게 생각하고는 그리샤의 아내에게 전화했다.

그녀는 기뻐했고, 내가 말리기 전까지 감사하다는 말을 쉴 새 없이 반복했다. 나를 구원할 수 있는 것은 전화 한 통과 세상에 하나밖에 없는 목소리였다. 하지만 그녀는 나에게 전화하지 않을 것이고, 나는 그걸 잘 알고 있었다.

14

에릭이 스카프에 얽힌 이야기를 들려주고, 내가 전화 통화하는 사이에 카페는 사람들로 꽉 찼다. 이게 바로 모스크바다! 인테리어도 평범하고 가장 기본적인 음료와 음식을 파는, 정말 특별할 것 하나 없는 카페인데도 금요일 저녁에는 미어터진다. 담배 연기가 자욱해지고 주위가 시끄러워졌다. 에릭은 나에게 뭔가를 말하곤 했다. 나는 그의 말을 듣고 있지 않았지만, 그가 농담이나 어떤 의견을 다 말한 것 같은 타이밍에 고개를 끄덕이고 미소를 지었다. 막스는 올 때가 다 됐는데도 보이지 않고 있었다.

내 등 뒤에서 또 한 번 문이 열렸다 닫히는 소리가 들렸다. 그쪽으로 고개를 돌려보니 젊은 커플이 들뜬 모습으로 들어오고 있었다. 밖에 눈이 내리는 모양이다. 모자와 어깨에 눈이 쌓여 있었다. 그들은 신이 나서 요란하게 옷의 눈을 털고, 발을 굴러 신발에 묻은 눈을 털어냈다. 그 후에야 카페 안을 둘러보고는 자리가 다 차 있다는 걸 확인한 후 여전히 즐겁게 웃으며 밖으로 나갔다. 나는 이 모든 과정을 곁눈으로 지켜봤다.

내가 아까 앉아 있던 자리를 차지한, 상당히 건장한 체구의 한 남자도 내 주의를 끌었다. 키가 크고 어깨가 넓은 남자였다. 그는 흰머리 섞인 머리를 위로 세우고, 목이 깊게 패인 잿빛 스웨터를 입고 있었다. 이목구비가 뚜렷한, 잘생긴 얼굴이었다. 얼굴을 관리하는 티가 났다. 어디서 본 사람 같은데, 누구인지 생각해낼 수 없었다. 그는 커피 한잔과 미네랄 워터, 재떨이를 앞에 두고 테이블을 응시하며 무언가 골똘히 생각하고 있었다. 나는 그가 내 시선을 눈치 챌까 봐 더 이상 그를 쳐다보지 않았다.

모스크바에 정착한 지 얼마 안 됐을 때 한 레스토랑에서 아는 사람을 만났던 일이 생각난다. 그때 취할 대로 취해 있던 나는 그 사람을 보고 반가워서는 그의 어깨를 후려치며 인사했다. 그 사람은 영문을 모르겠다는 표정이었다. 나는 어떻게 나를 못 알아볼 수 있냐고 했는데…. 알고 보니 그 사람은 채널 2에서 뉴스를 진행하는 앵커였다. 나는 그 사람처럼 텔레비전에 나오는 사람을 볼 수도 있다는 사실이 아직 익숙하지 않던 거다. 내 고향도시에서는 아는 얼굴이면 곧 아는 사람이란 의미였는데 말이다. 하지만 여기 모스크바에서는 조심스러워야 했다!

카페의 남자도 어디선가 본 얼굴이었다. 귀티 나는 얼굴이다. 배우이거나 작가일 가능성도 충분했다.

나는 몸을 돌렸다. 그러니까 약간 어리둥절한 표정으로 몸을 돌려 똑바로 앉았다. 당장 뭔가를 마셔야만 할 것 같은 기분이었다. "막스, 막스! 너 도대체 어디 있는 거야!" 마치 주문을 외우듯 들리지 않게 중얼거렸다.

고개를 문 쪽으로 휙 돌렸다가 원래 위치로 돌려서 그런지 벽과 바가 휘청 하고 옆으로 밀리는 듯한 느낌이었다. 뭔가 먹어야 했다.

나는 내 손을 봤다. 바에 놓여 있는 내 손. 내 손은 크지 않았고, 손톱은 깨끗하게 다듬어져 있었다. 특별할 것 없는 손이다. 나의 손. 나는 이 손을 위해 한 달 반 전에 장갑을 샀다. 이제는 새 장갑을 사야 한다. 사랑 때문에, 지쳤기 때문에, 산만해졌기 때문에, 간지러웠고 목이 신경 쓰였기 때문에, 스카프를 얻게 되어 기뻤기 때문에 나는 택시에 장갑을 두고 내렸다.

나는 내 손을 배신했다. 손은 내 앞에 맥없이 놓여 있었다. 그렇다, 내 손에는 힘이 별로 없었다. '내 신체가 불만인 건 아니지.' 나는 생각했다. 이제 막스가 오면 함께 술을 마시기 시작할 거야. 손들은 술을 따르고 술잔이나 보드카 잔을 입으로 가져가겠지. 그리

고 나 자신도, 내 손도 술을 마시면 몸이 더 안 좋아질 것임을 알고
있다. 집에 가서 샤워를 하고, 누워서 자는 게 최선이라는 걸 알고
있다. 그리고 아침에 일어나 식사를 하고 뭔가 유익한 활동을 하는
게 좋다는 것을⋯. 하지만 알면서도 실천에 옮기지는 않을 것이다.
내 손은 나를 거스르지 않고 술잔을 채울 것이다.

　어릴 적 나의 몸은 내게 세상에는 없는 것 같은 행복감을 선사
했다. 그때 나는 무엇은 먹어도 되고 무엇은 안 되는지, 그러니까
먹는 것이 나의 몸과 건강에 어떤 영향을 끼칠지 생각하지 않았다.
내 몸은 지치지 않고 내달리며 뜀박질했고, 새파랗게 질릴 때까지
강가에서 물놀이를 했는데도 추위에 떨지 않았다. 그리고 어디서든
잠들 수 있었다. 나는 잠잘 때면 누가 나를 엎고 가도, 아무 곳에나
내려놓아도, 옷을 입히거나 벗겨도 깨지 않았다.
　나의 몸은 자전거 타는 법과 스케이트 타는 법을 간단히 터득해
서 언제나 나를 기쁘게 했다. 게다가 내 몸은 자라기까지 했다! 내
발이 신발보다 커졌다. 몸이 바지, 재킷보다 커지기 시작했다. 나는
내 몸이 자랑스러웠다. 나는 내 몸을 사랑했다. 그런데 이제는 귀찮
기만 하다.
　내 손들⋯. 그리고 내 몸의 모든 기관이 지금 이런 질문을 던지
고 있을지도 모른다.
　“너는 왜 우리를 괴롭히는 건데? 우리가 무슨 잘못이야? 네가
조금만 신경 써주면 된다고. 제대로 된 식사와 정기적인 수면 그리

고 가끔이라도 신선한 공기를 마셔주면 되는데. 운동이 안 되면 산책이라도 하면 좋겠지. 가끔 걸어 다니고! 목적지가 있어서 서두르는 게 아니라 그저 걷는 것, 걷기 위해 걷는 것 말이야. 너의 신체 기관인 우리는 모든 역할을 다 하고, 노력하고, 털과 손톱이 자라게 하고 땀과 침 등 신체활동에 필요한 액체를 만들어내잖아. 그게 얼마나 힘든 일인데! 우리는 너 때문에 지쳤어. 지금 너에게 일어나고 있는 일을 어떤 기관이 담당하는지 모르겠고, 알아낼 수도 없어. 심장? 아니야! 심장도 이제 즐거워하지 않고 있다고! 천만다행히도 심장은 튼튼해…. 우리에게 모두 다 설명해봐. 무슨 일인데? 무슨 일이 일어난 거야?”

그러게, 무슨 일이 있는 걸까? 그녀는 왜 올 수 없었을까? 그러니까 정말 올 수 없었던 거다! 그녀가 나중에 다 설명해줄 것이다. 그녀가 나를 갖고 노는 것은 아니지 않은가. 그녀는 그런 여자가 아니다! 그녀는 늘 아주 사려 깊다. 그녀는 내가 자신을 사랑한다는 걸 모르는 걸까? 당연히 알고 있다. 내 마음을 알고 있을 여자다! 당연히 나의 마음을 느끼고 있을 거다. 당연히 알고 있다.

‘그런데 혹시 그녀도 나를 사랑하고 있는 건 아닐까!’

나는 이 간단한 가정에 충격받았다. 나는 내 생각에 놀라 돌처럼 굳어버렸다. 그때까지 그녀가 날 사랑하든, 사랑하지 않든 상관없다고, 그녀의 마음이 어떻든 그녀에 대한 나의 사랑은 변치 않는다고 생각했다. 그런데 불현듯 지금 그녀가 괴로워할 수도 있다는 걸 깨달은 것이다. 어쩌면 그녀도 최근 몇 주간 괴로워하며 살고 있을

지도 모른다. 그런데 난 이기적이었다. 이기주의자였다! 이런 바보 같으니! 젠장!

'그녀가 날 사랑하는 게 당연해! 어쩌면 그녀가 나보다 더 괴로울지도 몰라. 분명 그녀가 더 힘들 거야. 그런데도 난 여기서….'

이런 생각을 하자 갑자기 벌떡 일어나 어딘가로 달려가고 싶어졌다. 그런데 어디로 간단 말인가? 당연히 그녀에게다! 그런데 어디로 가야 하지? 이런 생각을 하니 속에서 전율이 일었다. 하지만 마음은 더 가벼워졌다. 훨씬 가벼워졌다! 난 얼마나 못돼먹은 놈인지! 나는 그녀가 힘들 거라고, 어쩌면 나보다도 힘들 거라고 생각하고는 즐거워진 것이다.

누군가 내 어깨에 손을 얹었다. 누군가 뒤에서 내 어깨를 잡았다! 누군가 나와 내 신체기관 간의 대화 그리고 나의 혁명적인 발상과 깨달음을 중단했다. 나는 뒤를 돌아보았다.

막스!

15

나는 매우 기뻤다! 하마터면 막스에게 수염이 잘 어울린다고 말할 뻔했다. 그를 껴안고 키스해주고 싶었지만, 그는 나의 이런 행동을 전혀 이해하지 못했을 것이다. 내가 얼마나 놀라운 발상을 해냈는지, 그가 등장하기 직전에 어떤 생각을 떠올렸는지 알 턱이 없으니 말이다.

"뭘 그렇게 쪼개고 있어?"

막스가 모자에서 눈을 털어내며 물었다.

"누가 널 여기서 고문이라도 하고 있는 줄 알았다고. 그런데 너는 벌써 즐기고 있었던 거야? 나를 좀 기다릴 수는 없었어?"

"막스, 무슨 소리야! 즐겼다니?"

"사샤, 나 없이 이미 한잔 한 거잖아! 부끄럽지도 않아? 나라면…."

"막스, 그만해."

내가 그의 말을 끊었다.

"에릭, 미안한데 이 친구한테 제가 아무것도 마시지 않았다는 것 좀 얘기해주세요."

나는 막스를 손가락으로 가리켰다.

"친구분은 얼음과 레몬 넣은 콜라만 마셨습니다."

에릭이 재빨리 말했다

"제가 여기로 오는 법을 설명해드린 분이시죠? 제대로 오셨군요. 친구분은 기절할 것 같은 상태였어요. 아주 우울한 표정으로 앉아 있었죠. 제가 조금 즐겁게 해드리려고 제 얘기를 좀 하고 있었어요. 이제 당신이 친구분을 맡으세요. 저는 친구분을 즐겁게 해드리는 데는 실패했답니다. 술도 드시지 않았고요."

에릭이 막스에게 눈을 찡긋하고는 미소지었다.

"그렇군요, 술 문제는 제가 당장 해결할 겁니다."

막스가 즉각 대답하고는 내 팔꿈치를 툭 건드렸다.

"뭘 마실까?"

나는 시계를 쳐다봤다. 아홉 시 십 분 전이었다! 드디어 막스와 술을 마시는 거다! 나는 벌써 몇 시간 전부터 막스와 술을 마실 순간을 기다려왔는데 이제야 드디어 때가 되었다. 우리는 코냑을 마셨다. 원샷으로 오십 밀리리터씩!

코냑이 혀와 식도를 타고 내려와 몸속으로 흘러 들어갔다. 이 순간을 얼마나 기다렸던가! 나는 긴장을 풀고 싶었던 거다. 나는 코냑을 들이켰다. 저 멀리 대영제국해군의 함대사령관이 오랜 행군으로 지친 부대를 이끌고 선두에서 기지로 들어가며 축포를 쏘아 올리는 것 같은 기분으로 술을 마셨다.

나의 몸도 역시 즐거워하는 것 같았다. 당연히 코냑은 건강한 수면도, 규칙적인 식사도, 신선한 공기도 아니었다. 하지만 역시 하나의 방법이었다.

16

우리는 코냑을 오십 밀리리터씩 마시고는 바로 나갈 준비를 했다. 나는 이제 이곳에 한시도 더 있고 싶지 않았다. 막스도 같은 생각이었다. 막스는 이런 이상한 카페에서 싸구려 코냑이나 마시려고 자신을 불러내 모스크바에서의 소중한 저녁시간을 허비하게 만든 거냐며 이해가 안 된다며 불만이 가득해 투덜거렸다. 나와 막스가 투덕거리는 동안 옆 테이블에 앉아 있던 키 큰 사내가 우리 바로 옆으로 다가왔다.

"에릭, 여기 있습니다. 오래 앉아 있었네요. 감사합니다!"

그 키 큰 남자가 바에 돈을 놓았다.

"감사합니다! 조심히 가세요!"

에릭이 웃으며 인사했다.

그 남자는 고개를 끄덕이고 몸을 돌리는 순간, 자신을 바라보는 나의 시선과 마주쳤다. 그 역시 나를 알아보고 놀란 것 같았다. 그는 황급히 고개를 끄덕여 나에게 인사했다. 나 역시 고개를 끄덕였다. 그는 서둘러 자리를 떠났다.

막스는 우리가 인사하는 모습을 놓치지 않았다. 막스는 나에게 바싹 붙어서 그 키 큰 회색머리 사내를 가리키며 물었다.

"저 사람은 누구야? 유명한 예술가야?"

막스가 속삭이며 물었다.

나는 그 사람을 다시 한번 자세히 보고 싶었다. 그런데 막스가 누가 봐도 티 나게 그 쪽을 보고 있었다. 나까지 보기는 민망했다.

"사샤, 나를 유명한 예술가들과 소개해달라니까! 약속했잖아! 저기 저 남자는 누군데? 예술가야?"

바로 그 순간 등 뒤에서 문이 닫히는 소리가 들렸다

"나도 모르겠어. 어디서 본 사람인지 기억이 안 나. 예술가일지도 모르지. 기다려봐…"

내 목소리 톤이 약간 높아졌다.

"에릭, 방금 나간 사람이랑 아는 사이 같았는데요."

"이 사람이요?"

에릭이 방금 나간 남자가 바에 놓고 간 돈을 손으로 가리켰다. 내가 고개를 끄덕였다.

"아니요, 개인적으로는 모르는 남자예요. 카페에 자주 들르긴 하죠. 아마 이 근처에서 일하나 봅니다. 이 근방 사람들은 모두들 저를 알거든요."

그는 손가락으로 가슴에 달린 이름표에 쓰인 '에릭'이란 글자를 가리켰다.

"그렇군요…."

내가 고개를 끄덕였다.

우리는 계산을 했다. 이번에는 막스도 내가 돈을 내도록 내버려 두었다. 그는 사람이 많은 곳에 가고 싶어 했다. 전에 말했듯이 '움직이고' 싶었던 것이다. 나는 여러 장소를 댔고, 막스는 "사샤, 거기가 지금 유행하는 곳이야?"라거나 "사샤, 거기 분위기 어때?"라고 물었다. 결국 우리는 다음 행선지를 정하지 못한 채 밖으로 나왔다.

큰 눈송이가 끊임없이 내려왔다. 눈이 가파르게 펑펑 떨어졌다. 거리로 나오자 따뜻한 기운이 나를 감쌌다. 코냑이었다! 코냑이 몸에 돌기 시작한 것이다. 빈 위장과 피로감 때문에 술기운이 확 돌았다. 눈이다! 이제 막 하늘에서 내리는 깨끗한 눈….

모스크바는 금세 환해졌다. 창문과 등, 간판, 광고판 불빛이 낮은 하늘과 눈밭에 그리고 날아다니는 눈송이와 이미 떨어진 눈송이에 반사되고 있었다. '그녀는 나를 사랑해.' 순간 그 사실을 다시 한번 깨달았다. '그래, 나는 꽤 괜찮은 사람이야. 사랑받을 만한 사람이지. 맞아, 난 좋은 사람이야.' 나는 좋은 사람이니까….

부모님이 있는 고향집에 가야겠다. 모스크바에서 온 손님처럼 며칠만 묵으러 가는 게 아니라 가서 팔월 내내 보내야지. 다차에서 가족들과 팔월을 보내야겠다. 아버지와 사우나도 하고 이야기도 나눠야지. 아들과는 낚시를 가야겠다. 할머니도 찾아봬야 한다. 할머니에게 신경질 내지 않으려고 노력할 것이다. 함께 차를 마시고 할머니가 하는 얘기를 잘 들어 드리고 또 사진을 보는 거다. 할아버지 묘에도 가봐야지. 무덤 앞에 서서 묵념하기 위해서가 아니라 할아버지를 회상하기 위해서이다. 어렸을 적에 나는 할아버지가 나를 꼬집고 껴안는 걸 싫어했었지…. 그리고 친구들도 만나서 친구들 없이 지내기가 힘들었다고 말해야겠다.

나는 이런 생각을 하면서 휴대전화를 꺼내 전화를 걸었다.

"여보세요, 파스칼? 나야, 사샤."

나는 전화기에 대고 말했다.

"사샤! 전화해주다니. 너무 기쁘다. 지난번에 그렇게 헤어져서 마음이 아주 안 좋았어. 알다시피 내가 러시아어를 제대로 못 하잖아. 그래서 너한테 아무것도 설명하지 못했어. 그때 네가 제대로 이해할 수 없었다는 거 이해…."

"파스칼! 다 괜찮아. 나는 화나지 않았어. 제길! 내가 먼저 고맙다고 얘기하고 싶었다고. 너는 나를 크게 도와준 거나 마찬가지야. 최근에 나는 하고 있던 공사 일을 모두 제대로 처리하지 못했어. 알료샤가 공사를 의뢰한 것은 그저 거절할 수 없어서 받았던 것이었다고. 그러니까 다 괜찮아! 그 일은 잊자!"

"사샤, 정말이야? 하지만 너 화가 났었잖아. 제대로…."

"파스칼! 내일 만나자. 만나서 이야기하자. 하지만 그 문제에 대해서는 더 이상 할 얘기가 없을 것 같다. 다 괜찮아! 만나면 뭔가 다른 이야기를 하는 게 좋을 것 같다."

"아주 좋아! 물론 내일…."

"그래, 내가 지금 급히 갈 곳이 있어서 이만 끊을게!"

"그래…."

파스칼이 주저하면서 전화를 끊었다.

막스가 택시를 잡았고, 바로 앞에 택시가 섰다.

"사샤, 어디로 가? 운전사가 어디로 가는지 물어보는데?"

막스가 소리쳤다.

"막스, 잠깐만. 일 분만 기다려. 그 차 보내지 말고."

나도 소리쳐 대답했다.

나는 꼼짝 않고 서서 전화기를 손에 들고는 그녀의 전화번호를 눌렀다. 그녀가 전화를 받았다.

"미안해요. 당신한테 전화하면 안 된다는 거 잘 알아요."

놀라울 정도로 차분한 목소리로 내가 말했다.

"하지만 전화하지 않을 수 없었어요. 지금 당장 전화해야 할 것 같았어요."

그녀는 아무 말도 하지 않고 있었다.

"저는 정말 열렬히 당신을 사랑하고 있어요! 당신 없이는 살 수 없어요! 이 말을 하고 싶었어요…."

"저도 알고 있었어요."

그녀가 말했다. 그리고 침묵이 흘렀다.

"무슨 말을 해야 할지 모르겠네요."

나는 마치 한 단어를 말하듯 단숨에 말했다.

그녀도 무슨 말을 해야 할지 모르겠다고, 내가 먼저 고백해주기를 기다렸다고 했다. 그리고 더 편한 마음으로 내일을 기다릴 수 있게 됐다고도 했다. 그리고는 아침에 전화해달라고 부탁했다.

"그래요. 꼭 할게요. 키스를!"

내가 말했다.

그녀도 역시 나에게 '키스를'이라고 했다. 그리고 짧은 통화 종료음을 들렸다. 완전히 귀가 멀고 마음에 상처 입은 나는 막스와 택시가 기다리는 쪽으로 갔다. 눈이 가파르게 떨어지고 있었다.

17

나는 택시가 있는 쪽으로 가면서 우리 왼편에 서 있는 차를 봤다. 그러니까 막스와 나 그리고 택시의 왼편 말이다. 완전히 눈에 덮인, 아주 큰 차였다. 갑자기 와이퍼가 평소처럼 반까지 왔다 갔다 움직였다. 마치 자동차가 눈을 뜬 것 같았다. 아까 그 벤츠였다. 나는 벤츠의 생김새가 심술궂다고 생각한 적은 한 번도 없었다. 자족

적이고 거만하고 고급스러우며 풍족한 데다 지루하고 따분해 보이는 차라고는 생각했지만, 심술궂은 모습이라고는 생각해본 적은 없었다. 차 위에 눈이 꽤 두텁게 쌓인 걸 보니 이 자리에 꽤 오래 정차해 있던 게 분명했다.

'마음대로 하라지.' 나는 이렇게 생각했다. '젠장, 내가 겁낼 게 뭐야.' 나는 결연히 택시를 탔다. '우리는 신나게 마실 거야. 저 사람은 벤츠에 바보처럼 앉아 있으라지.'

"마스니츠카야 거리로 가주세요."

나는 택시기사에게 말했다.

막스는 앞에, 나는 뒤에 앉았다. 기분도 좋고 평온했다. 나는 이 평온함이 오래 지속하지 않으리라는 것 그리고 이 평온함이 예기치 않은 순간에 절망과 우울로 바뀔 것임을 알고 있었다. 하지만 지금 그 일이 일어나고 있는 것은 아니었다. 아직은 아니다! 그녀는 내가 자신을 사랑하는 걸 안다고, 내가 그 말을 해주길 기다렸다고 했다. 그리고 내일 전화해달라고 부탁했다! 어쩌면 그녀가 지금은 통화할 수 없는 상황일 수도 있다. 나도 그랬으니까. 모두 잘됐다. 모든 게 잘된 거다.

우리 차는 천천히 달렸다. 막스는 택시기사와 모스크바 날씨에 대해 이야기를 나누면서 고향 도시의 겨울과 추위가 얼마나 심한지 이야기했다.

"그곳 겨울은 말입니다! 겨울 그 자체예요!"

막스가 말했다.

순찰병이 나를 깨웠다. 그가 내 어깨를 흔들어서 깨워서 눈을 떴다. 나는 야트막한 참호 바닥에서 잠을 자던 중이었다. 옷 사이사이 모래가 있었고, 입술에도 모래가 묻어 있었다. 젊은 순찰병이 뭔가를 이야기했지만, 나는 여기가 어디인지, 무슨 일이 일어나고 있는 건지 순간 머리가 잘 돌아가지 않았다. 나는 기관총으로 땅을 짚고 일어나서 몸에서 모래를 털어내고 순찰병이 하는 이야기를 들었다.

그는 정찰병들이 돌아왔다는 소식을 전했다. 그런데 단 세 명만 돌아왔다고 했다. 나는 긴장한 나머지 이가 으스러지도록 세게 이를 악물었다. 설마 막스가⋯.

출발할 때는 일곱 명이었다. 막스가 그들을 이끌었다. 정찰병 네 명, 특공대원 세 명이었다. 그런데 세 명만이 돌아왔다고 한다. 중사 한 명은 중상을 입어서 중위와 일병이 부축을 해서 데리고 왔다고 했다. 그리고 중요한 문건들도 가져왔다고 했다.

"중위가 돌아왔다고?"

내가 물었다.

중위가 부상 없이 돌아왔다. 막스가 돌아온 거다! 나는 본부 막사로 내달렸다. 모래사장 위에 펼쳐진 방수포 위에 부상병이 눕혀져 있었다. 깨끗한 붕대로 상처를 감아놓은 상태였다. 탁자에 막스와 정찰병 한 명이 앉아 있었다. 부대원 열 명이 돌아온 이들을 둘러싸고 있었다. 탁자 위에는 가스 램프가 환하게 빛났고, 파일과 공책, 지도 가방이 열린 채 놓여 있었다.

"아, 형제여! 너도 알다시피 나는 빈손으로 돌아오는 법이 없지. 봐봐. 선물상자에 이 쓰레기들이랑 또 뭐가 있는지."

쓰레기란 그가 고생해서 위험을 무릅쓰고, 또 장병 네 명을 희생하며 가져온 파일과 문건들을 말하는 것이었다. 막스는 포대에서 시가 상자를 꺼냈다. 모서리와 테두리가 노란색으로 칠해진 하얀 상자였다. 과자 상자보다 훨씬 군침 도는 선물이었다. 시가라니!

"막스, 일단 다른 데로 가서 이야기 좀 하자."

우리는 자리를 옮겼고, 나는 그에게 상황을 간략히 설명했다. 막스는 너무 지쳐 있었고, 이곳을 떠나 있던 이틀 만에 몹시 수척해져 있었다. 나는 행복하다! 첫째, 막스가 돌아왔다. 둘째, 내가 옳았다. 누군가 반드시 남아 있어야 한다고 고집부린 게 괜한 짓은 아니었다. 셋째, 막스가 중요한 자료를 가져왔다. 즉 내일 아침 우리 부대가 죽음을 맞더라도 헛된 일은 아니라는 것이다. 이제는 어떻게 문건들과 지도, 부상병을 보낼지 결정할 차례였다. 정확히는 후퇴하는 부대를 어떻게 따라잡느냐가 문제였다.

"아니야, 친구. 나는 지금 그 문제를 생각할 수 없어. 나는 뭔가 좀 먹고 자야겠어. 한 시간이라도 말이야."

막스가 말했다.

"그러면 안 돼. 지금 당장 출발해야 해. 날이 밝기까지 한 시간 반도 남지 않았다고. 너희들이 어서…"

"내가 언제 후퇴하고 싶댔어? 나는 가져와야 될 걸 가져왔어.

그걸 어떻게 할지는 너희들 일이라고. 나는 지쳤어. 좀 자야겠
어."

"막스 네가…."

"부대 지휘관은 너잖아. 어서 가."

막스가 내 말을 끊었다.

"나는 정찰병이라고. 나는 자러 간다. 네가 여기서 편히 있는
동안 나는 혹사당했다고. 좀 잘 거야. 너는 문건들과 부상병을 후
방으로 보내. 그다음에 날 깨워줘. 내가 일어나면 시가를 피우자
고. 네가 극찬하던 위스키는, 다 마신 게 아니면 같이 마시고. 그
러고 나서 적과 싸우자고. 어쨌든 지금은 자야겠어! 잘 거라고!"

막스는 막사로 돌아갔고, 나는 우두커니 서 있었다. 나는 막스
의 뒷모습을 보며 미소를 띠고 서 있었다.

거리에 차가 더 많아졌다. 금요일 저녁의 모스크바였다. 모두들
무언가를 찾고 또 찾아나서고 있었다! 자동차 유리창 위에 물방울
이 맺히자 와이퍼가 좌우로 크게 움직였다. 나는 뒤를 돌아보며 내
가 본 그 헤드라이트를 찾아보려 했다. 없었다. 그 헤드라이트를 본
것은 아니었지만, 나는 왠지 감시자가 우리 뒤를 쫓는 게 분명하다
고 확신했다.

"그렇죠! 영하 사십오 도 날씨가 이렇게 궂은 모스크바 날씨보
다 낫다니까요."

막스가 택시기사에게 말했다.

"제가 온 도시는 건조하면서 추워요. 그래서 결핵균이나 바이러스가 다 얼어 죽지요. 당연히 독감도 있을 수 없죠. 그런데다 풍경이 또 얼마나 아름다운지….”

"막스, 허풍 좀 그만 떨어!"

내가 대화에 끼어들었다.

"작년 겨울에 영하 사십오 도까지 내려간 적이 몇 번이나 된다고 그래? 극지 탐험대원이 따로 없네. 이 친구 말 믿지 마세요! 여기서 차 세워주시고요.”

내가 택시비를 냈지만, 막스도 기사한테 돈을 찔러줬다. 우리는 차에서 내렸다. 건물 옆 도로는 차로 가득했다. 건물 앞에는 사람들이 눈을 맞으며 줄 서 있었다. 안에 자리가 없다는 뜻이다. 나는 힐끔 옆을 봤다. 길게 늘어선 자동차 행렬이 눈 덮인 도로를 천천히 지나가고 있었다. 그 중 '내' 벤츠는 없었다.

"여기가 요즘 잘나가는 곳이야?"

막스가 물었다.

"꽤 잘나가지. 보고도 모르겠어? 사람들이 줄 서 있잖아.”

"유명한 예술가들도 오는 곳이야?"

"오기도 하지.”

"그 사람들을 소개시켜줄 거야?"

"막스!"

"그런데 어떻게 들어가지, 응?"

"연줄로.”

나는 이렇게 말하고선 지갑에서 이 클럽의 명함을 꺼냈다.

"분위기는 문란하고?"

막스가 계속 질문했다.

"지금 들어갈 거야. 보면 알아."

내가 대답했다.

나는 막스가 그곳을 그다지 좋아하지 않으리라는 것을 알고 있었다. 막스가 그곳을 좋아할 리 없다. 막스는 집시음악과 샹송을 좋아하지 않는다. 우리는 잘나가긴 하지만, 상당히 따분한 술집에 간 거다. 우리는 당장 술을 마시고 싶었다. 사실 장소는 그리 중요하지 않았다. 막스는 '잘나가는' 곳에 가고 싶어 했으니까. 자, 이곳이 요즘 잘나가는 술집이다!

우리는 줄을 서서 대기하는 사람들을 헤치고 건물로 들어갔다. 그리고는 덩치 큰 경비에게 명함을 보여줬다. 그는 주의 깊게 나와 막스를 보더니 통과시켰다. 그는 표정 하나 바뀌지 않았다. 그저 우리를 보는 것을 멈춘 것뿐이었다. 안에 들어가자 경비와 똑같이 생긴 사람이 우리를 안내하기 위해 나왔다. '지금 이 사람들이 입고 있는, 이상한 재킷은 도대체 어디서 만드는 건지 궁금하네.' 나는 생각했다.

안에는 밖에서 예상했던 것만큼 사람이 많지 않았다. 홀에는 인도 음악이 흘러나오고 있었고, 종업원들은 모두 인도 전통 복장을 입고 있었다. 겉옷 보관소에는 엄청난 미녀 세 명이 옷을 맡기고 번호표를 받기 위해 줄을 서 있었다. 막스는 그 미녀들에게서 눈을 떼지 못했다.

"멋지군!"

막스가 말했다.

"우리 지금 벌써 어니스트 모드에 들어간 거야, 아니면 술을 마시기만 하려고 온 거야?"

"글쎄, 두고 보자. 그런데 오늘은 내가 어니스트에 어울리지 않는 것 같아 걱정이야. 게다가 오늘은 금요일이라서 다들 희망에 차서 술집에 온다고. 많은 사람이 아침까지 놀기로 작정하고 온 거야. 하지만 나는 아침까지 헤밍웨이 게임을 하고 있을 수 없어."

"그러면 여기서 문란한 낌새를 찾을 수 있을까?"

"막스, 네가 찾아봐! 그 낌새는 네가 더 잘 맡잖아!"

우리는 겉옷을 맡기고 번호표를 받았다. 나는 27번이 적힌 번호표를 받았다. 내 마음에 쏙 들었다. 흡족했다. 좋은 숫자다. 반면 막스는 그저 그런 숫자 46번을 받았다.

곧 우리는 자리로 안내 받았다. 가장 좋은 자리는 아니었지만, 위치는 좋았다.

"사샤, 봤어? 저기 좀 봐!"

막스가 눈이 휘둥그레져서는 내 등 뒤를 가리켰다. 힐끔 보니 쫙 빼입은 남자들과 한껏 멋을 낸 여자들이 있었다.

"누군데?"

내가 물었다.

"저기 저 사람, 회색 양복 입은 남자 말이야. 저 사람은 꽤 유명한 사람인데 이름이 뭐더라… 경제학자였던 것 같아, 맞아! 경제학자 아니면 정치학자.”

“막스, 저 사람들이 누구든 무슨 상관이야! 그 정도로 유명한 사람들은 많아.”

“아냐. 최고야, 최고! 유명한 사람들이 드나드는 곳에 내가 오다니, 정말 신나는군. 그런데 뭘 마시지? 여기서는 네가 시켜봐.”

“좋아, 막스. 여기서 뭘 시켜야 할지 잘 알지!”

“사샤, 요즘 제일 잘나가는 걸로 시켜줘!”

“처음에는 강한 걸로, 그다음에 유행하는 걸 마시자. 어때?”

“좋아!”

막스는 무릎에 손을 비비며 초롱초롱한 눈빛으로 사방을 둘러봤다. 우리는 단숨에 데킬라를 오십 밀리리터씩 마시고 나서, 큰 잔으로 모히토(저자 주_ 칵테일명, 롱 드링크 제조용 컵에 민트와 설탕을 넣는다. 컵에 라임을 손으로 짜서 즙을 넣은 후 라임껍질도 넣는다. 컵에 큰 얼음을 채운 다음 럼주를 붓고 물방울이 맺힐 때까지 저어준다. 잔에 소다수를 채워 넣고 민트로 장식한 후 빨대를 꽂아 테이블로 내간다. 헤밍웨이가 가장 좋아하는 음료가 모히토라는 속설 혹은 진실일 가능성이 있는 이야기가 전해진다.) 두 잔을 주문했다.

“모히토가 뭐야? 그게 요즘 유행하는 거야?”

막스가 궁금해했다.

“유행하는 거지. 그런데 오래 전에 나온 거야. 네 마음에 들걸.”

나는 막스를 안심시켰다. 곧 막스는 옆 테이블에서 유명한 사업가들, 운동선수와 텔레비전 드라마에 나오는 여배우를 발견했다. 나는 몇몇 지인과 인사했다. 막스는 만족스러워했다. 요란한 음악이 나오고 있었지만, 뭐랄까…. 평온했다기보다, 사람들 사이에 있는 느낌이 좋았다. 그러니까 모든 사람과 약간씩 거리를 두고 있는 느낌이었다. 나는 그녀의 마지막 한마디를 생각하지도, 분석하지도 않으려고 애썼다.

막스는 느릿느릿 메뉴를 보고 있었다. 그는 인도 음식 등 여러 이국적인 음식 이름을 보면서 즐거워했다. 이름만 봐서는 도대체 어떤 음식인지는 알 수 없는, 이상하게 쓰인 음식 이름을 소리 내어 읽고는 웃음을 터뜨렸다. '노인네 같군.' 나는 생각했다.

"우리 시가 한 번 피워보자."

갑자기 막스가 제안했다.

나는 소스라치게 놀랐다! 내가 최근 꿈에서 본 장면(그 자체는 이제 하나도 놀랍지 않은 장면)이 떠올랐다. '이럴 수가.' 나는 생각했다.

"가격은 봤어? 우리 이제 막 시작인데."

"사샤, 또 돈 얘기야? 내가 낼 거야! 고향 도시에 오면 그때 모두에게 대접하기로 하고 오늘은 내가 살 거야. 시가 좀 피워보자고."

나는 시가 피우는 걸 좋아한다. 흡연, 그러니까 담배는 오래 전에 끊는 데 성공했다. 나는 군대에서 잠깐 담배를 피웠다가 그 후에 끊었다. 내기를 했던 것이다. 당시에는 내기에 아주 진지하게 임했다. 스물다섯 살이었으니 당연하다! 한편 시가는 얼마 전, 모스크바에 와서부터 피우기 시작했다. 자주 피우는 건 아니다! 시가 애호가가 된 건 아니었지만, 가끔씩 즐긴다.

"한번 피워보지 뭐!"

나는 바로 시가를 가져다 달라고 했다. 종업원이 휴미도르라고 하는 시가 상자를 가져왔다.

막스와 나는 시가를 주제로 대화를 나눴다.

막스: 사샤, 뭘 고르면 돼? 하나도 모르겠는데.

나: 그냥 끌리는 걸로 골라.

막스: 끌리는 게 없어. 뭐가 뭔지 모르겠다니까.

나: 외관상 딱 끌리는 것 말이야. 어떤 시가가 널 향해 미소짓고 있느냐고. 그걸 집어.

막스: 그런데 쿠바산도 있고, 쿠바산이 아닌 것도 있잖아. 그건 중요하지 않아?

나: 당연히 중요하지. 다 중요해! 그런데 너무 복잡해! 깊이 파고들지 않는 게 좋아. 시가를 다룬 책만 해도 얼마나 많은데! 그러니까 그냥 겉보기에 마음에 드는 걸 골라. 실패하지 않을 거야.

막스: 이걸로 할래. (막스는 가장 두껍고 긴 시가를 가리켰다.) 이게 좋을 거 같은데? (휴미도르를 들고 있는 아가씨가 웃었다.)

나: (역시 웃으며) 좋은 거지. 그런데 피우다 숨넘어갈걸. 한 시간 내내 펴도 다 못 피운다고.

막스: 더 잘됐네. 서두를 일도 없는데.

나: 그거 제일 독한 시가야. 이걸 고르는 게 좋겠어.

막스: 이럴 줄 알았다니까! 처음에는 나보고 고르라고 하더니 결국 언제나처럼 자기가 다 고르지. 됐어, 난 내가 고른 걸로 할 거야.

나: 막스, 고집부리지 마….

막스: 싫어! 나는 내가 끌리는 걸 피울 거야. 내 상태가 나빠지든 말든 내버려두라고.

나: 지금 이곳에 앉아 있는 사람들 모두가 네 시가의 향을 느끼게 될 거라고. 뭐, 마음대로 해! (나는 손사래를 쳤다.) 너한테는 이런 이야기를 해봐야 헛수고지.

막스: 바로 그거야, 헛수고라고! 날 그냥 내버려둬! 사샤, 넌 뭘 골랐는데?

나: (나는 사이즈와 세기 모두 중간급인 시가를 골랐다.) 이거야.

막스: 왜?

나: 그냥 이게 마음에 들었어.

(나는 휴미도르를 들고 있던 아가씨를 돌려보냈다.)

막스: 모양이?

나: 그러니까 나는 바로 이 시가가 좋아. 전에 이걸 피워본 적이 있거든. 괜찮더라고.

막스: 어떤 차이가 있는데?

나: 큰 차이가 있지! 굉장히 복잡하다고 했잖아. 이 문제를 진지하게 논하려면, 됐어. 말했잖아. 아주 복잡하다니까.

막스: 아냐. 그냥 설명해봐. 왜 그 시가가 마음에 들었어? 맛있어서?

나: 글쎄, 맛있지. 그래, 맛있는 것 같아.

막스: 그럼 내 거는? 맛있지 않아?

나: 막스, 다 맛있어. 그냥 다를 뿐이지. 알잖아. 원재료인 담뱃잎도 다 다르고, 시가를 마는 법, 제조 지역, 형태가 다 달라. 나도 잘 아는 건 아니야. 이 분야에 깊이 파고 들면…. 그러니까 내가 말했지, 굉장히 복잡하다니까!

막스: 그럼 이것은 어떻게 해? 이렇게 하는 거야? (막스가 시가 끝을 자르려고 했다.)

나: 줘봐, 내가 해줄게. (막스에게서 기요틴을 건네받았다.) 시가는 전반적으로 태가 나는 고급 장난감 같은 거야. 시가용품 역시 고급스럽고 비싼 남성용 장난감이지. 자! (막스에게 시가용 커터인 기요틴을 보여줬다.) 종류가 많아도 너무 많아. 이런 커터도 있고, 다른 모양도 있고, 금을 입힌 것도 있고, 또 이 시가용 상자는….

막스: 뭔가 웃긴 이름이었는데?

나: 휴미도르

막스: 뭐라고?

나: 휴미도르. 스파게티 이름에 있는 포모도르랑 헷갈리지 마. 휴미도르도 엄청 비싸! 휴미도르 내부는 늘 습도가 일정하게 유지돼야 해서 특수장치가 설치된 것도 있어. 다양한 시가를 한 상자에 보관하는 건 좋지 않아. 그리고 모두 비싸지.

막스: 이런 제길! (막스가 재채기했다.)

나: 깊이 들이마시지 마.

막스: 나도 알아! 그런데 잘 안 되네. 저절로 깊이 들이마시게 되는데. (또 재채기를 한다.) 젠장!

나: 그러게 내가 뭐랬어!

막스: 사샤, 그런데 이 종이도 떼어내는 건가? (막스가 시가를 둘러싼 예쁜 띠지를 가리켰다.)

나: 나도 그건 확실히 모르겠어. 나는 어쩔 땐 떼어내고, 어쩔 땐 그냥 두곤 했어. 마음대로 하면 돼.

막스: 마음대로? (막스는 시가 띠지를 조심스럽게 벗겨내서는 바로 손가락에 꼈다. 그리고는 손을 뻗어 띠지 낀 손가락을 감상했다.)

나: (잠시 쉰 후) 어쨌든 시가는 맛있군!

막스: 나는 잘 모르겠어. 허세 그 자체인 것 같아. 물론 아름답긴 하지. (그는 입으로 연기구름을 내뿜었다.)

나: 안 돼! 그렇게 하는 거 아니야. 좋은 시가인데 제대로 피워야지. 제대로 피워야 맛있다고. 좋은 시가의 효과는 뭐랄까, 좋은 코냑이나 위스키를 마셨을 때와 같아. 아주 똑같지는 않지만, 비슷해.

막스: 그럼 뭐가 다른데? 그럴 거면 코냑을 마시면 될 텐데, 더 빠르고 확실하잖아.

나: 아냐, 막스! 그런 접근은 의미가 없다고. 그렇게 따지면 뭐 하려 코냑을 마시겠어? 그냥 사십 도짜리 보드카를 마시지. 그 외에는 모두 허세니까!

막스: 당연히 허세지! 대신 고급스럽고 싼티 나지 않는 허세! 사샤, 세상 모든 게 허세야! 하지만 나는 그 사실이 좋아. 나 시가에 대해 좀 더 깊이 알아봐야겠어.

나: 됐어! 시가는 왜? 계속 피우려고? 나나 너나 이 시가를 문 모습은 마치 캐리커처 같을 거야. 캐리커처 그 자체라고. 네가 관련 서적을 몇 권을 읽어도, 시가에 대해 잘 안다 하더라도. 시가를 물고 있는 네 모습을 좀 봐. 그 수염과 시가라니, 인도 영화에 나오는 못된 미국인 같잖아.

막스: 그래? 나는 아무래도 상관없어! 할 수만 있었다면 카우보이 모자도 샀을걸.

나: 아예 멕시코 모자 솜브레로를 사지 그래! 훨씬 대담하고 비타협적으로 보일 텐데.

막스: 멍청아! 나한테는 카우보이 모자가 어울린단 말이야.

나: 안 어울리는 사람이 어디 있겠어? 나도 카우보이 모자를 쓰고 싶었어. 그런데 그건 멋지거나 이상하다는 차원의 문제가 아니라, 그저…. 어떻게 표현하지? 그냥 요즘은 사람들은 카우보이 모자를 거의 안 쓰고 다니잖아. 그러니까 그 모자를 쓰면 눈에 띌 거야. 모자를 썼을 뿐인데, 감당해야 하는 것 이상으로 시선을 받게 될 거야. 카우보이 모자를 쓴 것뿐인데, 필요 이상으로 시선을 받는다고! 그런데 나는 그냥 카우보이 모자를 쓰고 싶고, 내가 그 모자를 쓰고 있다는 걸 의식하고 싶지 않아.

막스: 어쩜 네 대가리 속은 몽땅 다 복잡하구나! 도대체 넌 뭐 하

는 인간이야. 세상에! (막스가 머리를 좌우로 흔들었다.) 그러면 여기
서는 그 스카프를 다들 매고 다니는 거야?

나: 이 스카프는 선물받은 거야! 이유가 있어서 목에 매고 있는
거고….

막스: 선물이라고? 그럼 나한테 카우보이 모자 좀 선물로 줘! 나
도 그걸 쓰고서 네가 선물해준 거라고 말하고 다니게. 그럼 모두
들 나를 비난하지는 않겠지. 아, 그러고 보니 (막스가 얼굴을 찌푸렸
다.) 내 손전등은 어떻게 됐어? 그녀가 마음에 들어하든?

나: 아니, 막스…. 그러니까 아직 그녀에게 손전등을 주지 못했어.
자, 여기 가져가. (나는 손전등을 탁자에 내려놓았다.)

막스: 됐어! 나는 이 손전등을 살 때 행복했다는 것만으로도 충분
해! (막스는 왠지 눈에 띄게 우울해져 있었다. 아니, 정확히 말하자면
즐거워하지 않고 있었다.)

우리는 시가를 주제로 이런 대화를 나눴다.

"네가 나를 그러니까, 그리로 불렀잖아…."

막스가 미르 대로에 있는 작은 카페를 말하면서 손짓으로 부정
확한 방향을 가리켰다.

"그녀가 오지 않았기 때문에 나를 그리로 부른 거야?"

"그래, 막스. 바로 맞췄어."

막스가 고개를 끄덕였다. 모히토가 나왔다. 막스는 앞에 놓인 걸
보고 분명 놀란 눈치였다. 막스는 빨대를 물더니 몇 모금 마셨다.

"맛있는데."

그가 말했다.

"이상한 맛이 아니네. 맛있어! 마음에 들어."

막스는 잠시 입을 다물었다가 다시 말하기 시작했다.

"그러니까 너는 심하게 사랑에 빠진 거야? 잘됐네, 사샤. 그런데 오늘 저 사람들과 놀아보는 건 어떨 것 같아? 헤밍웨이 게임을 조금만 해보자고."

막스가 옷 보관소 앞에서 본 세 명의 아가씨를 가리켰다. 세 명 모두 나무랄 데 없는 미인이었다. 그들은 아주 즐거워하며 뭔가에 대해 이야기하고 있었다.

"사샤, 저녁에 외출하는 여자들 말이야. 저들은 왜 다들 저렇게 행동하는 거지?"

막스가 그들을 손가락으로 가리키며 말했다.

"완전히 빼입었잖아. 집을 나오기 전에 거울 앞에서 패션쇼를 했을 거라고. 그런데 서로를 위해 그랬던 것은 아닐 거 아냐? 사람을 만나기 위해 여기 온 거잖아, 안 그래? 그런데 뭐 하러 그냥 앉아서 '우리는 아무도 필요하지 않다', '우리끼리도 즐거워 죽겠다'는 모습을 연출하는 거지? 왜 저러는 걸까, 사샤?"

"막스, 그건 무의미한 질문이야. 그리고 우리는 저 아가씨들과는 헤밍웨이 게임을 하지 않을 거야. 저 아가씨들과는 잘 안 풀릴 게 분명해."

"왜 그렇게 생각해? 나는 수염도 길렀고, 시가도 물고 있는데!

사샤, 네가 원하지 않으면 나 혼자라도 해보겠어."

"아마 안 좋은 기억만 남을걸. 저 여자들은 네가 아닌 다른 누군가를 기다리고 있는 거야. 저 여자들은 우리가 뭘 타고 왔는지, 네가 무슨 옷을 입는지, 행동이 어떤지, 시가 잡는 자세는 어떤지, 우리가 어떤 테이블에 앉아 있는지를 모두 훑어봤을 거야. 저들이 새벽 두 시까지도 원하는 사람을 만나지 못하면, 그제야 저들과 대화를 나눌 기회가 너에게 돌아갈 거야. 그러니 시도할 거면 두 시 이후에 해.

"사샤, 괜히 몸 사리는 거 아냐? 저 여자들은 돈 많은 남자를 꼬일 작정으로 나온 건 아니라고. 너 왜…."

"누가 저 여자들이 작정하고 나왔대? 당연히 아니지! 막스, 모든 게 그렇게 단순하게 딱 잘라 말할 수 있는 건 아니야. 그렇다고 아주 복잡한 것도 아니지. 저 여자들은 그저 좀 사는, 그런 집 애들이라고. 그런데 너한테는 그런 사회적 지위가 없잖아, 그게 이유야!"

"다 쓸데없는 생각이야. 난 재미있고 착한 사람이야. 그 정도면 충분히…."

"막스, 저들은 지루하고 즐겁지도 않고 착하지도 않아. 그러니 저 여자들한테 시간과 힘, 돈을 낭비할 이유가 없어. 그래, 돈 말이야! 저들은 대접받아도 고맙게 생각하지 않을 거라고. 저 여자들은 이미 그런 것에 익숙해. 나는 저런 여자들을 보면 구역질이 나."

그때 내 휴대전화가 울렸다. 휴대전화의 진동으로 몸이 떨리는 바람에 가슴팍에 칵테일을 약간 쏟았다. 하지만 욕을 내뱉지는 않았다. 나는 황급히 재킷 주머니에서 휴대전화를 찾았다. 파스칼이었다.

　"사샤! 그냥 네가 좋아서 전화해봤어!"

　파스칼은 아주 시끄러운 장소에서 전화하고 있는 듯했다. 파스칼은 수화기에 대고 소리쳤고, 취한 상태였다.

　"사샤, 이쪽으로 와!"

　"파스칼! 너 빨리 취했구나. 아직 한 시밖에….

　"사샤, 안 들려!"

　파스칼이 소리쳤다.

　"나도 수화기에 대고 소리 지르고 있어! 미안해, 막스. 잠시만."

　나는 막스에게 양해를 구하고 테이블에서 일어나 음악소리가 작고, 아무도 내 통화를 방해하지 않는 입구 쪽으로 갔다.

　"사샤! 내가 보고 싶으면, 그리고 내가 널 알아보길 바란다면 어서 이쪽으로 와! 우리 여기서 아주 즐겁게 놀고 있다고!"

　"파스칼, 굉장히 이른 시간인데 놀 준비를 마쳤네. 잘했어!"

　"맞아, 난 잘했어! 사샤, 사랑해! 내가 그렇게 못돼먹은 놈인데도 네가 내 친구라니! 우리는 여기서 네 얘기만 하고 있어."

　"이봐, 거기 카챠랑 있는 거면 조심해야 해. 처신 잘하라고. 다른 사람 없이 둘만 남는 일이 없도록 하고."

　"알았어. 노력해볼게. 그래서 내가 술을 마시는 거지! 어서 이쪽으로 와!"

　"안 돼, 파스칼! 내일 다시 전화하자. 오늘은 나 빼고 놀아."

"좋아, 알겠어! 늙고 취한 프랑스인은 아무한테도 필요 없구나. 안녕!"

"조심하고, 끊는다!"

나는 창가에 서 있었다. 펑펑 내리던 함박눈은 잦아들었다. 눈송이들이 자잘하게 흩어져서 떠다녔다. 창문 옆에는 회오리바람이 이상한 형태로 일며 눈을 휘감아 올리고 있었다. 나는 잠시 그 광경을 지켜봤다. 그리고 길가로 시선을 옮겼더니 낯익은 벤츠가 맞은편에 서 있는 게 보였다. 헤드라이트를 켜고 있었고, 배기관으로는 연기가 나오고 있었다. 그렇지만 차 내부는 어두웠다. 한 명 혹은 여러 명이 안에 앉아 몸을 녹이고 있을 것이다.

'막스랑 이야기해봐야겠어. 막스는 이런 쪽으로 머리가 잘 돌아가니까.' 나는 이렇게 결심하고는 테이블로 돌아갔다.

하지만 막스는 테이블에 없었다. 주위를 둘러보다 구석진 테이블 옆에 서 있는 막스를 발견했다. 막스는 이목구비가 아주 뚜렷하고 목이 긴 어떤 마른 여자의 손에 키스하는 참이었다. 그 여자는 소리 내어 웃더니 막스에게 뭐라고 이야기했다. 그녀와 같이 온, 몸에 딱 붙는 흰색 스웨터를 입은 대머리 남성은 호탕하게 웃어 젖혔다. 막스는 고개를 숙여 뭔가 더 이야기한 후 뒷걸음치면서 과장되게 손을 흔들었다. 그리고는 배시시 웃으며 테이블로 돌아왔다.

"봤지!"

막스가 이렇게 말하며 수첩에서 뜯어낸 종이 한 장을 테이블에 놓았다.

"네가 날 유명한 사람들이랑 인사시켜주지 않으면 나 혼자 인사하고 다닐 수밖에."

"이게 뭐야?"

내가 그 종이를 가리키며 물었다.

"사인이지! 그녀의 팬이라고 소개했거든. 그리고 뭔가 개인적인 걸 선물해달라고 부탁했지. 이게 바로 그녀가 선물한 거야!"

그는 싸구려 플라스틱 라이터를 보여줬다.

나는 종이를 들고 읽었다. '고샤, 당신에게 좋은 일만 있길! 당신과 당신의 친구들 모두에게도요!' 그 아래에는 아주 독특한 사인이 있었다.

"고샤? 누구야, 그게? 네가 고샤야?"

내가 물어봤다.

"아니, 고샤는 너야!"

막스는 모의하는 듯한 톤으로 크게 속삭였다.

"나랑 너는 아주 먼 곳에서 모스크바에 온 걸로 돼 있어. 우리 도시에는 그녀의 팬클럽이 있고. 그런데 너는 그녀의 예술을 너무나 사랑한 나머지 직접 다가가지 못하고 긴장해서 나가버린 거지. 그러니 받아, 네 거야."

"이 멍청이."

내가 조용히 말했다. 나는 그 종이를 들고선 그 여배우가 앉아있는 테이블 쪽으로 몸을 돌렸다. 나는 그녀의 눈빛과 마주치고는 종이에 키스한 후 재킷 안주머니에 넣었다. 그녀는 웃었다.

"잘했어!"

막스가 칭찬했다. 그는 빨대를 빼고 나에게도 똑같이 하라고 눈짓했다. 막스는 나와 건배하고는 얼음들 사이에 남아 있던 칵테일을 끝까지 마셨다. 나도 막스의 행동을 똑같이 따라 했다.

"사샤, 너 재킷을 잠그는 게 좋겠어. 그 얼룩 때문에 주정뱅이 귀족 같아."

막스가 속삭였다.

나는 내 셔츠를 힐끗 봤다. 셔츠에 모히토 얼룩이 말라 있었다. 칵테일은 물론 투명했지만, 기분이 썩 좋지는 않았다. 가슴 아랫부분에 진한 갈색 얼룩점이 있었다. 크지는 않았지만, 눈에 띌 정도였다. 아마 그곳, 그 카페에 앉아 있을 때 바에 몸을 기대면서 생긴 모양이다. 나는 재킷 단추를 채워 갈색 얼룩을 가렸다.

"이런, 결국 쏟고 말았네!"

나는 나 자신에게 말했다.

18

나는 막스에게 벤츠 이야기를 해줬다. 그 얘기를 들은 막스는 바로 진지해져서는 주의 깊게 세세한 부분까지 물어봤다. 그리고 우리는 함께 창으로 다가가 밖을 내다봤다. 벤츠는 같은 자리에 서 있었다. 막스는 이 분 동안 생각에 잠겨 있었다. 우리는 테이블로 돌아왔고, 막스는 모히토를 두 잔 더 시켰다.

"사샤, 너무 멋진걸. 모험이잖아. 제길, 최고야!"

막스는 정말로 즐거워 보였다.

"이런! 우리 집이었으면, 그러니까 고향 도시였다면 애들에게 전화해서 저 인간의 차번호를 파헤쳤을 텐데. 십 분 만에 누구 차인지 알아낼 수 있었을 거야. 그런데 여기는 모스크바니까. 어디에 전화해야 하지?"

"중요한 건 저들이 어떻게 내가 베르나드스키 대로에 있다는 걸 알았느냐는 거야. 나는 거기까지 지하철을 타고 갔다고. 백 명이 날 감시하고 있는 거야, 뭐야? 막스, 난 도대체 어떤 사람이지?"

"그 문제는 간단해! 네가 진행하는 작업 현장이 어디 있는지, 몇 곳인지만 알면 되는 거잖아. 식은 죽 먹기라고. 첫 번째 현장에 가 보고, 두 번째 현장, 세 번째 현장에 들러본 거지."

"맡고 있는 게 총 두 군데야."

"그렇다면 더 간단했겠네! 그리고 '난 도대체 어떤 사람이지?'라니, 그게 무슨 소리야. 물론 너는 국가의 적도 아니고, 마피아의 돈을 훔친 도둑도 아니야. 네가 그런 짓을 저질렀다면 다른 방식으로 널 찾아냈겠지. 네가 알아채지 못하는 방식으로 말이야. 그런데 이 경우는 계속 똑같은 차를 타고 널 미행하면서 그걸 굳이 숨기지도 않잖아. 그렇다고 너를 겁주려는 것 같지도 않고. 그러니 아마 질투에 눈이 먼 남편이 아닐까."

"그녀에게는 남편이 없는데…."

"그러면 남자겠네. 어떤 남자일 거야. 뻔하네! 그런데 누구의 남자인지는 나도 추측할 수 없어.”

막스의 말은 논리에 맞긴 했지만, 어딘지 이상했다. 우리는 네 번 만났을 뿐이고, 언제나 낮에 만났다. 그러니까 늦지 않은 시간에 짧게 만났다. 그녀가 나에 대해 이야기했을 가능성도 있지만, 그럴 리는 거의 없다. 그녀가 내 이름과 주소, 작업 현장을 다른 누군가에게 말했을 리 없다. 만약 말했다고 하더라도 나에게 그 사실을 미리 알려줬을 거다. 나는 막스에게 의심 가는 부분을 이야기했지만, 그의 가설이 가장 타당하다는 점은 인정했다. 내가 아무 이유 없이 그 벤츠를 보자마자 바로 그녀를 떠올리고 걱정한 게 아니었다.

“다 해결될 거야, 사샤! 다 잘될 거라고. 우리는 이렇게 잘나가는 술집에, 유명한 사람들 사이에 앉아 술을 마시고 있잖아! 그런데 그 사람은 자동차에 앉아서 담배나 태우고 있겠지. 그럴 수밖에 없으니까! 그 사람이 우리보다 불리한 상황이야. 걱정 마. 오늘 다 밝혀내자. 그러고 나서 다시 노는 거야. 너 아주 멋진데! 당연한 말이지만…. 성공해서 잘나가는 청년이 사랑에 빠졌고, 미행을 당하고 있다니, 최고야!”

“막스, 그녀가 위협받고 있지는 않을까?”

막스는 입술을 꿈틀하고 얼굴을 찌푸리더니 십오 초 정도 생각에 잠겼다.

“그럴 리 없어.”

마침내 그가 말했다.

“그녀가 뭔가 비슷한 걸 알았거나 감지했다면 너한테 미리 경고

해줬을 거야. 너도 그녀가 그랬을 거라고 말했잖아. 그리고 그녀의 상황이 어딘지 이상했다면 네가 벌써 그걸 느꼈겠지."

막스는 찌푸리면서 미소지었다.

"그런데 사샤, 너 정말 사랑에 푹 빠졌구나! 그녀 얘기 좀 해봐. 궁금해 죽겠다고!"

"막스, 술이 좀 더 들어가면 말해줄게. 지금은…."

"됐어! 그녀 자체가 어떤 사람인지 궁금한 게 아니라고. 그녀를 본 적은 없지만, 그리 마음에 들지 않아. 만나는 것도, 그러니까 직접 만나보고 싶지도 않아. 나는 네 눈에 비친 것과 같은 그녀를 볼수는 없을 거야. 그렇지 않겠어? 나는 내 친구를 괴롭게 하고, 가슴 떨리게 하는 여자를 보게 되겠지. 그러니 왜 굳이 내 눈으로 직접 그 여자를 보겠어? 네가 나한테 그녀 얘기를 해주는 게 나아. 나에게는 그게 더 흥미롭다고. 네 이야기가 더 궁금해! 너를 괴롭히는 그 여자 자체는 전혀…."

"뭐라고, 그녀가 날 괴롭힌다고?"

나는 더 이상 참지 못했다.

"이제까지 그 누구도 그녀처럼 날 신경 써준 적은 없어! 그녀는 진정 멋진 여자야! 그녀는 정말 진정으로…."

"사샤, 너 내 말을 잘못 이해한 것 같아! '진정, 진정'만 반복하고! 나는 진정을 원하는 게 아니야."

막스는 한층 더 심각하게 이야기했다.

"나도 '진정'한 게 뭔지 알아. 그런데 그 얘기를 듣고 싶은 게 아니야. 들어봐. 삼 일 전 나는 부엌에 앉아 있었어. 새벽이었지. 저녁 식사 후에 술을 조금 마셨어. 사내들이랑 한잔 했지. 약간이었어! 그리고는 집으로 와서 부엌에 혼자 앉아 있었어. 술을 깨려고 차를 마시면서…. 그런데 갑자기 이렇게 느껴지는 거야. 불현듯 그리고 아주 강렬하게 삶이 실재라는 게 느껴진 거지. 이해하겠어? 삶은 현실이라고!"

막스가 이렇게 진지한 모습은 거의 본 적이 없었다.

"그러니까 나는 부엌에 앉아서 차를 마셨어. 부엌가구랑 가스레 인지랑 냉장고가 있고, 창문이 나 있었지. 창 너머에는 컴컴한 밤이 있었어. 나는 벌써 서른 살을 넘겼어. 나는 현실을 살고 있다고! 나는 다음날 아침 열 시까지 미팅을 하러 가서 콘크리트 블록 가격을 협상해야 했지. 나는 그게 많이 필요해서 좀 싸게 달라고 부탁할 예 정이었어. 콘크리트 블록이라니, 젠장! 이해가 돼? 그것도 실재하는 현실이야. 좋거나 나쁘다는 게 아니라 그저 현실이라는 거야.

나는 부엌에 앉아 차를 마셨어. 뜨거운 물에 마른 찻잎을 넣어 서…. 사샤, 삶은 현실로 존재하는 거야! 나는 그걸 이해하고는 무 너져버렸어! 왜냐하면 이 모든 것이 그것을 위한 것은 아니잖아? 내가 지금 너한테 말한 것을 단순화하지 마. 나는 지금 너한테 삶이 현실이라는 걸 이야기하고 있다고! 이건 삶이 의미 없다거나 모든 게 쓸데없다거나 우리가 쓸모없는 짓을 하고 있다는 의미는 아니 야. 아니라고, 사샤!

이건 너무나 단순한 이야기야! 삶이 현실이라는 것, 그게 더 무

215

서운 이야기지. 그리고 내가 이렇게 모스크바로 왔어. 그런데 너는 사랑을 하고, 미행을 당하지만, 너는 모스크바에 있어! 사샤, 너는 본인이 얼마나 행복한지 모를 거야."

"내가 행복하다고? 그리고 삶이 실재라고?"

나는 상당히 차분한 목소리로 말했다.

"막스, 왜 네 말이 나를 나무라는 것 같이 들리지. 처음에는 왠지 나는 행복하지 않다며 너의 말을 부정하고 싶었어. 왜냐하면 누군가로부터 '행복해 보인다'라는 말을 들으면 거기에 부합해야 할 것 같기 때문이야. 하지만 나는 내가 행복하지 않다 혹은 행복하다고 단정할 수는 없어. 사실 나는 이렇기도 하고 저렇기도 하거든. 게다가 나는 어딘가 아파. 다른 사람들이 자신도 아프다고 말한다고 해도, 나는 그래도 내 고통이 더 심하다고 말할 거야."

그때 모히토가 나왔다. 우리는 건배하고 고개를 끄덕인 후 몇 모금 마셨다.

"그래, 계속 해봐."

막스가 날 재촉했다.

"말하자면 이런 거지! 나는 내가 행복한지 아닌지 모르겠어. 기분이 아주 좋을 때조차 그게 행복인지 아닌지 모르겠어. 어쩌면 행복일지도 몰라. 그런데 나는 그게 행복인지 모르겠다고! 아마 그것보다 훨씬 더 기분이 좋을 수도 있을 거라 생각해. 지금 이대로도 좋지만, 행복이라고 하기에는 너무 구체적이야. 그게 행복인 걸까?

나는 내가 행복할 수 있다는 생각을 거의 하지 않고 살아. 아주 기분이 좋을 때도 있었고 심지어 너무너무 좋을 때도 있었어. 그런데 그게 행복이었을까? 대학에 입학했을 때가 기억나. 나는 시험을 치른 후 긴장하고 있었지. 시험을 보기 전에는 대학교에 가서 서류를 내고 이렇게 생각했지.

'내가 정말 대학생이 된다고? 강의실에 앉아 있는 저 학생들처럼? 복도에서 담배를 피우고 있는 이 멋진 사람들처럼!'

나는 믿기지 않았어! 그리고 입학자 명단에서 내 이름을 봤어. 순간 엄청난 안도감이 밀려왔지! 나는 전화해서 부모님께 기쁜 소식을 전한 후 교정 밖으로 나왔지. 그리고는 길을 따라 걸었어. 그때는 여름이었고, 나는 아이스크림을 사 먹었어. 길을 따라 걸으면서 내 인생의 제1막이 마무리되었다고 생각했어. 이제 앞으로는 자유와 즐거운 일들, 사람들, 멋진 인생이 날 기다리는 거지!

나는 걸었어. 기분이 아주아주 좋았지! 하지만 앞으로 그보다 더 행복한 일은 없을 거라는 걸 그때 알았더라면, 나는 행복할 수 있었을까? 그랬다면 지금 나는 어떻게 하면 행복할 수 있는지, 행복이란 무엇인지 말할 수 있었을까?"

막스는 아주 진지한 표정으로 주의 깊게 내 말을 듣고 있었다. 그 바보 같은 수염만 없었다면 그가 아주 잘생겼다고 말했을 거다. 저렇게 진중하고 똑 부러진 얼굴이라니…. 그 순간에 말이다. 시가에 불이 꺼졌고, 우리는 말없이 시가에 다시 불을 붙였다.

"막스, 삶이 현실이라고 했지? 당연하지. 삶은 완전히 현실이야! 나는 사랑에 빠졌지만, 그녀를 볼 때는 실재로 그녀를 봐. 그녀를 볼 때 내 시야는 흐릿하지 않아. 나는 안개 속에 있는 것 같지 않아. 나는 다른 누구보다도 그녀의 실재를 보지. 그녀는 굉장히 아름다워! 그녀는 너무 아름다워서 나 자신이 뭘 원하는지 모를 정도야. 나는 그녀를 너무나 사랑해서 아무것도 원할 수 없어.

그런데 나는 최근에 그녀를 만나러 가면서 이렇게 생각했어. '그녀의 손을 잡고 이야기할 수만 있다면 그거면 충분하다! 나는 그 이상은 아무것도 필요 없어. 그 이상 아무것도 원하지 않아. 그녀 옆에 앉아서 그녀의 손을 잡는 것 이상으로 뭘 더 할 수 있을까?'

그리고 나와 그녀는 만나서 마주보고 앉아 있었어. 내 눈에서 그녀의 눈까지의 거리가 불과 오십 센티미터도 안 됐지. 그녀의 손이 테이블에 놓여 있었고, 내 손도 마찬가지였어. 그때 그녀의 손이 내 손에 닿았고, 나는 내 손을 그녀의 손 위에 올려놓았어. 그리고 우리는 그 상태로 앉아 있었지! 그런데 그렇게 손이 그녀 손 위에 포개어 지자마자 그 순간 갑자기 그걸로는 부족해졌어. 그렇게 되자마자 말이야! 이해가 가? 일 분도 온전히 행복하지 않았다고! 오히려 더 힘들고 괴로워졌지."

"그건 사샤, 네가 사랑에 빠져서 그래. 진정한 사랑에 빠져서. 그런데 난 사랑에 빠진 상태가 아니라고, 사샤. 전혀!"

나는 막스와 벌써 십 년 이상 알고 지냈다. 나는 당시 대학 졸업반이었고, 막스는 삼 학년이었다. 아니다! 막스와 나는 같은 대학을 다니지 않았다. 당시에 막스는 내 미래의 부인이자, 지금은 내 전부인인 여학생과 한 반에서 공부하고 있었다. 그들은 경제대학을 다니고 있었다. 막스는 나처럼 군 복무를 마친 상태였다. 우리는 만나자마자 급속도로 가까워졌다. 막스는 언제나 누군가를 사랑하고 있었으며, 그 때문에 상상을 초월하는 기발한 행동을 수도 없이 저질렀다.

갑자기 매니저가 다가오더니 홀 입구에 서 있는 남성을 가리켰다. 원색 카디건에 짧은 겨울 부츠 안으로 청바지를 넣어 입고 있는 사람이었다.

"실례합니다."

매니저가 카디건 입은 사내를 가리키며 말했다.

"저분이 손님들에게 용건이 있다고 합니다. 뭔가 전해줄 게 있다고요. 그런데 죄송하지만 저분의 옷차림 때문에 입장이 불가하여, 지금 입구에서 기다려…."

"세상에, 이럴 수가!"

막스가 갑자기 큰 소리를 냈다.

막스는 그 남자에게 달려가 기뻐하며 악수했다. 그리고 내 시야 밖으로 데리고 나갔다. 일 분 뒤 막스가 자신의 새 서류가방을 들고 자리로 돌아왔다.

"사샤! 방금 그 남자는 우리를 여기까지 데려다줬던 택시기사야. 놀랍지 않아? 내가 뒷좌석에 서류가방을 놓고 내린 걸 깜빡했지 뭐야. 너 때문에 정신이 없어서 말이야. 너는 지금도 네 정신을 어딘가 놓고 잃어버릴 수 있는 상태잖아. 아까 완전히 정신없었지.

그런데 저 기사가 서류가방을 발견하고는, 놀랍게도 여기로 가져다주려고 온 거야. 돈도 받으려 하지 않았어. 내가 결국 설득해서 사례금을 주긴 했지만. 세상에 저런 사람도 있다니까! 봐, 얼마나 훌륭한 사람이야! 모스크바 태생인데도 말이야! 그런데 네가 말하는 게…."

19

놀라웠다! 어떻게 이럴 수 있단 말인가! 택시기사가 막스에게 서류가방을 가져다줬다. 뭐 이런 사람이 다 있을까? 그런데 내 장갑은 돌려받지 못했다. 그 기사도 매력적이고 아주 유쾌한 사람이었는데. 그 택시기사 역시 내가 어디서 내리는지 알고 있었다. 그리고 내가 레스토랑으로 들어가는 것도 분명히 보았을 것이다. 그도 나에게 장갑을 돌려줄 수도 있었을 텐데, 그렇게 하지 않았다! 반면에 막스는 서류가방을 돌려받았다. 어떻게 이럴 수 있다는 말인가?

나는 모히토를 마저 마신 다음 더 이상 마시지 않겠다고 거절했다. 더 마시기 싫었다. 목이 마르지도 않았고, 게다가 오늘따라 왜인지 술에 취하지 않는 걸 깨달았다. 더 센 술로 바꿔야 했지만, 이곳에 계속 있고 싶지 않았다. 여기에 더 있을 이유가 없었다. 뭐 하러 이곳에 더 머문단 말인가?

이제 음악소리도 점점 커졌다. 홀이 꽉 찼다. 밤에 놀기로 작정한 사람들은 아직 오지도 않았지만, 그들을 본들 무슨 의미가 있단 말인가? 모스크바에서 새벽에 놀러 다니는 사람들에게는 아주 분명한 목적이 있다. 물론 그 목적이라는 것이 다양하긴 하지만 그게 뭐가 됐든, 목적이 있는 사람은 서른 살을 넘긴 그리고 오늘 밤의 특별한 목적이 없는 두 남자에게 좋은 술친구는 아니었다. 두 남자는 눕자마자 꿈도 꾸지 않고 바로 잠들고 싶어 자신을 혹사시키고 있는 것뿐이다.

"뭐야, 그건 아니지."

막스가 의자에 등을 기대며 말했다.

"나 혼자서 무슨 재미야. 사샤, 나는 너를 보러 모스크바까지 날아왔어. 내가 생각한 건 우리가 여기서 이렇게…."

막스가 주먹을 쥐고는 흔들었다.

"그런데도 넌…. 나도 철학적인 고찰은 집에서도 할 수 있다고. 우리가 함께할 수 있는 게 얼마나 많은데. 그런데 넌 맥이 빠져서 앉아 있기만 하고 말이야."

"내가 복에 겨운 놈이라는 말만은 제발."

"당연히 복에 겨운 거 맞지. 여기 와서 뭐랄까, 이런 멋진 곳에서 유명한 사람들 사이에 앉아 있다는 것만으로 행복을 느낄 사람이 얼마나 많을지 생각해봐. 그런데 너한테는 이런 게 아무것도 아니고, 특별한 일도 아닌 거잖아. 그게 복에 겨운 게 아니면 뭐겠어!"

오 년 전 여름, 나는 소치에서 휴가를 보내고 있었다. 이제 막 돈을 벌기 시작할 때였는데, 바닷가에서 여름을 보내기로 하고 전처도 불렀다. 전처가 아들을 데리고 오도록 말이다. 긴장 속에 보낸 휴식이었지만, 우리는 (그러니까 나와 내 전처는) 아들에게 이상적인 부부의 모습을 보여줬다. 누군가 나와 내 전처를 보았다면 우리가 잘 어울리는, 떼려야 뗄 수 없는 한 쌍이라고 생각했을 거다.

하지만 사실 우리는 스스로의 자제력과 친절함에 도취되어 있었다. 겉으로 보기에는 모든 게 애틋했지만, 미국 영화에나 나올법한 저녁 장면은 펼쳐지지 않았다. 그러니까 남자와 여자가 이별한 후 어느 해변가에서 다시 만나 긴 하루를 보내는 장면 말이다. 이들은 어디에선가 즐겁게 점심식사를 하고, 구겨진 냅킨이나 샐러드 이파리를 서로에게 던지며 장난을 하고, 수영을 하고 파도를 탄다. 그러고 나서는 음악과 저녁 불빛, 연안도시의 즐거운 분위기 속에서 회전목마를 타거나 사격장에서 게임을 한다. 그다음에는 석양이 보이는 호텔방에서 샴페인을 마신다. 그리고 남자가 여자의 어깨를 잡고 이렇게 속삭인다. '우리 처음부터 다시 시작해보지 않을래?' 그다음 일은 다들 알 거라 믿는다!

그때 막스가 소치로 나를 보러 왔다. 미리 연락을 하지 않고 와서 깜짝 파티를 해주려고 했던 것이다.

늦은 밤 우리는 호텔 복도에서 들려오는 엄청난 소음과 난동을 피우는 소리를 들었다. 그때 나는 텔레비전 앞에서 졸면서 앉아 있었고, 아들은 자고 있었다. 내 전처는 아들 옆에서 책을 읽고 있었다. 그러던 중 갑자기 고함과 시끌벅적한 소리가 들려온 거다. 나는 자리에서 벌떡 일어나 복도로 나갔다. 막스가 경비원들을 제치고, 또 제치고 있었다. 벌써 아래층에서도 한 판 한 모양이었다. 그 과정에서 이들을 뒤에 달고 온 것 같았다.

막스는 머리에 빛나는 별이 달린 푸른색 고깔모자를 쓰고 한 손에는 큰 샴페인 병을, 다른 한 손에는 풍선을 잔뜩 쥐고 있었다. 풍선이 복도를 메우고 있었다. 풍선들이 하나씩 터졌고, 바람 빠진 풍선껍질이 실에 매달린 채 축 처져 있었다. 막스는 시뻘겋게 취한 얼굴로 아주 단호한 표정이었다. 그는 술 취한 아가씨 몇 명과 함께였다. 이 여자들은 깔깔대며 웃었고, 역시 특이한 옷을 입고 있었다. 한 여자는 빨간 모자 분장을 하고 있었다.

막스는 나를 보고 기뻐했지만, 나는 그를 배신했다. 나는 막스를 부정했고, 심지어 그에게 욕을 했다. 그날 이후로 나는 그렇게 행동한 나 자신을 용서하지 못하고 있다! 그때 내가 왜 그랬는지 이해는 가지만 말이다. 나는 팔월 초부터 이 주 내내 소치에서 착한 척을 하고 있었다! 그런데 그곳으로 예고 없이 자유와 방종의 혜성이 날아온 것이다.

"그럼 어디로 가지? 이렇게 앉아 있을 게 뭐 있어?"
막스가 물었다
"사샤, 정신 차려! 나는 오늘 아침, 모스크바 시간으로 치면 새벽 네 시에 일어났단 말이야. 오늘 우리의 파티가 계속 이런 식이면 난 잠들어버릴 거야. 오늘 헤밍웨이 게임을 하지 않을 거면 내가 사랑을 찾는 거라도 도와줘. 방해하지 말고. 그런데 너 지금 취한 것 같은데. 오늘 너에게 기대를 거는 건 무리겠다. 술이나 더 마시는 건 어때. 그냥 막 마시는 거야! 하지만 일단 뭘 할지 정해야지. 뭔가 먹어도 좋을 것 같은데, 여기서는 뭘 먹기 싫어.”

막스는 시가를 거의 삼분의 일까지 피웠다. 우리는 계산서를 요청하면서 데킬라를 오십 밀리리터씩 더 시켰다. 데킬라를 다 마신 다음 막스가 금액을 지불했다. 막스는 남은 시가를 냅킨에 조심스럽게 말아서는 나에게 내밀었다.

“자, 사샤. 재킷 주머니에 넣어줘.”

“나는 네 시가를 피울 생각이 없는데.”

“나도 그러라고 주는 건 아니야. 이건 내 시가거든! 나는 아침까지 그 시가를 끝까지 다 피울 거야. 그러니까 네 주머니에 좀 넣어줘. 내 주머니에 넣어두면 다 뭉개진단 말이야. 너는 조심스럽게 행동하잖아.”

“싫어, 재킷에 온통 시가 냄새가 밸 거야.”

“그럼 이걸 손에 들고 다니란 거야, 뭐야?”

“막스! 네 서류가방은 어쩌고?”

막스는 손바닥으로 이마를 탁 치더니 서류가방을 들어 그 안에 시가를 넣었다. 그리고 출발하기 위해 자리에서 일어났다.

“잠깐만.”

내가 그를 멈춰 세웠다.

“앉아봐. 어디로 갈지 지금 정하자. 추운 데서 헤매지 말고, 여기 따뜻한 곳에서 우리 동선을 생각해보자고."

"좋아."

막스가 즉시 자리에 앉았다.

"'좋아'라니? 네가 뭘 하고 싶은지 생각해보자는 거야?"

"사샤, 이런 방식은 옳지 않아."

막스가 진지하게 말했다.

"너도 원해서 같이 노는 것이 아니면 그냥 헤어져서 잠이나 자자. 안 그러면 너는 지친 얼굴로 날 데리고 다닐 거 아냐. 마치 개에게 목줄을 달아 산책시키듯이. 그럴 거면 뭐 하러 같이 있어?"

"그래, 막스! 미안해. 그래, 나는 어디 가는 게 제일 좋을지 생각했을 뿐이야. 나도 술을 조금 더 마시고 싶다고. 많이는 말고 약간만! 아침에는 멀쩡한 상태여야 하거든. 내일 아침에 그녀와 통화하기로 했어."

내 심장은 기쁨에 위로 솟구쳐서는 몇 초 동안 그 자리에 멈춰 있었다. 나는 우리의 전화통화를 되씹었다. 그녀가 전화해달라고 했다! 그녀는 내가 자신을 사랑한다는 걸 알고 있다! 심장이 제자리로 돌아왔고, 나는 다시 말을 할 수 있게 됐다.

"지금 시간이 뭔가가 시작되는 때야. 클럽 콘서트에도 시간 맞춰 갈 수 있고, 또 춤추는 곳에 갈 수도 있어. 그런데 그곳은 시끄러울 거야. 음악소리를 가르며 얘기하다가 목을 쉬고 싶지는 않아. 아니면 당구나 볼링을 할 수도 있지."

"사샤, 지금은 시골에서도 그 좋은 것들을 누릴 수 있다고. 카지

노라든가 당구, 볼링 말이야! 그게 뭐 대단한 거라고, 볼링은 무슨! 사람들은 그게 유익한 스포츠라며 가곤 하지. 거기서 담배를 피고 노래를 부르는 주제에 이렇게 생각하는 거야. '우리는 스포츠를 하고 있고, 자신을 돌보고 있다.' 볼링을 할 때 표정은 또 어찌나 진지한지, 볼링선수가 따로 없다니까! 엉덩이랑 배가 공처럼 부풀어서는 손에는 공을 잡고, 입에는 담배를 물고, 실눈을 뜨고선 집중한답시고 이런 자세를 취하지."

"볼링하기 싫어? 제길, 그럼 사우나나 가자."

"사우나? 싫어. 거기 가면 바로 잠들 것 같아."

"좋아, 그럼 스트립쇼를 보러 가자고."

"사샤, 스트립쇼가 웬 말이야? 네가 지금 만나고 있는 사람이 누군데 그래! 나는 항해가 끝나고 온 뱃사람도 아니고, 갓 출소한 사람도 아니라고. 그럼 콘서트나 가자."

"좋아, 서두르자. 어서 일어나서 가자고."

우리는 당장 일어나서 나갔다. 열두 시가 막 넘어가고 있었다. 금요일 밤 클럽마다 콘서트가 시작하는 시간이다. 하지만 대부분 약간 늦게 시작한다. 사람들이 모여서 기다리고 있으면 그제야 뮤지션이 등장한다.

막스가 콘서트를 선택한 건 잘한 일이었다. 나는 오랫동안 콘서트에 가지 않았다. 과거에는 매주 클럽 콘서트에 가서 모스크바에서 이토록 많은 일이 벌어지고 있다는 사실에 놀라워하던 때도 있었다.

콘서트라니, 잘됐다! 나는 콘서트를 좋아한다.

나는 영화를 보러 가는 것도 좋아한다. 영화 상영이 시작되는 순간이 좋다. 아주 익숙한 음악이 큰 소리로 나오고 화면에 예쁜 영상이 뜬 후 조용해지고 화면이 캄캄해지면 이런 글자가 화면에 뜬다. 예를 들면 '파라마운트 픽처스 배급' 말이다. 그 후 이제 막 시작하는 영화의 음악과 영상이 영화관으로 스며든다. 뉴욕 전체가 불빛속에 있고 헬기가 날아가고 있다. 즐거운 예감이 몸 전체를 감싼다. 어린 시절처럼….

우리는 옷 보관소로 가서 번호표를 반납했다. 그때 레스토랑 매니저가 우리를 향해 소리쳤다.

"손님! 여기 놓고 가신 거요."

그가 내민 손에는 와인색 가죽 서류가방이 들려 있었다.

20

우리는 밖으로 나왔다. 우리가 나오자 두 여자와 한 남자를 빈자리로 들여보냈다. 그들은 기뻐하며 추운 밖에서 따뜻한 실내로 달려갔고, 우리는 거리를 걸었다. 그리고 벤츠가 쫓아오고 있었다.

"정말로 대놓고 따라오잖아. 이런 멍청한 놈! 가자, 사샤."

막스가 벤츠를 쳐다보며 말했다.

우리는 조금 더 걸어가서 택시를 잡았다. 나는 오래된 클럽 '16톤'을 가기로 결정했다. 그곳에서는 금요일과 토요일마다 콘서트가 열렸다. 그리고 완전히 애들 노래, 그러니까 십 대의 노래를 듣게 될까 봐 염려하지 않아도 된다.

우리는 또다시 차를 타고 모스크바를 여행했다. 한 시간 좀 넘게 따뜻한 곳에 앉아 있는 동안 조금 더 추워졌고, 눈은 천천히 화려한 무늬를 만들면서 게으른 듯 느린 속도로 내리고 있었다. 제설차가 진즉에 도시를 쓸고 갔다. 하지만 도시는 아직 잠들 생각이 없었다. 모스크바는 온통 불빛으로 밝았고, 길에는 수천 대의 자동차가 오가고 있었다. 새해까지 삼 주 남짓이나 남았는데, 벌써 곳곳에 새해 장식이 눈에 띄었다. 사실 겨울은 이제 막 시작됐고, 눈도 앞으로 사 개월은 더 쌓여 있을 것이다. 그런데 모스크바는 벌써 겨울에 지쳐 있었다. 어쩌면 그래서 그토록 필사적으로 즐거워하는지도 모른다.

벤츠가 우리 뒤를 쫓았지만, 나는 익숙해져 있었다. 게다가 내 옆에는 막스가 있어서 아주 안전하다고 느꼈다. 난 평온했다.

우리는 클럽에 입장했다. 어떤 스웨덴 그룹의 콘서트가 열리고 있었다. 나는 처음 듣는 그룹이었지만, 사람이 많이 모여 있었다. 그것도 누구의 콘서트인지 알고 온 관중들이었다. 이게 바로 모스크바다! 모스크바에는 뭐가 됐든, 그것을 좋아하는 애호가가 수백 명은 있다.

클럽 일 층에는 맥주광들이 모여 앉아 텔레비전으로 스포츠 경기를 시청하고 있었다. 나머지는 모두 위층으로 몰려간 뒤였다. 아직 일 층에 있는데, 콘서트가 시작되는 소리가 들려왔다. 시끄러운 함성이 들려왔다. 연주자들이 무대에 나왔나 보다. 조금 뒤 음악이 시작됐다. 우리는 서둘렀다.

우리는 무대 가까이 가려고 애쓰지 않았고, 홀의 중간까지만 비집고 갔다. 사방에서 끼여 꼼짝달싹 할 수 없었다. 무대에는 아주 어린 청년 두 명이 서 있었다. 말랐고, 양 어깨의 높이가 평행하지 않았으며, 등이 굽어 있었고, 외모가 어딘지 이상했다. 그리고 둘 다 마이크와 키보드 뒤에 서 있었다. 관객을 보지도 않았고 리듬을 타지도 않았다. 이 청년들이 난해하고 진중한 음악을 한다는 걸 한눈에 알 수 있었다. 아주 강렬한 사운드였다. 첫 번째 작품의 연주가 끝났고 관객들이 뜨겁게 환호하며 열광했다(이걸 노래라고 할 수는 없다. 그럼 곡은? 역시 내키지 않는다. 그럼 '사운드'는? 이것을 어떤 사운드라 할 수 있단 말인가? 차라리 작품에 가깝다!). 막스는 마실 것을 가지러 가겠다고 내 귀에 대고 소리치고는 사람들을 비집고 바를 향해 갔다.

두 뮤지션 중 한 명이 마이크에서 멀어지더니 기타를 잡았다. 카모플라주 반바지에 스웨덴 국기가 그려진 민소매티를 입은, 목이 길고 가늘며 머리는 짧게 깎고 두상이 작은 다른 한 명은 영어로 뭔가를 이야기하기 시작했다. 관객은 그의 말을 이해하고 있었다. 그가 두 번 농담했나 보다. 관객이 두 번 웃었다. 나는 생각했다. '맞아, 영어를 알아야 된다니까 반드시! 게으른 사람만 영어를 모르는 것 같아.'

나도 초중고와 대학에서 영어를 배우긴 했지만, 그것으로는 부족했다. 외국에 나갔을 때는 영어로 대화도 하고, 심지어 영자신문도 들춰봤다. 하지만 영어 농담은 이해하지 못한다. 나는 젊은 사람들 사이에 완전히 끼여 있었다. 내가 늙었다는 말은 당연히 아니지만, 내 주위 사람들이 나보다 젊었다. 그리고 무대 위 연주자들도 마찬가지로 젊었다. 짧은 머리 사내가 멘트를 끝내고 두 번째 작품을 연주하기 시작했다. 너무나 아름답고 강한 저음이 아까보다 더욱 강렬하게 관중을 압도했다. 놀라우리만큼 감동적인 연주였다. 그때 기타 소리가 무방비 상태에 있던 내 속으로 파고들었다. 그리고는 전자베이스 소리가 들렸고, 드럼이 이어졌다.

'이런 제기랄, 스칸디나비아인들이란!'

이런 생각이 들었다. 내 마음에 들었다. 아주 쏙 들었다! 그리고 목이 긴 청년이 노래하기 시작했다. 그의 목소리는 연약하면서도 청아했다. 그 청년은 노래를 굉장히 잘했다. 정확히 말하자면 딱 알맞게 불렀다! 딱 내가 원하는 대로….

우리는 아침이 다 돼서야 막스의 선박을 발견했다. 다시 신선한 바람이 불어왔고 우리는 젖 먹던 힘까지 짜내서 구조작업을 펼쳤다. 막스의 선박은 간신히 버티고 있었다. 심하게 기울어진 선체는 태풍으로 완전히 박살이 나 있었다. 돛대는 부서지고 없었으며, 유리창은 모두 깨져 있었다. 구명보트는 떠내려간 것 같았다.

우리는 세 시간 동안 엄청난 위험을 무릅쓰고 살을 에는 바람과 차가운 바닷물에 벌벌 떨면서 선원들과 가장 비싼 연구장비를 배에서 빼냈다. 막스는 점점 가라앉는 배에서 가장 마지막으로 나왔다. 막스의 머리에는 붕대가 감겨 있었다. 덥수룩한 그의 수염에는 얼음 결정이 붙어 있었고, 그의 눈은 매우 지쳐 보였다.

우리는 배에 탑승해 있는 전원을 구조했다. 막스를 포함해 선원 여덟 명에 연구원 네 명으로, 총 열두 명이었다. 이들은 추위로 꽁꽁 얼어 있었으며 기력이 하나도 없었다. 내 팀은 막스를 제외한 나머지 선원들을 부축했다. 막스는 간신히 두 다리로 지탱해 선교에 서 있었다.

우리는 회항했다. 나는 육지와 교신해 막스를 구출했다고 전했다. 막스를 구했다는 자부심은 접어둔 채 도움을 요청했다. 우리의 장비만으로는 어디가 됐든 도착하지 못할 가능성이 매우 컸기 때문이다. 그러고 나서 막스와 나는 선실로 갔다. 금고에서 브랜디를 꺼내 막스에게 내밀었다. 그는 말없이 뚜껑을 열어 마시기 시작했다. 막스는 크게 다섯 모금을 벌컥벌컥 들이켰다. 그는 식은 차를 마시듯 브랜디를 마신 뒤 입에서 병을 떼고 스웨터 소매로 수염을 훔쳤다. 그리고 내게 브랜디 병을 내밀었다.

"사샤, 자 받아."

막스가 내 귀에 바짝 대고 큰 소리로 말하고는 나에게 무겁고 낮은 유리잔을 내밀었다.

"이건 뭐야?"

"위스키야!"

막스가 눈을 찡긋하고는 내 것과 똑같은 술잔을 들고 나와 건배했다.

"사샤! 나 내려가 있을게. 음악이 내 취향이 아니야. 밑에서 기다릴게. 작업을 걸고 있을 수도 있고."

"좋아, 내 몫까지 하지는 말고!"

내가 소리쳤다. '작업'의 대상은 여자들이었다.

막스는 고개를 끄덕이고는 사라졌다. 그리고 나는 계속 울려 퍼지는 노래에 다시 집중했다. 젊은 스웨덴 청년이 노래하는 걸 보고 생각했다.

'나에게 노래나 음악을 작곡할 능력이 있었다면, 바로 이 노래를 작곡했을 거야! 그리고 노래를 했을 거라고….'

여섯 시간이 지난 후 첫 번째 선박을 만났다. 크지 않은, 신형 스웨덴 트랄선에서 먼저 우리를 발견했다. 우리는 라디오로 스웨덴 트랄선의 선장과 교신했다. 그 정도는 내 영어로도 소통에 문제가 없었다. 나는 구조된 사람들 중에서도 긴급한 도움이 필요한 사람은 없다는 걸 충분히 설명했다. 그래도 만일을 대비해 가까운 항구까지만 같이 항해해달라고도 부탁했다. 스웨덴 선박은 기꺼이 승낙했고, 우리의 행운을 빌어줬다.

나는 위스키를 세 모금 시원하게 들이켰다. 막스는 천재적으로 위스키를 골랐고, 천재적으로 자리를 떴다. '막스는 완전히 천재라니까.' 나는 생각했다.

    나는 음악을 아주 좋아한다. 예전부터 좋아했다. 학창 시절, 그러니까 칠 학년부터 나는 음악 감상에 심취했다. 나는 내가 좋아하는 음악가가 단연 최고라고 우기며 친구들과 자주 다퉜다. 그리고 부모님에게 음악에 대한 나의 권리를 주장했다. 그리고 부모님을 졸라서 내 취미인 음악에 투자할 돈을 받아내곤 했다.

    나는 친구들을 자주 집으로 초대해서 이 그룹 저 그룹의 신작 앨범을 들려줬다. 내가 제일 좋아하는 음악을 틀어주면 우리집에 놀러온 불쌍한 친구는 꼼짝없이 앉아서 나에게는 더없이 소중한 기타 솔로와 아주 화려한 리듬을 감상해야만 했다. 당시 나는 누군가에게 좋아하는 음악을 들려줬다는 사실만으로 온몸의 털이 곤두섰고, 등을 타고 짜릿한 전율이 일었다. 내가 누군가에게 정말로 좋아하는 음악을, 내가 사랑하는 음악을 듣게 했다는 사실에 감정이 복받쳐올랐던 것이다. 내 불쌍한 친구들은 고통스러워했다.

    우리는 가까스로 스웨덴의 한 작은 섬에 정박했다. 작은 어촌 마을이 있는 섬이었다. 섬 사람들은 우리를 따뜻하게 맞아줬다. 우리는 선박을 수리하기 시작했다. 스웨덴 사람들은 우리가 구출한 선원과 학자들을 헬기에 태워 섬에서 가까운 곳을 지나가는 대형 함선으로 보냈다.

    그 섬에는 현지 뱃사람이나 외부 뱃사람들이 모두 모이는 술집이 하나 있었다. 나와 막스는 매일 저녁 그 술집에 가서 감자를 곁들인 훈제청어 수프에 보드카를 마셨다. 그리고서는 맥주를 마시며 다른 수염쟁이 뱃사람들과 수다를 떨었다. 대부분은 어부였고, 스웨덴 사람, 노르웨이 사람, 핀란드 사람 등 거의 스칸디나비아 사람들이었다. 종종 독일인이나 네덜란드 요트맨들이 오기도 했는데, 내 눈에는 불쾌하고 이해 안 가는 사람들이었다.

이 술집은 매일 밤 손님으로 북적거렸다. 크고 어두운 술집 안은 담배 연기로 자욱하고 공기는 열기로 후끈했다. 술집에는 긴 바가 있었는데, 그 뒤에는 언제나 주인이 서 있었다. 매력적인 바이킹의 후손인 주인은 수염을 길렀고, 목소리가 우렁찼다. 모두들 파이프와 싸구려 시가 혹은 담배를 피우고 있었다. 연기가 자욱했다. 다들 왁자지껄 떠들었고, 껄껄대며 크게 웃었으며, 맥주잔을 세게 부딪혔고, 의자를 시끄럽게 움직였다. 모든 동작이 요란했다.

매일 밤 아홉 시가 되면 네 명의 음악가가 작은 무대에 올라 공연을 했다. 한 명은 아코디언이나 풍금을 연주했고, 또 한 명은 기타를 연주하거나 트럼펫 또는 색소폰을 불었다. 세 번째 음악가는 드러머였고, 네 번째 음악가는 작고 검은 피아노에 앉아서 연주하며 노래를 불렀다. 오래된 마이크는 이들의 음악을 아주 특이한 음색으로 전달했다. 음악가들은 전쟁이 일어나기 전에 찍은 영화 〈태양 계곡의 세레나데〉 등 유명 영화의 사운드트랙을 연주했다. 그런데 그날 밤에는 이 음악가들이 공연하지 않았다.

피아니스트가 아픈데, 이 밴드는 피아니스트가 없으면 아무것도 못 하기 때문이라고 누군가 말했다.

그날 밤에는 음악소리가 들리지 않아서 창문 밖으로 바람소리가 들려왔다. 바람은 휘파람 소리를 내며 우리가 있는 곳이 작은 섬이라는 것, 이곳이 춥다는 것, 많은 선원이 죽었고 앞으로도 많이 죽을 어두운 바다가 이 섬을 에워싸고 있다는 것을 일깨워주었다. 음악이 없으니 왠지 죽은 친구들이나 멀리 있는 사람들이 떠올랐다. 그리고 그녀는 너무나 멀리 있었기 때문에 나는 음악이 없다는 것을 참을 수 없었다. 버틸 힘이 없었다.

그때 나는 음악가들과 얘기를 나누고 있는 주인에게 다가갔다. 내 말을 들은 주인이 고개를 끄덕이더니 키가 더 작고 흰머리가 아니라는 점만 빼면 본인과 쏙 닮은 아들을 불렀다. 주인의 아들은 나에게 장비를 켜주고는 마이크를 테스트했다. 그 행동이 모두의 시선을 집중시켰다. 그는 나에게 고개를 끄덕여 보이며 오케이 사인을 보냈다. 나는 피아노로 다가가 뚜껑을 열고 건반을 쓸어봤다. 그리고는 피아노 앞에 앉았다.

나는 연주하며 노래하기 시작했다. 나는 말없이 노래했다. 노래도 하고 휘파람도 불었다. 우리나라에서는 모두 알지만 여기 사람들은 모르는 노래를 연주했다. 말은 필요 없었다. 나는 말없이 노래하며 종종 휘파람을 불었다. 다리를 저는 드러머가 무대로 올라왔다. 그리고 능숙하게 연주하기 시작했다. 그리고 중간에 또 다른 음악가 두 명이 올라왔다. 이들은 아까부터 친구들과 술을 마시던 중이었다. 트럼펫과 아코디언 소리가 중간에 들어왔다. 음악가들은 내가 부르는 곡을 몰랐음에도 아주 훌륭하게 연주했다. 술집의 소음이 잦아들었다. 모두들 음악에 귀를 기울였고 많은 사람이 눈물을 훔쳤다.

스웨덴 젊은이들이 노래를 마쳤고, 나는 위스키를 다 마셨다. 연주 시간은 육 분에서 칠 분 정도였다. 음악과 알코올의 환상적인 조화였다! 나는 깊이 감동했다. 나는 북쪽의 마른 두 청년이 이렇게 강렬하고 감정적인 충격을 주리라고는 상상도 못 했다. '나는 깊은 사랑에 빠졌어'라는 말과 관련된 감각이 또다시 나를 덮쳤다. 나는 뒤편에 있는 바로 갔다. 위스키를 조금 더 마셔야 했다.

21

셔츠에 스카프를 매고 재킷을 걸친 내 모습은 아주 형편없고 제대로 교육을 받지 못한 외국 정보요원 혹은 소풍 나온 은행원 같았다. 재킷을 벗어버리고 싶었지만, 셔츠가 지저분해서 그럴 수도 없었다. 나는 위스키를 더 마셨고, 바 근처에서 콘서트를 삼십 분 정도 더 감상했다.

스웨덴 뮤지션들은 훌륭한 두 곡과 꽤 멋진 다섯 곡의 댄스 곡을 연주했다. 댄스 곡이 나오자 관중들이 춤추기 시작했다. 그런데 나는 내 마음에 쏙 들었던 그 노래가 일으킨 감동 때문에 한층 더 힘이 빠졌다. 술기운이 돌기 시작했고, 뭔가를 먹고 싶어졌다.

　그곳, 작은 섬의 술집에서는 아주 맛있는 훈제청어 수프를 감자와 곁들여 팔고 있었다.

'나는 배가 고파!' 내 뇌가 이렇게 판단했다. 나는 내 뇌에 '이제 뭔가를 좀 먹고 집에 갈 거야'라고 답하고는 막스를 찾으러 아래로 내려갔다. 계단을 내려가기 시작하면서 나는 취하긴 했지만 심각한 상태는 아니라는 것을 깨달았다. 머릿속은 명료했고 심장도 마찬가지였다. 하지만 몸의 나머지 부분은 가누기 힘들면서도 가벼운 느낌이었다. '어느 부위가 지친 거지?' 내가 나에게 물어봤다. '마음입니다, 주인님. 마음이요!' 대답이 들려왔다.

먼저 나는 왁자지껄한 소리를 들었고, 막스를 발견했다. 그는 우리 나이 또래의 사내 네 명과 바에 옹기종기 모여서는 고개를 들어 텔레비전을 올려다보고 있었다. 화면에서는 권투경기가 한창이었고, 거대한 흑인 남자 두 명이 겨루고 있었다. 복서들의 몸이 땀으로 빛났다. 막스는 옷을 다 풀어헤친 채였다. 재킷은 완전히 열어젖히고 가슴 중간까지 셔츠 단추를 풀고 있었다. 막스의 얼굴이 벌게진 걸 보니 술을 많이 마신 게 틀림없었다. 막스의 새로운 네 명의 친구들 역시 거나하게 취해 있었다.
　"사샤!"

막스가 나를 발견하고는 외쳤다.

"우리가 이기고 있어!"

그는 그 무리에서 떨어져나와 나에게로 다가왔다.

"봐봐, 저 사람이 우리 선수야."

막스가 손가락으로 화면을 가리켰다.

"저 건장한 사내 말이야. 저 선수가 이기고 있어! 나는 저 선수한테 걸었거든. 그리고 저 사람들은 모두 상대편…."

막스가 누구한테 걸었다는 건지 도무지 알 수 없었다. 두 선수 모두 매우 건장했는데, 그보다도 일단 막스가 뭘 걸었다는 건지 당장 알아내야 했다.

"막스! 너 뭘 건 거야? 그리고 저 사람들은 누군데?"

"쉿!"

막스가 입술에 손가락을 댔다.

"좋은 사람들이야. 크라스노다르에서 왔대. 조용히 해, 사샤! 나는 이 수염을 걸었어!"

아마 내 눈썹이 위로 심하게 치켜 올라갔을 것이다. 막스는 재빨리 내 귀에 대고 속삭였다.

"나는 저들한테 벌써 십 년째 이 수염을 기르고 있다고, 나한테 이 수염만큼 소중한 것은 없다고 했어. 그래도 내가 건 선수가 지면 깎겠다고 했지. 반대로 우리 선수가 이기면 저 사람들이 우리 몫의 술값까지 다 내주는 거야. 저들은 동의했어. 왜냐하면 내가 지면 바로 여기 화장실에서 수염을 깎겠다고 했거든."

나는 믿기지 않는다는 표정으로 막스를 바라본 후 남쪽에서 온 친구들을 봤다. 그리고 다시 막스를 쳐다봤다. 그리고는 이내 내가 상대 선수, 그러니까 막스가 건 선수의 상대를 응원하고 있다는 것을 깨달았다.

나는 크라스노다르 출신 사내들에게 가서 모두와 통성명을 한 후 그 즉시 그들의 이름을 잊어버렸다. 나는 경기에 집중해보려고 노력해봤지만 잘 되지 않았다. 칠 라운드째였다. 경기가 좀 지루하게 진행되고 있었다. 어쩌면 내가 덜 취했거나, 심하게 사랑에 빠져서 그렇게 느낀 걸까?

바에는 맥주잔과 감자칩, 견과류가 담긴 접시가 놓여 있었다. 막스와 그의 새 친구들이 먹고 마시고 있었다. 나는 감자칩이 담긴 접시에 손을 대기 시작했다. 이럴 수가. 하루 종일 아무것도 먹지 않았다. 그런데 어떤 음식이든 시킬 수 있는 곳에 앉아 감자칩을 먹고 있다니! 하지만 맛있었다. '굉장히 맛있군!' 나는 이렇게 생각하며 맥주를 마시고 싶다고 느꼈다.

맥주를 마실 필요 없다는 것, 그것도 이런 상황에서 마시면 안 된다는 걸 알았음에도 마시고 싶었다. 마시면 속이 안 좋아질 거다. 이러면 안 된다. 괜한 짓이다. 아침에 내 얼굴이 불쾌해 보일 거고 그런 얼굴을 보는 게 부끄러울 거다. 그런데 내일 아침 나는 얼굴도 멀쩡해야 하며 깨끗한 목소리를 내야 한다.

하지만 나는 너무나 술을 마시고 싶다고, 작은 잔 하나는 아무것도 아니며 그저 갈증해소를 위해서라고, 중요한 것은 내가 아직 취하지 않았으며 나 자신을 통제하고 있다는 점이라고 결론지었다. 그래서 나는 맥주를 작은 잔으로 시켰고, 한 번에 다 마셨다. 내가 맥주잔을 비운 뒤 일 분 후 막스가 응원하는 선수가 상대편 선수를 녹다운시켰다. 막스는 그 한 방을 축하하기 위해 나와 건배하고 싶어 했지만, 내 잔은 벌써 비어 있었다. 그 순간 눈 깜짝할 사이 신선한 맥주잔이 또 내 손에 들려 있었다. 이번에는 큰 잔이었다. 나는 두 번째 잔을 들이켰다.

"사샤, 괴로워할 거 없어!"

막스가 나에게 다가와 내 어깨를 감쌌다.

"왜 이렇게 힘이 없어? 내일, 그러니까 정확히는 오늘, 모든 게 다 잘될 거야! 우울해하지 마. 저 친구들이 마음에 안 들어서 그래? 그럼 저 친구들은 신경 쓰지 마. 괜찮은 사람들이야. 뭔가를 잘 팔았거나 샀다고 하더라고. 나쁜 놈들이긴 하지만! 어쨌든 착하고 재미있는 사람들이야."

"나는 이제 술을 마시지 않겠어!"

내가 완고하게 말했다.

"당연하지! 넌 더 마시면 안 돼! 너는 나를 챙겨야지. 왜냐하면 나는 더 마실 거거든!"

"네 복싱선수가 빨리 지기나 했으면 좋겠다!"

이렇게 말하고서는 내가 이렇게 말하는 걸 보니 분명 마실 만큼 마셨다는 걸 깨달았다.

"왜? 사샤 이건….."

"막스, 나는 네 수염을 더는 못 봐주겠어!"

"나도 알아! 하지만 이 수염을 깎는 게 세상에서 가장 큰 아픔인 것처럼 해달라고! 그런데 사샤, 세상에서 가장 우울한 스포츠 종목이 뭔지 알아?"

"어떤 면에서?"

"모든 면에서 가장 우울한 종목!"

"누구한테 우울한데? 선수, 아니면 관객?"

"모두에게 다! 누구에게나 우울한 종목!"

"봅슬레이!"

"무슨 소리야? 봅슬레이는 신나는 종목이라고!"

"그럼 장거리 경보."

"너 정말 아무것도 모르는구나! 경보에는 선수들도 많이 참여하잖아! 그게 일단 첫 번째 좋은 점이야. 두 번째로 이 선수들은 A 지점에서 B 지점까지 이동하지. 즉 공간을 이동해. 도로와 경로를 지나는 의미 있는 운동이야. 관객 입장에서도 좋아. 선수들이 관객 앞을 지나가면 이 분 동안 그들을 보면 되거든! 아무튼 경보는 아니야! 다른 종목이야. 생각해봐."

"모르겠어. 날 좀 내버려둬, 막스!"

"제일 우울한 스포츠 종목은 말이야. 여자 싱글 피겨스케이팅이야! 젊고 아름다운 여성이 얼마나 빙판에서 연습을 했든, 얼마나 열정적으로 손을 뻗든, 몇 번을 몸을 굽히고 몇 번을 회전하든 상관없어. 어쨌든 관객은 그녀에게 다가갈 수도 없고, 안아줄 수도 없다고! 선수가 그렇게 홀로 빙판 위에 있는 거야. 알겠니? 우울한 데다 상징적이지!"

"네가 스스로 생각한 거야?"

내가 막스에게 물었다.

"아니, 라디오에서 들었어. 아니지, 사샤! 누가 이런 어이없는 걸 생각하고 있겠어! 당연히 내가 스스로 생각했지! 방금 널 웃기려고 생각해낸 거야. 나쁘지 않지?"

"최고였어! 당연히 여자 싱글 피겨스케이팅이지! 젊고 아름다운 여자가 노력하지만, 다 부질없는 일이야. 정확한 지적이야! 그런데 남자 피겨스케이팅은 즐겁진 않지만, 그렇다고 아주 우울한 것도 아니야. 첫째, 남자는 별로 불쌍해 보이지 않아. 둘째, 남자들의 세계에서는 다들 고독한 법이야. 그리고 셋째, 완전히…."

"사샤, 그만해! 너랑은 대화가 안 돼. 난 농담한 거라고, 농담! 그런데 너는 또 시작이야! 차라리 남자 패어 피겨스케이팅이 얼마나 볼 만할지 상상하는 게 낫겠다! 두 선수가 같은 피겨복을 입을지 서로 다른 걸 입을지 궁금하지만…."

그때 크라스노다르 출신 사내들이 함성을 질렀다! 사실 좋은 사람들이었는데, 심하다 싶을 정도로 욕을 많이 하는 게 문제였다.

막스의 선수는 쓰러지더니 더 이상 일어나지 못했다. 크라스노다르 사내들은 환호성을 질렀고, 텔레비전 화면 속 사람들은 극도의 흥분상태였다. 막스는 팔을 흔들어댔고, 나는 앉아서 말없이 웃고 있었다.

"사샤, 내 서류가방 못 봤어?"

"그건 왜?"

"거기 면도기를 넣어뒀어."

"네가 옷 보관소에 같이 맡겼잖아."

"아, 그래!"

막스는 이렇게 말하고는 옷 보관소로 갔다.

막스는 아주 불행한 표정을 짓고 있었다! 나는 막스의 뒷모습을 바라보는 사내들에게 다가갔다.

"저기요, 너무한 거 아닙니까? 저 친구한테 수염은 뭐라고 할까, 저 친구는 저 수염을 매일 빗고 손질한단 말입니다! 이제 저 수염을 손질하는 데 쓰던 빗이랑 가위를 어디에 쓰겠습니까? 저 친구 좀 말려봐요! 계산은 내가 할 테니 쫓아가서 저 수염을 자르지 말라고 해주세요!"

사내들이 당황했다.

"안 그래도 그만두라고 했습니다. 그런데 됐다고 하더라고요. 멋지지 않습니까!"

땀에 흥건히 젖은 가장 뚱뚱한 사내가 말했다.

"우리도 저 수염을 깎아버리는 게 아까워요! 그래도 내기는 내기죠, 뭐. 제길! 사나이지 않습니까?"

다른 사내가 말했다.

"당신 친구 막심(막스)은 진짜 사나이입니다! 계산은 다 우리가 할 겁니다! 문제없습니다!"

또 다른 사내가 말했다.

'정말 나쁜 놈들이 맞군. 하지만 착한 사람들이야. 늘 그렇듯 막스 말이 맞았어. 저들 보고 내라고 하지 뭐!'

나는 생각했다.

22

십 분 뒤 막스가 돌아왔다. 막스가 돌아왔기에 망정이지, 크라스노다르 사내들이 남부 사투리로 쉴 새 없이 텔레비전에 나오는 모든 여자와 주변에 있는 여자들, 심지어 여자 종업원과 매니저까지 이러쿵저러쿵 평가하며 떠드는데 더는 못 들어줄 지경이었다. 이 사내들은 여자들의 외모를 가지고 왈가왈부했고, 과감한 제안을 어떻게 할지도 궁리했다. 또 누가 어떤 걸 선호하는지 그리고 누구랑 하는 게 좋을지 등을 얘기했다.

막스는 의기소침한 눈빛에 침울한 표정으로 나타났다. 완전히 달라 보였다. 내가 그 짧은 시간에 이미 그의 수염에 익숙해졌던 것이다. 그는 수염을 깎고선 일부 부위에 화장지를 붙여놓았다. 막스는 얼굴이 빨개져서는 괴로운 표정을 짓고 있었다. 하지만 나는 막스가 웃음이 터져나오려는 걸 겨우 참느라 빨개졌다는 걸 눈치 챘다. 막스는 결국 웃음을 참아냈다!

사내들이 막스에게 바로 술을 따랐고, 어깨를 두드려줬다. 정확히는 양쪽 어깨를 토닥여줬다. 그러면서 진짜 사나이라며 훌륭하다고 칭찬했다. 나는 수염이 없어진 막스를 봤다. 그 순간 불현듯 기억났다. 미르 대로의 카페 테이블에 앉아 있던 키가 큰 사내, 앉아 있다가 나와 눈이 마주친 그 사내를 전에 어디서 봤는지 기억해 낸 거다.

그 남자는 바로 올 여름, 집들이 파티에 그녀와 함께 왔던 사람이었다. 그때는 수염을 기르고 있었는데, 지금은 그 수염이 없었다. 모든 정황이 갑자기 분명해졌다. 모든 것은 아니지만 많은 부분이 분명해졌다! 정확히 말하자면, 분명해졌다기보다 윤곽이 드러났다. 그리고 나는 바로 그 남자가 벤츠를 몰고 건물 밖에서 기다리던 남자라는 심증을 거의 굳혔다. 물론 다른 의문들도 상당히 많이 떠올랐지만, 그건 부차적인 문제였다. 차라리 상황을 명확하게 만드는 의문이라고 할 수 있었다.

빨리 그녀에게 전화를 걸어 이 모든 걸 말해주고, 궁금한 걸 물어보고 경고해주고 싶었다. 하지만 이미 늦은 시간이었고, 나는 취해 있었다. 지금이 늦은 시간이라는 것은 내가 취한 것에 비하면 중요한 이유가 아니었다. 나는 취한 상태로 그녀에게 전화할 수 없었다! 하지만 벤츠의 남자에게 직접 다가가서 궁금한 것들을 모두 물어보는 건 가능했다. 다만 막스와 먼저 상의해야 했다. 막스 없이는 할 수 없다. 이런 일에 막스가 없으면 불가능하다.

나는 사람들이 수염과의 슬픈 이별을 '털어낼 때까지' 기다렸다. 술은 거절했다. 사내들은 막스를 불쌍하게 생각했고, 막스는 자신이 맡은 역을 훌륭히 연기했다. 그리고 나는 막스를 불러 옷 보관소로 데려왔다. 막스는 완전히 취해 있었다. 중심은 잡고 있었지만, 약간 기울어 있었다.

"사샤, 나 완전히 취했어!"

막스가 말했다.

이게 웬일인가! 이런 날은 드물었다. 막스는 언제나 자신이 취했다는 걸 인정하지 않았다. 대부분의 경우 막스는 술을 진탕 마신 다음 잠시 자신을 분출한다. 즉 춤을 추고 건배사를 제의하고 뻔뻔한 궁리를 하다가 다시 마시기 시작했다. 그리고 어느 구석에서 잠들거나 흔적 없이 사라진다. 이때 더 마시지 말라고 하는 건 전혀 소용없는 일이었다. 그런데 오늘 여기서 갑자기 자진해서 많이 취했다고 인정한 거다!

"사샤, 네가 날 제대로 안 챙겼어! 넌 정말 나를 전혀 돌보지 않는다고! 그런데 말이지, 나는 너의 말을 단어 하나하나까지 귀 기울여 듣는다고! 다 네가 하라는 대로 하고!"

막스가 면도한 턱을 앞으로 쭉 내밀어 보였다

"사샤, 여기서 나가자. 뭘 좀 먹어야겠어. 나가자. 그런데 내가 지금…."

막스는 화장실로 향했고, 경비원이 나에게 다가왔다.

"저 친구분이 화장실에 두고 간 겁니다."

그는 화장실에 가고 있는 막스를 쳐다보며 손가락으로는 옷 보관소 선반에 놓인 서류가방을 가리켰다. 경비원은 미소를 띠고 있었다. 짜증이라든가 귀찮은 내색이 전혀 없었다. 막스가 이 사람도 즐겁게 해주며 자신을 각인시켰나 보다. 서류가방은 발에 짓밟히고 채인 것 같았다. 정말 그랬을지도 모른다. 나는 서류가방을 들고 막스를 따라 화장실로 들어갔다.

막스는 세수 중이었다. 그는 세면대에 몸을 숙이고 물을 튀기며 코를 풀고서는 머리를 적셨다. 그리고 강아지처럼 머리를 흔들어 물을 털어냈다. 수도꼭지를 잠그고는 화장지를 백 미터쯤 풀어 물기를 닦기 시작했다. 나는 이 과정이 끝날 때까지 기다리고 있다가 서류가방을 건네줬다. 막스는 당연하다는 듯이 건네받았다. 그러니까 고맙다는 말도 없이 서류가방을 받아들더니 머리가 헝클어진 채로 화장실에서 나갔다.

소변기 앞에 서서 나 역시 꽤 취했다는 걸 느꼈다. 고도의 정확성을 요하는 일을 수행하면서 그 사실을 깨달은 거다. 나는 취해 있었다. '이게 다 맥주 때문이야!'라고 생각했다. 그리고서는 간단히 세수를 하고 거울에 비친 내 모습을 봤다. 눈과 입술을 보니 심하게 취했다는 걸 알 수 있었다. 나는 나 자신을 보면서도 내가 보고 있는 모습을 받아들이지 못하고 있었다.

화장실에서 나와 보니 막스가 날 기다리고 있었다. 그는 쌩쌩했다. 머리를 빗질한 모습이 기운이 넘쳐 보였다. 약간 창백한 것 같기도 했지만 전반적으로 상태가 괜찮았다.

"넌 완전히 불사조라니까!"

내가 감탄했다.

"아부하지 마! 난 그것보다도 더 훌륭하다고. 알겠어? 그런데 넌 벌써 지친 거야?"

"난 지치고 있어, 막스. 이제 날 보내줘. 좀 자야겠어."

내가 징징거렸다.

"그럼, 물론이지! 그런데 일단 어디 좀 가서 뭘 좀 먹자, 응? 엄청 배고프다고. 그런데 이번에 가는 곳은 여자가 별로 없었으면 좋겠어. 안 그러면 내가 또 정신을 팔 테니까. 그리고 맛있는 음식이 있었으면 좋겠고. 그러니까 고기 말이야!"

"이런! 널 어디로 데려가야 하지? 막스, 새벽에 고기를 먹는 건 건강에 안 좋아! 새벽 내내 악몽에 시달릴걸."

"잘됐네! 나는 공포영화를 좋아하는데 영화관에 안 간 지 오래 됐거든."

그와 말싸움을 하거나 설득하는 건 쓸데없는 짓이었다. 나는 악탸브리스카야 광장에 있는 미국식 레스토랑을 기억해냈다. 음식도 같이 파는 작은 미국식 주점이었다. 미국에 가보진 않았지만 모든 미국 영화에서 주인공들은 그런 가게에서 뭘 먹거나 앉아 있었던 것 같다. 그곳에서는 이십사 시간 내내 양동이의 반은 채울 정도로 거대한 양의 샐러드와 감자, 큼지막한 스테이크를 먹을 수 있다. 스테이크, 그러니까 고깃덩어리 말이다. 음식도 빨리 만들었고, 춤은 추지 않았다. 즉 우리에게 딱 맞는 장소였다.

"출발하자!"

내가 말했다.

"출발하자고!"

막스가 말했다

"그런데 시내로 돌아서 가자. 바람 좀 쐬고 싶어."

나는 고개를 끄덕였고, 막스는 그의 새 친구들이 있는 홀과 로비의 연결통로에 있는 문으로 다가갔다. 막스는 그들에게 손을 흔들었고 뭔가를 소리친 후 내 쪽으로 왔다. 그의 손에는 서류가방이 들려 있었다.

"좋은 친구들을 만났어."

막스가 걸어가며 말했다.

"정말로 멋진 친구들이었다고! 나쁜 놈들이라는 게 좀 그렇긴 하지만…."

23

우리는 클럽에서 나왔다. 입구에는 택시들이 늘어서 있었다. 아주 많이. 나가자마자 바로 택시기사 몇 명이 "싸게 모셔드립니다"며 우리에게 접근했다. 나는 눈을 돌려 '내' 벤츠를 찾았다. 그 차도 여기 있었다. 나는 제일 먼저 접근한 택시로 향하는 막스를 붙들어 세우고는 벤츠에 대한 내 추측을 얘기해줬다. 여름에 있던 일도 (길지는 않았지만) 전부 얘기해줬다. 막스는 잠시 생각했다.

"그것 봐, 사샤. 내 말이 맞지! 질투에 사로잡힌 남자라니까. 네가 어디 들어가서 자는지 확인할 때까지 우리를 쫓아다닐 거야."

"그렇겠지. 그런데 지난밤에는 도대체 왜 우리 집 앞에서 기다리고 있었던 거지?"

내가 물었다.

"사샤, 너 정말 바보구나. 그래 갖고 어떻게 모스크바에서 지금 까지 살 수 있는 건지 모르겠다. 저 남자는 그저 그녀가 어디로 갔 는지 몰랐던 거야. 그녀가 네 집에 있는 건 아닐까 생각하며 찾아보 려고 한 거지. 그 남자와 너의 그녀 사이에 무슨 일이 있는지 추측 할 수밖에 없고. 그런데 걱정할 거 없어. 저 사내가 수치심도 무릅 쓰고 전전긍긍하며 네 뒤를 따라 온 모스크바를 누비고 있다는 건 네가 우위에 있다는 의미이니까. 걱정하지 마! 우리는 이 문제를 해 결할 거야."

"지금 당장 가서 이 찜찜함을 털어내는 건 어때."

"사샤, 지금 네 꼴 좀 봐. 취했잖아! 그런데 어떻게 제정신인 데 다, 지치고 배고프고 불행한 남자와 대화를 하겠어. 다시 말하는데, 지금 저 남자의 상황이 너보다 훨씬 안 좋아. 저 남자가 불쌍해서 그러는 거면 지금 가서 말해보고."

나는 막스의 이야기를 모두 이해했다. 확실히 맞는 말이었다. 나 는 평온해졌다. 심지어 젊지 않은 데다 절망에 빠져 있는 게 분명한 그 사내에게 측은함을 느꼈다. 나는 그가 카페 테이블에 앉아 있던 모습과 얼빠진 눈빛으로 나를 보던 모습을 떠올렸다.

'저 남자는 아마 거기서 나와 우연히 마주쳤을 거야. 날 보고서 표정이 아주 확 변했다고. 불쌍하긴! 여름에 저 사람한테 명함을 준 건 바로 나잖아. 기분이 말이 아닐 거야. 그것도 오래 전부터! 그런데 코스메틱 살롱 개점식 날 그녀를 태우고 간 남자는 또 누구지? 어쩌면 벤츠를 모는 저 남자가 그 남자의 뒤도 밟았을지 몰라. 만약 코스메틱 살롱의 그 남자까지 날 쫓아다니면 어떡하지! 코스메틱 살롱의 그 남자는 그녀와 어떤 관계일까? 그리고 벤츠를 모는 남자는 그녀와 어떤 관계지?

나는 이 문제들을 꽤 침착하게 생각하고 있었다. 내가 그녀의 남자들을 그리 의식하지 않고 있다는 걸 깨달았다. 저 남자들은 그녀와 함께였을까? 아니면 지금도? 그녀에게는 남자가 몇 명이나 될까? 나는 질투심이 아주 강하다. 특히 누군가와의 관계가 끝나고 사랑의 감정이 식을 때 그렇다. 사랑의 감정은 식어가지만, 질투심은 그대로 남아 있다. 어떻게 내 자리에 다른 사람을 들일 수 있단 말인가? 나는 괴로워하곤 했다.

하지만 지금은 질투심을 느끼지 않았다. 주체할 수 없는 사랑의 감정뿐이었다. 그리고 '그녀만이라도 괜찮으면 됐지! 나와 함께라면 당연히 더 좋겠지만. 하지만 나와 함께하지 않는다면? 좋은 게 좋은 거지, 뭐!'라는 생각뿐이었다. 하지만 왠지 지금은 내가 그녀에게 일순위일 거라는 생각이 들었다. 그리고 그 생각 때문에 침착할 수 있었다.

나와 막스는 가장 부산스럽게 호객행위를 한 택시기사의 차를 탔다. 그는 가장 끈질기게 달라붙으며 가장 싼 가격을 제시했다. 우리는 그 택시기사가 마음에 들지는 않았지만, 그의 차에 탔다. 그는 지나칠 정도로 적극적이었다.

나는 어디로 가야 하는지 설명했다. 막스는 시내를 지나서 가달라고 부탁했다. 차에 앉아서 막스가 나에게 말했다.

"사샤, 나 좀 지친 것 같아."

막스가 아주 우울하게 말했다. 정말로 우울하게! 그의 어조는 바로 얼마 전까지만 해도 즐거워하던 그의 모습과 전혀 어울리지 않았다. 막스는 택시기사 옆에 앉았고, 나는 뒷좌석에 앉았다. 우리는 말없이 갔다. 그러니까 막스와 나는 아무 말도 하지 않았고, 택시기사만 말을 하고 있었다.

"시내를 가로질러 가는 게 좋은 생각은 아닙니다. 길이 나쁘거든요. 눈도 많이 쌓여 있고요. 오래 걸릴 거예요. 게다가 제 타이어는 완전히 닳아 있어요."

택시기사가 불평했다.

"미끄럼 방지장치가 되어 있는 겨울용 타이어로 바꿀 수 없었어요. 아시다시피 타이어가 얼마나 비싼지 몰라요. 벤진 가격은 또 어떻고요!"

"우는 소리 그만해요! 계속 우는 소리 하면 여기서 내릴 거고 택시비도 안 낼 겁니다. 알겠습니까?"

막스가 사납게 말했다.

"그러니까 지금 미끄럼 방지 타이어를 설치 안 한 차에 우리를 태웠다는 겁니까? 영하 십 도인데…. 지금 누구 죽일 일 있어요?"

"손님, 저는 그런 뜻이 아니라…."

"닥쳐요!"

막스가 그의 말을 잘랐다.

"차나 몰아요! 계속 투덜대면 내려버릴 겁니다. 지금 당신 얘기 들을 기분도 아니고요. 나는 뭐 인생이 쉬운 것 같아요? 지금 당신 불평까지 듣고 있기엔 벅차단 말입니다!"

막스가 사납게 말하는 통에 나까지 정신이 없어졌다. 막스의 말과 어조에는 머나먼 공업도시, 소도시의 강경함과 단순함 그리고 엄격함이 확실히 묻어났다. 하지만 정당한 엄격함이었다. 나도 택시기사의 불평을 듣고 싶지 않았다. 그 기사는 추가 비용을 받을 수 없을 것 같아 우울해하고 있을 것이다. 멍청한 놈! 징징거리며 돈을 얹어달라는 걸 이해하지 못하겠다. 돈을 얹어주지 않을 거다. 내키지 않아서가 아니라, 화가 났다.

택시기사는 입을 다물었고 우리는 말없이 갔다. 막스는 창문에 머리를 대고 거리를 내다봤다. 그리고 나는 뒷좌석에 기대어 앉아 눈을 감았다. 아니다! 이번에는 참호에도, 배의 선교에 있지도 않았다. 나는 눈을 감고 뒷좌석에 앉아서 눈을 감은 후 머릿속에 보이는 어둠 속으로 빠져들었다. 그 어둠이 회전하기 시작했다. 처음에는 느리게 그리고 점점 빠르게.

"헬기다!" 내가 나에게 말했다. "당신은 미친 거 아니…, 취했군요, 주인님." 내 안에서 취하지 않은 힘찬 목소리가 들려왔다. 이 목소리는 움직임이나 얼굴 표정, 발음을 제어하는 기관에서 나는 소리가 아니었다. 스스로 취한 걸 깨닫고, 스스로에게 들려오는 소리였다.

"헬기다!" 헬기들은 심지어 고요함이 지배하는 가장 구석진 방과 천국의 구석진 곳에 숨은 술 취한 이를 찾아냈다. 이들은 가장 무방비 상태의 내밀한 곳까지 파고 들었다. 이 헬기들을 피해 숨는 것은 불가능했다.

파티 같은 곳에서 친구들을 피해 나올 수는 있다. 에너지가 넘치는 듯한 기분으로 도망치면서 이렇게 생각한다. 오늘은 적당히 마셨다. 샴페인 몇 잔, 그다음에 코냑을 마신 게 전부다. 코냑을 많이 마시긴 했지만, 질 좋은 코냑이었다! 지금까지는 다 괜찮았다. 이제 사람들에게서 벗어나 택시를 타고 널 기다리고 있을 그녀에게 가는 거다. 하지만 좌석에 몸을 기대어 눈을 감자마자 헬기들이 너를 쫓아온다. 비행중대 전체가 택시를 쫓아 상공을 날며 너와 네가 탄 택시를 그리고 도시 전체를 둘러싼다. 그리고 오늘은 어떤 곳에서도 너를 끝까지 기다려주지 않는다.

혹은 봄날에 친구들과 맥주를 마실 수도 있다. 따뜻한 저녁, 라일락, 봄 향기 그리고 가로수길! 괜찮은 레스토랑에서 저녁식사를 하고 보드카를 약간 마신다. 그리고서는 다시 산책을 하고 맥주를 마신다. 그리고 그녀와 만나서 그녀가 좋아하는 음료를 마신다. 즉 뭔가 달콤하고 가벼운 음료 말이다. 그리고 그녀를 바래다주고 작별의 키스를 한다. 그녀의 어깨에 걸쳐 있던 자신의 재킷을 돌려받고 가로수길을 걷기 시작한다. 그리고 너는 벤치에 앉아 즐거운 마음으로 시가를 피운다. 하지만 벤치에 앉아 휴식을 취하며 숨을 들이마시고 연기를 내뿜으며 눈을 감자마자 라일락 사이로 헬기들이 나타났다. 앉아 있던 벤치가 땅에서 떠올라 시계 반대방향으로 돌기 시작한다.

아니면 긴 대화를 나눈다. 그리고 또 대화를 한 후 약간 취하여 지친 채 집에 들어간다. 집은 조용하고 깔끔하며 선선하다. 여름이다! 문이 열려 있는 베란다 옆에서 커튼이 살랑살랑 흔들리고 있다. 너는 아무도 집으로 데리고 오지 않은 자신을 칭찬한다. 세수와 샤워는 내일 하기로 하고 지금은 당장 자야겠다고 생각한다. 옷을 바닥에 그대로 벗어놓고 쾌적하고 뽀송뽀송한 침대로 몸을 던진다. 그런데 너의 뒷머리가 베개에 닿는 순간 방으로, 베란다 문으로, 통풍구로, 커튼을 찢으며 헬기들이 날아 들어온다.

그런데 눈을 떠도 나아지지 않는다. 전혀 나아지지 않는 것이다! 눈을 감으면 헬기들이 다시 날아다니기 시작한다. 아침이 되면 고통과 그 고통 속의 고독이 당신을 기다릴 것이다.

"그런데 저 벤츠가 계속 우리를 쫓아오는데요."
택시기사의 목소리가 들렸다.
"당연하죠."
막스가 말했다.
"계속 쫓아올 겁니다. 지금 이 차에 누가 타고 있는지 아십니까?"

막스가 자신의 서류가방을 보여줬다.

"알면 놀랄 거요! 다섯 명이 우리를 쫓고 있었어요. 나머지는 다 따돌렸는데 저 벤츠한테서는 벗어날 수 없군요. 빨리 갑시다! 만약 저 차를 따돌리면 택시비를 두 배로 드리죠."

"됐습니다!"

택시기사가 차분하게 답했다.

"거짓말을 잘하시네요! 어쨌든 저 차는 클럽에서부터 우리를 쫓아오고 있어요."

"거봐요! 제가 말했지 않습니까."

막스가 계속했다

"저 차를 따돌릴 겁니까, 안 할 겁니까?"

"어떻게 따돌릴 수 있겠어요? 저 차는 아주 잘 달리는 차라고요. 저 차를 따돌릴 수 없을 거예요."

택시기사가 우는 소리로 말했다.

"그래도 시도는 해보죠⋯."

"그럴 필요 없어요."

내가 말했다.

우리는 벌써 크렘린을 지나는 볼쇼이 카멘니 다리를 건너고 있었다.

"모스크바 강가에 잠시 들릅시다."

나는 완전히 힘없이 말했다.

"제가 지금 손님들을 태우고 시간을 얼마나 허비했는데요."

택시기사는 울 것 같았다.

"그래요! 그럼 계속 가시든가요. 제가 토하면 차 안 청소도 스스로 하시고요."

내가 말했다.

"사샤, 속 안 좋아?"

막스가 내 쪽을 봤다.

"차 돌려요, 젠장! 대체 왜 자꾸 투덜대는 겁니까!"

막스가 택시기사에게 사납게 쏘아붙였다.

"투덜대지 마시오. 우리가 지불…."

우리 차가 다리에서 오른쪽으로 꺾어졌다. 그리고선 다리 밑으로 다시 돌아와 강가로 갔다. 차가 크렘린 맞은편에 멈춰 섰다. 나는 바로 차에서 내려 인도를 가로질러 강으로 다가갔다.

"투덜대지 말라니까. 우리는 도망가지 않아요. 여기서 기다리고 있어요! 도대체 사내가 돼서 쪼잔하게 그럽니까!"

뒤편에서 막스 목소리가 들려왔다. 사방에서 작은 눈송이가 흩날리고 있었다. 막스가 뒤에서 다가왔다.

"사샤! 고전적인 방식으로 해보자고! 두 손가락을 목구멍에 집어넣고…."

"잠깐만, 잠깐만 막스."

"그래."

우리는 깨끗한 눈밭에 서 있었다. 우리 앞에는 얼어붙은 모스크바 강이 있었고, 그 너머로 크렘린이 아름다운 조명을 받으며 우뚝

서 있었다. 크렘린 벽의 톱니 부분과 탑의 경사면, 턱진 부분에 눈
이 쌓여 있고, 그 위로 사원의 양파 모양 지붕이 마치 기묘한 풍선
처럼 걸려 있었다.

얼어붙을 듯 추웠다. 뒤로는 차가 드문드문 지나갔다. 우리는 서
서 아무 말도 하지 않았다.

"맞는 말이야. 여기서는 토하지 않는 게 좋겠다."

막스가 말했다.

나는 아무 말도 하지 않았고, 아무런 생각도 하지 않았다. 나는
숨을 쉬고 있었다. 차가운 공기를 들이마셨다.

"그래, 사샤. 봐! 우리는 이 경치에 익숙해져 있어. 엽서랑 포스
터, 텔레비전에서 봤잖아. 아주 어렸을 때부터 크렘린, 크렘린을 봤
다고. 그게 지금 여기 눈앞에 있어! 어떤 일본인이나 호주인이 이
건물을 얼마나 오랫동안 놀라운 눈으로 보고 있었을지 생각해봐!
그런데 사샤, 내가 멍청해서 이런 생각을 하는 것일 수도 있겠지만,
크렘린은 아주 이상하게 생긴 것 같아!"

막스가 큰 동작으로 크렘린을 가리켰다.

"정말 이상하지 않아? 저건 아무것도 닮은 게 없다고. 그렇지, 사
샤?"

"응, 막스. 저건 아주 이상하게 생겼어!"

나는 이렇게 말하면서 고개를 끄덕였다.

어느 날 이른 아침 붉은 광장에 서 있던 때가 생각난다. 사람들

은 거의 없었다. 나는 크렘린을 보면서 이게 바로 크렘린이구나 생각했다. 고향 도시에서 텔레비전 화면으로가 아니라, 오래된 신년 엽서에서가 아니라 바로 내 눈앞에서 크렘린을 보고 있었다. 다가가서 만져볼 수도 있었다.

이제 나는 크렘린에서 불과 몇십 킬로미터 떨어진 곳에 살고 있다. 하지만 그렇다고 내가 크렘린에 가까워진 건 아니었다. 크렘린은 내가 붉은 광장에서 바로 앞에 서 있든 블라디보스토크 같은 곳에서 텔레비전으로 보든 언제나 먼 곳에 있었다. 저쪽 세계, 크렘린의 벽 너머에서 벌어지는 일들은 나에게 직접적으로 와 닿지도 않았고, 나와는 별개의 일이었다! 나와 크렘린 사이의 거리는 일반적으로 길이를 재는 방식으로 측정할 수 없다. 절대적 수치로 말할 수 있는 게 아니었다! 모스크바에 있든 하바롭스크에 있든, 그건 중요하지 않다. 내가 어디에 있든 크렘린은 언제나 멀리 있었고, 어릴 때와 마찬가지로 비현실적이었다.

하지만 나는 지금 차분하게 서 있다. 나는 어느 모로 보나 이상하고, 또 어느 모로 보나 놀라운 이 건물을 보고 있다. (어떻게 말해야 할지 모르겠지만) 기이한 허상인 크렘린을 내 눈으로 보고 있다. 그리고 아주 차분했다.

최근 들어 나는 뉴스를 보지 않게 됐다. 텔레비전 자체를 전혀 보지 않았다. 전에도 뉴스를 즐기는 건 아니었지만, 꼭 챙겨 보긴 했다. 매일 아침 뉴스를 채널별로 봤다. 다양한 채널이 같은 사실을 어떻게 보도하는지 비교했다. 정부 개각이 어떻게 진행되는지, 부정부패 척결은 어떻게 돼가고 있는지, 사할린을 덮친 태풍의 영향은 어떤지, 항공개발 분야에는 어떤 소식이 있는지, 환경 부문이나 스포츠, 날씨는 또 어떤지를 아는 게 너무나 중요했다. 나는 이 모든 소식에 흥미를 느꼈다.

그런데 이제는 흥미로울 게 하나도 없다는 것, 정확히 말하면 중요한 사건은 하나도 일어나지 않는다는 게 분명해졌다. 중요한 사건은 어디에서도 일어나지 않고 있다! 전 세계에서 그리고 바로 저 크렘린 벽 너머에서도 말이다. 모든 사건은 아무 의미도 없었다. 거짓말을 일삼는 못난 사람들만 비춰주는 뉴스를 뭐 하러 본단 말인가. 어쩌면 뉴스에서 목축업에 대해서나 캐나다 어느 지역에서 발생한 산불로 인한 피해를 보도할 수도 있다. 그런데 캐나다는 첫째, 숲이 많고, 둘째, 산불을 끌 줄 안다. 그러니 그런 뉴스를 뭐 하러 본단 말인가?

지금은 모든 일이 나와 관련해서만 일어나고 있는 것이 분명했다. 그러니 이 세계는 휴식을 취할 수 있다. 지금은 내가 모든 일의 중심에 있다. 정확히는 세상 일이 나를 중심으로 돌아가고 있다. 분명 항공기 사고는 파키스탄에서 일어났다. 하지만 바로 그 시간에 내가 공항을 향하고 있지 않았던가. 언제나 사건 간 상호관계가 이렇게 쉽게 성립하는 것은 아니다.

뒤에서 빵빵거리는 소리가 들렸다. 우리의 택시기사가 클랙슨을 울리고 있었다. 우리를 부른 거다.

"당장 한 방 먹여주겠어."

막스가 말했다.

"왜 저 멍청한 인간의 차에 타게 된 건지."

막스는 언성을 높여 택시기사에게 소리쳤다.

"한 번만 더 그딴 소리 내면 나한테 운전 시험을 받게 될 거야! 무슨 뜻인지 알아들어? 유료 시험일 거라고!"

막스가 목소리를 낮춰 말했다.

"뭐 저런 멍청한 인간이 다 있어! 그런데 저기 네 차도 있네."

막스가 손가락으로 조금 떨어져 서 있는 벤츠를 가리켰다.

"됐어, 가자."

내가 말했다.

"너 괜찮아?"

"괜찮아, 가자."

"사샤, 기다려봐. 미안. 당연히 이게 아주 예의 없고 비상식적인 행동이라는 건 알지만, 나는 더 이상 참을 수 없다."

막스가 말했다. 그리고는 바지를 내렸다.

우리는 크렘린을 보면서 깨끗한 눈 위에 소변을 봤다. 화나 반발심 없이 그냥 그렇게 소변을 봤다. 나는 눈 위에 깊은 구멍을 하나 뚫었고, 막스는 뭔가 의미가 있는 듯한 말의 첫 글자를 겹쳐 그려놓았다.

24

우리는 야키만카 지역에 진입한 후 더 빨리 달렸다. 거리에는 차가 많지 않았고, 모두 빠르게 운전했다. 사람들은 시내에서 벗어나자마자 자유롭게 넓고 곧게 뻗은 길을 보고는 속도를 올렸다. 잘 빠진 새 차들이 양쪽에서 우리를 추월하여 빠르게 치고 나갔다. 길에서 발생하는 눈 섞인 소용돌이와 앞차 배기관에서 뿜어져나오는 가스가 섞였다.

"그러시겠지! 저 차들의 보닛에서는 가스가 어찌나 많이 뿜어져나오는지!"

택시기사가 말했다.

"당신이 욕할 자격이 있습니까? 당신은 미끄럼 방지가 안 되어 있는 타이어를 끼고 다니지 않습니까! 조심히 갑시다."

막스가 말했다.

우리가 빠른 속도로 악탸브리스카야 광장에 접근할 때 오른편에서 회색 아우디가 우리 차를 위험하게 앞지르고는 우리의 앞 차도 추월하기 위해 거칠게 차를 몰았다. 앞 차가 약간 오른쪽으로 기우뚱하며 밀려났다. 그 후에는 무슨 일이 일어난 건지 이해할 수 없었다. 하지만 옆으로 밀려나가던 차가 계속 한쪽으로 쏠리더니 오른쪽 차선의 낡은 볼보를 들이받고 총알처럼 튕겨나갔다. 기울어진 차의 운전사는 브레이크를 급히 밟은 것 같지만, 길은 굉장히 미끄러웠다. 그 불운한 차는 차도에서 탈선해 광고판에 박혔다.

볼보의 운전자도 브레이크를 밟은 것 같았지만, 빙글빙글 돌다가 커다랗고 하얀 지프차와 충돌했다. 우리 택시기사는 차를 왼쪽으로 확 꺾었다. 우리는 반대편으로 미끄러졌다. 우리 차가 충돌하기 몇 초 전, 이미 피할 수 없다는 게 분명했다. 자동차 라이트가 바로 눈앞에서 반짝였고, 저쪽 운전대를 잡은 사람은 최대한 우리와의 충돌을 피하려고 했다.

"꽉 잡아!"

막스가 소리쳤다.

우리가 탄 차는 다른 차에 그리 세게 들이받힌 게 아닌데도 충격이 꽤 커서 차가 완전히 뒤집어졌다. 나는 아래에 처박혔고, 막스는 운전기사 쪽으로 떨어졌다. 모든 게 정지했다.

택시 안으로 찬 공기가 들어왔다. 앞 유리가 바깥쪽으로 빠져 있었다. 차는 왼쪽 측면으로 누워 있었다.

"이봐요, 살아있습니까?"

막스가 택시기사를 흔들었다.

"사샤, 너는?"

우리 모두 무사했다. 몇 초 후에 우리는 차에서 빠져나왔다. 우리를 들이받은 차는 꽤 멀리 서 있었다. 그 차에서 뚱뚱한 아저씨 한 명이 달려오면서 소리쳤다.

"다행이야! 살아있어. 다행이야!"

다른 쪽에서도 사람들이 우리에게 달려왔다.

막스는 길 건너편에 있는 충돌한 볼보와 지프차로 뛰어갔다. 회색 아우디는 보이지 않았다.

"도망쳤어, 제길!"

택시기사가 어깨를 들썩이며 말했다.

나는 막스를 뒤쫓아 뛰어갔다. 왼쪽 무릎에 약간 통증이 느껴졌다. 그래도 대체로 괜찮았다. 앞 좌석 뒤편에 얼굴을 박았던 것 같지만, 아직 아무 느낌이 없었다.

볼보는 오른쪽 측면이 심하게 훼손되어 있었다. 보기에 처참했다. 몇 초가 지났다. 사고 차량으로 달려온 다섯 명이 순간 타인의 비극에 끼어들기를 주저하듯 멈춰 섰다. 막스가 볼보로 가서 뒷문을 당겼다. 뒷문은 바로 열렸다. 여성의 찢어지는 듯한 비명이 들려왔다. 그때 막스는 이미 운전석 문을 열려는 참이었다. 막스는 문이 쉽게 열리지 않아서 있는 힘을 다하고 있었다.

"뭐하고 자빠져 서 있는 겁니까?"

막스가 소리쳤다.

"구급센터에 전화라도 해요!"

중앙선으로는 경찰차가 사이렌을 울리며 오고 있었다.

막스가 마침내 볼보의 운전석 문을 열었다. 막스의 팔에 하늘색 잠바를 입은 젊은 청년이 떨어졌다. 바로 그 순간 모든 움직임이 돌아왔고, 동시에 모두 소리치기 시작했다. 누군가 지프차의 운전석 문도 열었다. 지프차는 거의 멀쩡했다. 안에는 모피를 입은 작은 여자 한 명이 앉아서 양손으로 머리를 감싸고 있었다. 그녀의 날카로운 얼굴에는 안경이 씌워져 있었다. 그녀는 눈을 감고 있었다.

"사샤, 저쪽은 어떤지 봐봐."

막스가 나에게 소리치면서 광고판에 박힌 차를 가리켰다.

이상하게도 그 차 주위에는 몇 명 없었다. 두 사람만이 문을 열려고 애쓰고 있었다. 나는 그들에게 달려갔다. 문이 두 개 달린 낡은 일본 차였다. 문은 열릴 기미가 없었다. 안에는 사람들이 몸을 들썩이고 있었다. 운전석에는 마흔 살을 넘긴 듯한 남자가 앉아 있었는데, 그는 앞 유리에 머리를 박은 것 같았다. 그의 머리가 부딪힌 부분에 금이 가 있었다. 제대로 박은 거다. 얼굴도 심하게 망가져 있었고, 운전대도 그의 가슴에 부딪혀 박살이 나 있었다. 앞 좌석에 앉은 여성은 아주 잘 견디고 있었다. 울고는 있었지만, 공황상태에 빠지진 않았다.

문이 열리지 않았다. 유리도 빠지지 않았다. 운전석의 사내는 끼어 있는 게 분명했다.

"얼굴을 가리세요. 지금 앞 유리를 깰 겁니다."

길고 어두운 외투를 입은 키 큰 사내가 차 안에 있는 사람들에게 소리치며 잘 알아듣도록 몸짓을 해보였다. 그는 몇 초 전에 우리 쪽으로 달려왔다. 카페에 앉아 있던 그 남자였다. 나는 재빨리 주위를 둘러봤다. 벤츠가 십오 미터 떨어진 곳에 세워져 있었다. 벤츠의 문은 열려 있었다. 트렁크도 열려 있었다. 그리고 내 미행자의 손에는 금속 장비가 들려 있었다. 자동차 기중기인 듯했다. 우리는 아주 신속하게 행동했다.

"잠깐만요!"

내가 소리쳤다. 그리고 얼른 외투를 벗어 쇠로 된 장비를 감싼

뒤 유리를 깼다. 모든 것이 순식간에 진행됐다.

우리는 여자를 쉽게 빼낼 수 있었다. 뚱뚱한 여자였다. 여자는 고통을 거의 안 느끼는 듯했다. 하지만 오른팔이 빠지고 어깨가 심하게 탈구된 것 같았다. 여자는 안전벨트를 매고 있었지만, 남자는 아니었다.

우리는 그 여자를 눈 위에 눕혔다. 먼저 눈 위에 내 외투를 펼쳐서 깔아놓은 후 그 여자를 눕혔다. 그 여자는 남편의 상태를 걱정하고 있었다. 그런데 남편은 우리 힘으로는 빼낼 수 없었다. 그는 의식을 잃었고, 차에 꽉 끼어 있었다. 우리가 그를 꺼내는 도중 내 손이 의도치 않게 피범벅이 된 그의 가슴에 닿았고, 그의 갈비뼈가 부러졌다는 걸 바로 느꼈다. 그러니까 그의 갈비뼈는 완전히 부서져 있었다.

곧 구급차 몇 대가 도착했고, 구급대원들이 뛰어왔다. 그들은 우리를 사고차량에서 밀쳐냈다. 나는 한쪽으로 물러섰다. 나는 부서지고 망가진 몸에 닿은 내 손의 촉감을 떠올렸다. 기분이 좋지 않았다. 주위의 소리가 잠잠해졌다. 사이렌 불빛이 돌아가는 차들이 잔뜩 서 있는 광경이 마치 미국영화의 결말에 나오는 장면 같았다.

나는 차가운 땀이 셔츠 아래 등줄기를 타고 흐르는 것을 느끼며 조금 더 뒤로 물러섰다. 속이 울렁거렸고, 토할 것 같았다. 내 위는 사실상 텅 비어 있었다. 액체만 들어 있었다. 나는 다시 경련이 느껴졌다. 그리고 몇 걸음 옮긴 후 무릎을 꿇고 앞으로 고꾸라져서는 정신을 잃었다.

기차가 흔들렸고, 기차바퀴가 탁탁 소리를 냈다. 기차 안은 어두웠다. 나는 눈을 감고 앉아 있었다. 잠들지는 않았다. 같은 칸을 쓰는 해군 소령은 깡마르고 말이 없는 남자로, 위 침대에 누워 잠결에 끙끙대고 있었다. 내 맞은편 아래 침대에는 포병 중위가 자고 있었는데, 그는 코를 골았다. 나는 누군가 코를 골면 도무지 잘 수가 없었다. 주위에서 이야기를 하거나 노래를 하고 웃는 상황에서는 잠들 수 있다. 개가 짖고, 소가 울고, 새가 노래해도 잘 수 있다. 하지만 누군가 코를 골면 (심지어 벽 너머에서 골더라도) 잠들 수 없었다. 나는 내가 코 고는 소리에도 잠을 깬다.

나는 앉아 있었다. 우리 부대 수송열차가 출발하자, 나는 지쳐버렸다. 다 잘될 거라며, 아니 정확하게는 이미 모든 게 잘되어 가고 있다고 나 자신을 위로하는 데 지쳤다. 진정하라고, 착하게 굴라고, 굳건하라고 나 자신을 다독이는 데에도 지쳤다. 나 자신에게 '조금만 기다려, 다 해결될 거야!'라고 말하는 데에도 지쳤다. 이게 다 무슨 소용인가? 무엇을 해결한단 말인가? 이미 벌어진 일인데. 나는 조용히 앉아서 울었다.

강력한 폭발음이 들리며 열차가 흔들렸다. 유리창이 모두 날아갔고, 창문 너머에서 일어난 폭발로 사방이 붉게 물들었다. 또 한 번의 폭발! 열차는 멈추지 않고 달렸다. 곧 어마어마하게 큰 소리가 들려왔다. 폭발음과 비명, 열차가 움직이는 소리, 급강하하는 비행기 소리. 우리를 폭격하고 있었다.

나는 복도로 뛰쳐나갔다. 내 뒤로 해군 소령이 나왔다. 모든 열차 칸에서 사람들이 하나 둘씩 나오기 시작했다. 거의 모든 창의 유리가 깨져 있었다.

"발, 발 조심하세요! 유리입니다!"

누군가 소리쳤다.

순간 열차 칸에 전등 빛이 들어왔다.

"전등을 꺼요, 제길!"

내가 소리쳤다.

"전등을 깨야 해요! 불을 켜면 우리 위치가 완전히 드러나요!"

나는 비행기가 우리 위치를 파악하게 되는 것보다 우는 모습을 들킬까 봐 걱정하고 있다는 걸 깨달았다.

25

정신을 차려보니 나는 자동차 뒷좌석에 앉아 있었다. 차문은 열려 있었으며 나는 옆으로, 그러니까 다리를 밖으로 빼고 앉아 있었다. 어깨에는 외투가 걸쳐져 있었다. 나는 그 벤츠에 앉아 있었다. 막스와 긴 외투를 입은 사내는 옆에 서서 이야기를 나누고 있었다. 남자는 담배를 피웠다. 사이렌이 울리더니 구급차 한 대가 현장을 떠났다. 주위에 사람들이 엄청 많았다. 카메라를 든 기자까지 와 있었다.

"사샤, 몸은 좀 어때?"

막스가 물었다.

"살아는 있어."

내가 대답했다.

나는 그렇게 말하고 난 후 부르튼 입술과 턱의 통증을 느꼈다. 하지만 얼굴에 피가 나지는 않았다.

"아까 네가 구하려던 그 남자는 실려갔어. 별 문제 없으면 좋겠는데, 여자도 실려갔고. 다른 차의 여자도 실려갔어. 그 여자는 아주 멀쩡해."

막스가 내게 말해줬다.

"그런데 당신, 도망친 차 번호 기억하십니까?"

벤츠 주인이 물었다.

"아니요. 신경 쓰지 않아서요. 회색 아우디라는 것은 기억나는데. 그게 다예요."

내가 답했다.

"이럴 수가, 아무도 차 번호를 보지 못했다니!"

막스가 말했다.

"사람도 아니야. 볼보를 탄 사내는 완전히 힘이 풀려 있어서 그를 꺼내려고 차를 절단해야 했어. 운전사는 살아있었는데, 뒷좌석에 여자가 둘 타고 있었어. 한 여자는 타박상 하나 없지만 다른 한 여자는 다리가…. 악몽이야, 악몽 그 자체라고. 그런데 충돌이 얼마나 심했는지! 지프차가 원래 무겁기도 하고…."

"들이받은 힘이 어마어마했지요. 제가 마침 지프차 뒤에 가고 있었는데, 겨우 차를 돌렸어요."

외투를 입은 사내가 말했다.

"여자가 차를 멈추긴 했지만 어쩌겠습니까! 그 여자 탓이 절대 아니에요."

"그건 그렇고, 저는 막심이라고 합니다."

막스가 자신을 소개하며 손을 내밀었다.

"미하일 알렉스입니다. 미하일이라고 하시면 됩니다."

우리의 미행자도 막스와 악수했다.

"그리고 이쪽은 사샤고요."

막스가 나를 소개했다.

내가 고개를 끄덕여 보였다.

"알고 있습니다."

미하일이 말했다.

"그런데 당신은 도대체 왜 계속 우리 뒤를 쫓는 겁니까?"

막스가 누구도 따라 할 수 없는 그 특유의 어조로 물어봤다.

"저는 그 일에 관해서는 말할 생각이 없습니다."

"어쨌든 이상하지 않습니까. 하루 종일…."

막스가 뭔가를 호소하듯 말했다.

"그만 합시다! 얘기할 생각이 없다고 말씀드렸습니다."

이 말이 아주 날카롭고 강경하게 울렸다.

이때 우리 택시와 부딪힌 차에서 내렸던 남자가 우리에게 다가왔다.

"여러분, 살아있어서 내가 얼마나 기쁜지. 세상에!"

그는 미소지었다. 그의 손에는 술병이 하나 들려 있었다. 굉장히 아름다운 병이었다.

"우리 운전사가 미처 피하지 못했습니다. 끔찍한 일이죠! 제 아내는 지금까지도 말을 못하고 있어요. 그런데 오늘은 제 생일입니다. 기념일이에요! 놀랍지 않아요? 육십 세 생일이었어요. 집에 들어가고 있었는데 이런 일이….."

"축하드립니다."

막스가 이렇게 말하고서는 오늘 생일을 맞은 남자와 악수했다.

"그쪽은 그러니까 다 괜찮은 겁니까?"

"네, 다행이지요. 정면으로 부딪혔으면 끝났겠지만요. 여러분과 이렇게 대화할 수도 없었을 겁니다. 제 차는 거의 탱크 수준이에요. 한번 보세요. 여러분 차를 아주 살짝 들이받은 건데도 당신네 차는 옆으로 뒤집혔잖아요. 마치 영화의 한 장면 같았습니다."

"맞아요! 정말 영화 같았습니다."

미하일이 고개를 끄덕였다.

"이봐요, 형씨들. 받으시오."

그 남자가 우리에게 병을 내밀었다

"선물받은 건데, 저는 안 마실 거거든요!"

그는 술을 마시지 않는 걸 사과하듯 일그러진 표정으로 웃었다.

"저는 벌써 제 몫을 다 마셨어요."

막스는 예의를 차리느라 잠시 거절했지만, 결국 술병을 받아들었다.

"우리의 운과 저쪽(그가 손가락으로 하늘을 가리켰다)에서 아직 우리를 지켜주고 있다는 데 감사하며 마십시다. 그리고 괜찮으시다면 저를 위해서도 건배해주시고요. 어쨌든 제 생일이니까요!

"이름이 어떻게 되시죠?"

막스가 물었다.

"아, 그렇군요!"

그는 주머니에서 명함을 꺼내 우리에게 한 장씩 돌렸다.

"제 도움이 필요하면 연락하세요. 전화해서 야키만카에서 새벽에 만난 사람이라고 상기시켜주면 됩니다. 그럼 잘들 가시오! 제 차가 이제 움직이는군요. 이제 출발할 겁니다. 그럼 이만!"

우리는 그에게 인사했다. 그는 자신의 자동차 쪽으로 천천히 뛰어갔다. 조금 떨어진 곳에서 키 크고 건장한 사내가 그를 기다리고 있었다. 경호원이거나 운전기사 혹은 둘 다일지도….

"착한 아저씨군."

막스가 말했다.

"'러시아 정부 차관….'"

막스가 명함을 읽었다.

막스는 휘파람을 불고는 명함을 주머니에 넣었다.

또 한 대의 구급차가 공기를 찢는 듯한 소리를 내며 도착했다.

"지금 가서 뺑소니범이 어떻게 됐는지, 잡았는지 알아볼게."

막스가 말했다.

"미하일, 조금만 기다려주세요. 사샤가 조금 더 앉아 있도록 해주세요. 빨리 갔다 오겠습니다."

"당연히 기다려야지요. 당신이 안 오는 데 어딜 가겠습니까."

미하일은 이렇게 말하고는 쓴웃음을 지었다.

"감사합니다."

막스는 나에게 술병을 넘겨주고 달려갔다.

"네 서류가방 잊지 말고 챙겨."

내가 막스의 뒤에 대고 소리쳤다.

고요함이 엄습했다. 주위는 아주 소란스러웠지만, 나는 고요함을 느꼈다. 정확히 말하자면 침묵이었다. 미하일은 담배를 피우기 시작했다. 나는 그의 자동차로 눈을 돌렸다. 차 내부는 깨끗했고 뒷좌석에는 신문과 미네랄 워터 큰 병 하나가 놓여 있었다. 이 사람은 하루 종일을 차에서 보냈으면서도 차를 어지럽히지도, 담뱃재로 뒤덮지도 않았다.

우리는 말이 없었다.

모든 공기와 힘이 내 몸 속에서 빠져나간 것 같았다. 나는 속이 비어 있다는 것 외에는 정말 아무것도 느낄 수 없었다.

'그녀에게 전화할걸.'

머릿속에서 이런 소리가 들려왔다.

나는 그녀에게 전화를 걸고 싶었고, 따뜻한 물로 씻은 후 수프를 먹고 싶었다. 걸쭉하고 뜨거운 수프를 먹고 싶었다.

우리는 말이 없었다.

나는 서서 담배를 피우는 이 키 크고 강한 남자, 분명 나보다 훨씬 나이 많은 이 남자에게 내가 이상한 죄의식을 느끼고 있음을 알아차렸다. 내 일은 잘되고 있는데, 일이 잘 안 풀리는 사람 주위에 있거나 나보다 돈이 없는 사람 주위에 있을 때면 언제나 비슷한 느낌이 들었다. 미하일의 상황은 분명 나보다 좋지 않았다. 그는 줄담배를 피웠고, 주위 온도를 느끼지 못하는 게 분명했다.

그런데 나는 얼어 죽을 것같이 추웠다. 목도리도 없었다. 어디선가 잃어버렸나 보다. 외투는 축축해져서 늘어져 있었지만, 그래도 입고 있어야 했다. 그걸 제대로 입고 단추를 잠가야 하는데, 그럴 힘이 없었다. 나는 스카프를 고쳐 매면서 손에 피가 묻어 있는 걸 봤다. 다른 사람의 피다. 셔츠는 완전히 더러워졌다. 그래도 어쨌든 나는 두 다리로 지탱하고 일어나 눈을 모아서 손을 닦기 시작했다. 그리고 외투를 제대로 입고 다시 자리에 앉았다.

우리는 말이 없었다.

나는 막스가 건네준 병을 살펴보았다. 코냑이었다. 처음 보는 코냑이었는데, 라벨에 쓸데없는 글자가 많이 쓰여 있었다. 하지만 좋은 것임에 틀림없었다. 싸구려 코냑을 정부 인사의 육십 세 생일에 선물하지는 않을 테니까. 미하일은 계속 담배를 피웠다.

"됐습니다. 이제 가도 되겠어요."

막스가 돌아와서 말했다.

'막스가 서류가방을 갖고 있군.' 나는 생각했다.

"목격자 진술은요?"

미하일이 물었다.

"이미 다 확보했습니다. 증언은 충분해요. 제 전화번호를 남겨놨습니다. 원한다면 당신 것도 남겨 놓으세요. 저와 사샤는 이제 가겠습니다."

막스는 이렇게 말하고는 미하일에게 눈을 찡긋했다. 미하일은 아무 말도 하지 않았다. 막스가 말을 이었다.

"아우디 차 번호를 누가 기억해냈는지 상상이나 가십니까? 우리 택시기사였어요! 알고 보니 쓸모있는 사람이었다니까요! 듣고 있어, 사샤? 우리 택시기사가 기억했다니까! 그는 그러면서 우리가 택시비를 지불하지 않았다고 그러는 거야. 그래서 돈을 줬는데, 불만스러워하더라고. 그래서 내가 말했지. '당신은 우리를 목적지까지 데려다주지 않았잖소. 아예 주지 않아도 할 말 없습니다'라고. 그랬더니 자동차가 부서졌는데 이제 어쩌느냐면서 우는 소리를 하더라고. 그래서 이렇게 물어봤지. '나한테 새 차를 사달라는 거요, 뭐요?' 그랬더니 우리를 태우지만 않았어도 여기 올 일도 없었을 거래. 당연히 맞는 말이지. 하지만 웬 불평이야, 안 그래? 됐어. 이제 가자. 여기서 멀어?"

"아니, 거의 다 왔어."

내가 대답했다.

"'거의 다'라니 잘됐군!"

막스가 웃음을 터뜨렸다.

"걸어가자. 저쪽이야."

내가 손을 뻗어 방향을 가리켰다.

"오 분만 걸으면 돼."

"앉으세요. 저기까지 태워다 드릴게요. 어쨌든 저는 당신들 뒤를 쫓을 거니까요. 앉으시죠."

미하일이 말했다.

"앉으세요."

"감사합니다."

막스가 말했다.

"아주 친절하시네요! 사샤, 들었어?"

"응, 감사합니다."

"빈정대지는 마시고요!"

미하일이 말했다.

"타시라니까요. 어디로 가면 됩니까?"

"미국식 레스토랑인데, 혹시 아세요?"

내가 말했다.

"압니다."

미하일이 답했다.

"세상에, 내가 지금 무슨 짓을 하는 거지! 이건 헛짓이야! 쓸데없는 짓!"

미하일이 조용히, 하지만 절망적이고 쓰린 목소리로 혼잣말을 중얼거렸다.

우리는 침묵 속에 갔다. 딱 이 분밖에 걸리지 않았다. 미하일은 우리를 레스토랑까지 데려다주고는 차를 세웠다. 나와 막스는 차에서 내리지 못하고 앉아서 어떻게 행동해야 할지 망설이고 있었다.

"저희와 함께 가시죠. 커피라도 좀 마십시다."

마침내 막스가 입을 뗐다.

"뭐 하러 여기 앉아 있습니까, 어쨌든…."

"저는 가지 않을 겁니다. 권하지 마십시오."

"정말로 같이 가십시다. 뭔가 이렇게 가기가 그래서요. 만일…."

내가 말했다.

"부탁인데, 저한테 말 걸지 마십시오! 저는 당신과 이야기할 수 없습니다. 저는 굉장히 지쳐서 쓰러져버릴 것 같아요. 이 상황을 더 멍청하고 우습게 만들지 맙시다. 제발 입 다물어주세요!"

그가 내 말을 잘랐다.

"알겠습니다."

막스가 말했다.

"하지만 우리는 뭔가 좀 먹을 건데 당신도?"

"뭘 하든 마음대로 하세요. 제발 저는 신경 쓰지 마시고요."

"죄송한데 말입니다. 계속 저희를 쫓아오는데 어떻게 당신을 신경 쓰지 않을 수 있겠어요?"

내가 말했다.

"조용히 해요. 됐습니다! 제가 목적지까지 태워다 드린 거죠? 그럼 다 된 겁니다! 제 차에서 내려요. 나가요!"

미하일이 소리쳤다.

우리는 즉각 차에서 내렸다. 막스는 어깨를 으쓱해 보였다. 막스의 손에는 서류가방이 들려 있었고, 내 손에는 코냑 병이 들려 있었다. 우리는 레스토랑으로 걸어갔고, 벤츠는 그 자리에 서 있었다.

26

"죄송합니다만, 이곳에 주류를 가지고 들어오실 수 없습니다."

입구에서 손님을 맞는 여자가 말했다.

"주류 반입은 금지입니다."

"아, 그게 아니라…."

내가 말을 시작하려 하는데 막스가 가로막았다.

"아가씨, 혹시 얘기 들었나요?"

막스가 손을 흔들며 어딘가를 가리켰다.

"바로 저기, 인근에서 방금 대형 사고가 있었거든요."

"네, 들었어요. 손님들 중 한 분이 말씀하시더라고요. 조금 전에 사고가 있었다고."

여자는 어려 보였다.

막스는 고개를 숙여 여자 가슴에 달고 있는 명찰에 뭐라고 쓰여 있는지 읽었다. 여자는 살짝 뒤로 물러났다.

"옐레나…."

막스는 소리 내어 읽었다.

"아가씨! 놀라지 마세요. 우리가 바로 그 사고를 당한 사람들입니다. 오늘 아침에 모스크바에 와서 정말 피곤한 데다 교통사고까지 당하다니! 정말 엄청나게 스트레스를 받고 있어요. 하지만 모스크바가 원래 그런 도시 아니겠어요. 옐레나! 아가씨는 모스크바 사람인가요?"

"네."

"토박이?"

"네, 여기서 태어났어요!"

"그렇군! 아가씨는 정말 행운아군요. 그에 비하면 우리는 방금 왔는데, 오자마자 바로 사고를 당했다는 거 아닙니까! 그런데 경찰하고 의사들이 와서는 우리에게 이 병을 주더군요. 그러면서 이걸 꼭 다 마셔야 한다고 했어요. 이게 스트레스를 줄여주고, 기분을 전환시켜줄 거라고. 그리고 사샤, 뭐라고 말했더라? '사고로 인한 충격 회복에 도움이 됩니다'라고 말이야. 그렇게 말했지! 그렇다는데, 우리가 어떻게 경찰과 의사들 지시를 따르지 않을 수 있겠습니까? 우리는 모스크바에 온 손님이에요! 아가씨, 한번 보세요. 모스크바에서 사고를 당한 사람들에게 얼마나 훌륭한 코냑을 제공하는지."

"매니저에게 한번 물어볼게요."

여자는 완전히 혼란스러워하며 말했다.

"아가씨, 들어가도 됩니까? 코냑 병은 숨길게요. 우린 정말로 사고 현장에서 온 거예요."

내가 말했다.

"우리는 좀 먹고 씻어야겠어요. 괜찮겠죠?"

"네, 네. 그러시죠! 들어오세요. 편안한 시간 보내세요."

그녀는 교육받은 대로 말했다.

나는 오랫동안 따뜻한 물로 씻었다. 그리고 한참 동안 거울 속의 내 얼굴을 바라보았다. 기억은 나지 않지만, 앞좌석 머리받침대에 강하게 부딪힌 것 같았다. 오른쪽 광대뼈가 부어올랐고, 입술도 마찬가지였다. 턱은 움직일 때마다 아팠다. 머리카락은… 그냥 봐도 머리를 감아야 한다는 것이 분명해 보였다. 그나마 머리를 짧게 자르지 않았더라면 훨씬 더 엉망이었을 것이다. 이마는 필요 없는 피부가 생겨난 것처럼 깊은 주름들이 패어 있었다. 수염은 벌써 기어 나왔다. 어떻게 몸은 끊임없이 이걸 만들어내는 걸까? 맞아, 기억 난다. 군대에 있을 때였다. 힘들거나 긴장된 상황에서는 수염과 손톱이 더 빨리 자라는 것을 보고 놀라곤 했었다. 그때는 단지 시간이 그만큼 빨리 흘렀기 때문에 많이 자란 것이라고 막연히 생각했었다. 맞아, 어쩌면 그게 진짜 이유일 수도 있겠다.

손에 묻은 핏자국을 씻어냈다. 물이 핑크빛으로 변했다. '영화 같군.' 나는 생각했다. 살인자들도 타인의 피가 묻은 자신의 손을 씻어낸다. 레스토랑 화장실로 가서 피를 씻어내는 것이다.

놀랍다. 뭔가 약간 흔하지 않거나 완전히 낯선 일이 발생하면 바로 이런 생각이 든다. '영화랑 똑같군.'

셔츠는 그냥 벗어 던져버리고 싶었다. 셔츠는 얼룩덜룩 했다. 오늘 하루 열 번 이상 땀을 흘렸고, 그 땀이 말라붙어서 생긴 것이다. 목에 감았던 스카프는 말려 올라가서 마치 밧줄처럼 보였다. 다 씻은 후 다시 홀로 돌아왔다. 막스는 테이블에 팔꿈치를 대고 앉아 두 손에 얼굴을 파묻고 있었다. 눈을 감고 있었다. 그가 얼마나 지쳐 있는지 알 수 있었다.

"가서 씻고 와, 막스. 한결 나아질 거야. 그러고 나서 집으로 가자. 잠을 좀 자야지."

"그래, 그래. 당연하지. 지금 씻을 거야. 당연하지."

막스는 눈을 뜨면서 중얼거렸다. 하지만 일어나려고 하지는 않았다.

"사샤, 생각나? 그 남자, 앞 좌석에 앉아 있던, 그 볼보에 앉아 있던 사람 말이야. 그 사람 죽었어. 아마 그 자리에서 죽었을 거야. 몸은 완전 박살났는데, 얼굴은 멀쩡했지. 눈은 감고 있었는데, 아마 놀라서 감았겠지. 그런데 얼굴 표정이 두려움이 아니라, 무언가를 원하지 않는 그런 표정이었어. '싫어!'라고 말하는 것 같은…."

이렇게 몇 마디 하고 막스는 옆 의자에 놓여 있던 코냑 병을 집어들었다. 병은 열려 있었고, 안에 들어 있는 액체는 약간 줄어 있었다. 막스는 병째로 크게 한 모금을 마시고는 얼굴을 찌푸리며 나에게 병을 내밀었다. 나는 거절의 뜻으로 고개를 저었다.

"그런데 저 남자 엄청 떨고 있어."

막스가 길가에 세워둔 벤츠 쪽을 향해 손을 흔들며 말했다.

"아주 오한에 들린 듯 떨고 있군. 저런, 어쩌면 좋아!"

"막스, 하지만 이건 아니야. 미친 짓이야. 온 도시를 쫓아다니다니! 어떻게든 붙어 있으려고 해야지."

"사샤, 빌어먹을! 저 사람에게 뭐가 필요하고, 뭐가 필요하지 않은지 네가 어떻게 알아. 저 사람이 지금 어떤 지옥 같은 상태에 있는지 넌 모르잖아. 저 지경까지 되려면 말이야. 저 사람 지금 죄책감에 시달리고 있다고! 봐봐, 안 보여? 저 사람 나약한 사람이 아니야! 기절할 수도 있었는데, 정신은 차리고 있잖아.”

“나약한 사람이든, 아니든 저 사람은 하루 종일 날 따라다니고 있잖아. 이건 히스테리야, 막스! 저 사람이 진짜 사내라면 이런 식으로 히스테리를 부리진 않을 거야. 나는 저 사람이 전혀 불쌍하지 않아. 서커스를 벌였을 뿐이라고 알겠어? 재수 없는 형사같이 말이야. 불쌍하긴 뭐가 불쌍해!”

“그럼 나는?”

“너는 뭐?”

“나는 불쌍한 거야, 사샤? 내가 할 일 없이 모스크바에 왔다고 생각하지? 그냥 아무 이유 없이 갑자기 온 거라고 생각하는 거지? 그저 퍼마시고 놀려고 말이야. 그래, 퍼마시고 놀려고 온 거야, 당연하지!”

막스의 표정이 축 늘어졌다. 두 눈 꼬리가 밑으로 처졌고, 그것 때문에 마치 개의 눈처럼 보였다. 마치 다 자라 늙고 우울한 수캐의 눈 같았다.

그때 웨이트리스가 메뉴판을 가져왔다. 나는 바로 레몬을 넣은 홍차를 주문했다. 레스토랑은 사람들이 있긴 있었지만 몇 안 되었다. 늦은 밤이었다.

“사샤, 아내가 날 떠났어.”

종업원이 물러나자 막스가 말했다. 이 말을 다 끝내기도 전에 그의 턱이 흔들렸다.

막스는 말을 하고는 바로 코냑 병을 입으로 가져갔다. 막스는 코냑을 삼키고는 경련을 일으키듯 기침을 해댔다. 테이블에 코냑이 튀었다. 눈에는 큰 눈물방울이 맺혔다. 막스는 울기 시작했다. 하지만 떨거나 흐느끼지는 않았다. 그는 눈으로만 울었다.

"떠났다고, 사샤. 그런데 알겠어? 다른 누군가에게로 간 게 아니라 그냥 나를 떠난 거야. 이해하겠어? 나에게서 떠난 거라고! 난 이제 어떻게 살아야 하지? 난 거기, 내가 살던 도시에 있을 수가 없어. 모든 게 끝나버렸어. 모든 것이!"

막스는 심하게 취했다.

"그래도 너만은 거기서 사는 게 부끄러워서 그런다고 생각하지 마. 내가 사람들이 수군거리는 소리를 두려워하고, 아내가 나를 떠난 사실이 사람들에게 알려질까 봐 두려워한다고 말이야. 물론 언젠가는 사람들이 알게 되겠지! 하지만 난 그게 두렵지 않아. 그리고 중요하지도 않고! 지금 와서 그게 무슨 상관이 있겠어?"

막스는 코냑을 한 모금 더 들이켰다.

"인생이 끝난 거야, 사샤! 나는 아내가 없어. 혼자였다가 결혼을 했는데, 아내가 떠나버렸어! 다시 혼자가 된 거야. 끝이야, 다시 원점으로 돌아간 거라고!"

종업원이 찻주전자와 큰 찻잔 두 개를 가져왔다. 나는 아직 우리가 무엇을 먹을지 정하지 않았다고 말했다. 종업원이 옆에 서 있는 동안, 막스는 어두운 창가 쪽으로 몸을 돌린 채 앉아 있었다.

"물론이야!"

막스는 손바닥으로 눈물을 닦고는 주먹을 쥐었다.

"난 인간 쓰레기야. 난 알아. 모든 게 옳아. 난 놀라지도 않았어. 아내는 나에게 싫은 소리 한 마디 하지 않고 조용히 떠나갔어. 예전에는 엄청 싸웠는데, 이번엔 붙잡아도 소용없을 거라는 것이 명백했어. 그렇게 떠나갔어. 나 자신이 그 상황에서 떠나고 싶었을 정도야. 모든 것을 아내 앞으로 남기겠다고 말했지. 그런데 싸늘하게 웃더니, 떠났어. 아내가 나를 바라보던 눈빛이 어땠는지 알아? 그걸로 끝난 거야! 마치 의사가 그 차 안에 죽어 있던 젊은 사람을 보았던 것처럼 날 바라봤어. 마치 동정하듯이, 이해한다는 듯이 그리고 판결을 내리는 듯이. 한번 바라보고 모든 걸 이해한 후 돌아서는 거야. 그리고 이런 상황에서는 '뭐가 문제입니까, 의사 선생님?' 하고 물어볼 필요도 없지."

난 막스와 내 찻잔에 차를 따르고, 레몬 조각을 넣었다. 그리고 막스의 이야기를 들으면서 레몬의 산성으로 홍차가 하얗게 되는 것을 바라보았다.

"아내가 떠났어, 사샤. 왜냐하면 더 이상 나에게서 아무것도 바랄 게 없었기 때문이야. 그런데 말이야. 나에 대해서는 명확하니까. 나 스스로에게도 이미 명확해."

막스는 소리를 내며 차를 홀짝였다. 홍차가 뜨거워 얼굴을 찌푸렸지만 계속해서 말했다.

"난 아내를 그렇게 많이 사랑하지는 않았어. 아니, 전혀 사랑하지 않았어. 하지만 사샤, 아내는 나를 사랑했어. 그랬어. 난 아내가 없어도 아무 문제없을 것 같았어. 그래, 그녀 없이도 살 수 있었어. 그래, 알겠지? 살 수 있어! 그런데 이제 와서 그게 아니라는 걸 깨달았어. 사샤! 난 겨우 인생을 버텨가고 있을 뿐이야! 진정한 나의 삶은 끝나버렸고, 이제는 죽어가는 과정이 시작된 거야."

"막스, 그런 말하지 마. 과장하지 말라고…."

"사샤, 과장을 하든 안 하든 모든 게 단순한 거야. 난 아내 없이 살아왔었고, 나중에 그녀를 만나 결혼하고 살았어. 그런데 이제 다시 아내 없이 혼자 살게 된 거야. 아내가 없는 삶은 이미 전부터 내가 살아왔던 삶이야. 무언가가 다시 반복된다면 그건 단순히 지루함을 넘어서, 더 이상 삶이 아닌 거야, 사샤! 삶이 아닌 거라고! 그냥 삶을 버텨가는 것뿐이야!"

막스는 다시 차를 마시기 시작했다. 술이 취해서 막스의 입술에서 나오는 말이 잘 들리지 않았다. 막스는 차를 마시면서 크게 공기를 들이마셨고, 차를 삼키고 다시 크게 숨을 뱉어냈다. 나도 차를 마시기 시작했다. 무슨 말을 해야 할지 몰랐다. 뭐라 할 말이 없었다. 그저 앉아서 보이는 것을 보고, 들리는 것을 들을 뿐이었다. 그게 다였다.

그 순간 나에게는 내 주변의 삶에 관여할 여력이 없었다. 내가 할 수 있는 것은 그저 앉아서 친구의 이야기를 들어주는 것뿐이었다. 그리고 그 이상은 아무것도 할 수 없었다.

"사샤, 난 이런 꿈을 자주 꿔. 다시 군대에 끌려가는 꿈. 젠장, 정말 이상한 꿈이야! 차에 태워서 바로 데리고 가는 거지. 그런데 난 놀라지도 않아. 그냥 어떻게 아내에게, 부모님에게 이 사실을 알려야 할지 생각할 뿐이야. 그리고 또 걱정하는 것은 내가 군 복무지에 갔을 때, 내가 신병이 아니라고 말해야 한다는 거야. 난 이미 복무를 마쳤다고….

이 꿈을 꾸고 나면 항상 섬뜩한 기분이 들어. 깨어나면 이 꿈에서 깨어난 것이 기뻤어. 그런데 지금은 기쁜 마음으로 다시 군대에 갈 수 있을 것 같아. 어디로든 말이야. 사샤, 난 이제 혼자 집에 남겨진 것이나 마찬가지야, 혼자 말이야. 이제 가서 좀 씻어야겠어."

막스가 일어났다. 그리고 코냑병을 집어들더니 조금 마시고는, 다시 테이블 위에 내려놓고 화장실로 갔다.

"지금 당장 그 술병을 테이블에서 치우세요."

날카로운 여성의 목소리가 들렸다. 난 눈을 들어 어두운 색 복장을 하고 있는 젊은 여자를 보았다.

"아니면, 경비를 부르겠어요."

"죄송합니다. 물론 저희가 잘못하긴 했습니다. 그런데 지금 저 친구가 상황이 정말 좋지 않거든요."

난 조용히 천천하게 말했다.

"우리는 방금 교통사고로 산산조각이 날 뻔했어요. 제 친구의 품 안에서 사람이 죽었어요. 술병은 치우도록 할게요. 더 이상 마시지 않겠습니다."

"부탁인데 이렇게 대놓고 술병을 올려놓지는 말아주세요. 저기 감시카메라가 있어요. 관리실에서 좋아하지 않을 거예요."

여자가 한결 누그러워진 목소리로 말했다.

"그럼요. 감사합니다! 그리고 정말 죄송하고요. 우린 곧 나갈 거예요. 그런데 혹시 수프를 주문할 수 있을까요? 어떤 수프가 있죠?"

"메뉴에 다 나와 있어요. 지금 종업원을 불러드릴게요."

"죄송하지만, 메뉴를 읽을 정신이 아니어서요. 직접 말씀해주시면 고맙겠습니다."

나는 솔직하게 말했다.

"프랑스식 양파 수프와 버섯 수프가 있어요. 러시아식 수프 보르쉬도 있습니다."

"보르쉬요? 여기 아메리칸 레스토랑 아니었나요?"

"러시아에 있는 아메리칸 레스토랑이죠!"

여자의 목소리에서 그녀가 이런 질문에 자주 대답해왔다는 것을 알 수 있었다.

"보르쉬가 있군! 보르쉬로 이인분 부탁드리겠습니다. 그런데 아가씨, 정말 지금 이 시간에 관리실에서 무슨 일이 일어나고 있는지 이곳을 지켜보고 있다고 생각하시나요?"

시계는 새벽 세 시 오 분을 가리키고 있었다. 난 놀랐다. 생각했던 것보다는 시간이 많이 흐르지 않았다고 생각했기 때문이다.

"나중에 녹화된 것을 다 보거든요!"

여자가 미소지었다.

"모든 게 녹화된답니다."

"그렇군요. 드라마가 따로 없네요. 대단합니다! 여기 관리실 사람들은 분명 재미있는 사람들일 거예요."

"보르쉬 이인분으로 하신다고 하셨죠?"

여자가 더 밝게 미소지으며 말했다.

"음료는요?"

"아이스 콜라에 레몬을 넣어주세요. 얼음은 조금 많이 부탁할게요. 빨대는 괜찮아요."

휴대전화가 울렸다. 벨 소리가 주머니의 깊은 곳 어딘가에서 새어나왔다. 휴대전화를 까맣게 잊고 있었다. 내 전화기! 어디 있지? 재킷의 왼쪽 주머니에 손을 넣었는데, 무언가 날카로운 것에 찔렸다. 꺼내보니 깨진 손전등이었다. 아마 차가 뒤집혔을 때, 내가 손전등을 깔아뭉갰나 보다. 주머니에 아직 파편들이 더 남아 있었다. 나는 깨진 손전등을 책상 위에 올려놓고, 베인 손가락을 입술로 가져갔다. 그리고 오른손으로 호주머니에서 전화기를 꺼냈다. 전화벨이 울리고 있었다!

27

휴대전화 화면에 표시된 것은 그녀의 번호였다! 발신자는 바로 그녀였다!

28

나는 내가 어떻게 살아남았는지 설명하기 어려웠고, 마찬가지로 정확하게 말을 전달할 수도 없었다.

"여보세요"라고 말하면서 나는 왜인지 자리에서 일어났다.

그리고 쭉 서서 대화를 했다.

그녀는 피곤하고 조금은 갈라진 목소리로 말했다. 그 목소리에서 얼마나 따뜻한 온기를 느낄 수 있었는지…. 그녀는 적당히 빠른 속도로 말했다. 아마도 미리 대화할 내용을 생각해둔 것 같았다.

그녀는 자신이 날 깨운 것은 아닌지 물었지만 곧바로 깨운 것 같진 않다고 말했다. 음악소리가 들린다고 했다.

"지금 레스토랑이에요. 막스와 함께요."

내가 말했다.

그녀는 내게 무슨 일이 일어나진 않았는지 물었다. 나는 왜 그렇게 묻느냐고 그녀에게 되물었다. 그녀는 나와 통화한 뒤로 잠이 들수가 없었다고 말했다. 얼마 전부터 나에 대해 심히 걱정이 되기 시작했고, 무슨 일이 있었는지 전화해서 알아보기로 결심했다고 말했다. 혹시 날 깨우게 된다 하더라도, 내가 용서해줄 것이라고 믿었다고 했다.

난 아무 일 없다고 했고, 저녁 내내 막심과 함께 모스크바의 여러 곳을 다녔다고 말했다. 실제로 불량배를 만났는데, 그 때문에 얼굴에 조금 상처가 나기도 했지만, 잘 넘어갔다고. 직접 보면 내가 괜찮다는 말을 믿을 수 있을 거라고 했다.

그녀는 다급하게 물었다. 언제 만날 수 있는지. 나는 항상 만날 준비가 되어 있다고 말했다.

그녀는 조금 격앙된 목소리로 아주 아름답게 말했다. 원한다면 지금 바로 나에게 올 수 있다고. 아니면 내가 올 수 있다면, 자신의 집 바로 옆에 이십사 시간 운영하는 곳이 있는데, 한 번도 가보진 않았지만 거기에서 보는 것도 괜찮을 것 같다고.

난 삼 초간 대답할 수 없었다. 그녀가 계속 말을 이었다. 그녀는 내가 전화한 후에 단 하나만을 바랐다고 말했다. 나와 말하는 것, 더 정확히는 나와 대화를 나누고 싶다고 말했다. 말하는 것이 아니라, 대화를 하고 싶다고 했다. 그리고 만일 어렵지 않다면, 가능하다면 지금 바로 그렇게 하고 싶다고….

그녀가 말하는 동안 나는 입고 있던 셔츠를 살펴보았고, 왼손으로 얼굴을 한번 만져본 후 고개를 돌려 길가를 바라보았다. 그곳 주차장 가로등 밑에 벤츠가 세워져 있었다. 나는 막스에 대해 생각했다. 지금 이 순간 화장실에서 어쩌면 울고 있을지도 모르는…. 나는 다시 한번 내 셔츠를 바라보았다.

그다음 순간 내 혀가 어떻게 굴러갔는지 모르겠다. 도무지 모르겠다. 난 지금 당장은 갈 수 없다고 말했다. 내 친구 막스는 지금 완전히 취해 있고, 좀 전에 얘기했던 불량배들이 막스의 가방을 갈취해간 데다가, 그 안에 신분증과 돈이 다 들어 있다고 말했다. 막스를 그냥 두고 갈 수 없다고. 그리고 레스토랑에 들어온 이유 역시 막스의 상태가 너무 나빠졌기 때문이고, 막스는 지금 화장실에 있다고 말했다. 또한 그녀가 걱정하는 것도 괜한 것이고, 지금 당장 우리에게 올 필요는 없다고 말했다. 나는 막스를 집으로 바래다줄 참이었다.

그녀는 조용히 들었다! 그리고 만일 돈이 가방에 들어 있었다면 아마도 큰 액수였을 것이라고 말했다. 나는 정말로 꽤 큰 액수였다고 말했다. 그러다가 조금씩 농담도 건넸다. 그녀는 조용히 웃었다. 즐거워서 웃는 것은 아니었다. 그녀는 내가 집에 도착하면 바로 전화해달라고 부탁했다. 그러면 걱정하지 않겠다고. 나는 그녀에게 그러겠다고 약속했다.

그랬다! 내 인생에서 이보다 더 어리석고 스스로를 배신하는 일을 저지른 적이 없었다. 나는 자리에 앉아서 휴대전화에 시선을 고정했다. 그리고는 코냑병을 집어들고, 크게 한 모금 들이켰다.

29

막스는 돌아와서 내 맞은편에 앉았다. 젖은 머리카락은 옆으로 넘겨져 있었다. 얼굴은 완전히 창백했는데, 아마 차가운 물로 씻은 것 같았다.

"아이쿠! 우리도 피해를 본 게 있네."

막스가 깨진 손전등을 눈으로 가리키며 말했다.

"사샤, 갑자기 왜 그러는 거야? 일 분도 혼자 두면 안 되겠구나. 무슨 일 있어? 너무 걱정하지 마! 이것과 똑같은 손전등을 어디서 파는지 내가 잘 알아….”

난 아무 대답도 하지 않았다. 그냥 그렇게 앉아 있었다. 무슨 말을 해야 할지, 무엇을 해야 할지 몰랐다. 마침 보르쉬를 가져와서 참 다행이었다.

“보르쉬잖아!”

막스는 놀라워했다.

“보르쉬라니! 사샤, 네가 주문한 거야? 넌 정말 천재야! 알고 보면 너도 어딘가에는 쓸모가 있군…. 사샤, 그런데 도대체 왜 그래?”

나는 침묵했다. 그리고 후추를 집어 보르쉬에 뿌리기 시작했다. 그냥 습관적으로 한 것이었지, 더 맛있게 먹기 위해서 한 것은 아니었다. 막스는 내가 다 뿌릴 때까지 기다렸다가 후추를 가져가서 똑같이 했다.

“스메타나는?”

막스가 저쪽을 향해 크게 말했다.

“보르쉬에 스메타나가 없으면 안 되죠, 아가씨.”

막스는 종업원에게 스메타나를 부탁했다.

“사샤, 물론 보르쉬에 코냑을 같이 먹는다는 건 비인간적인 일이지. 하지만….”

막스는 반항적으로 보이지 않기 위해 고개를 조금 숙여서 코냑을 병째 들이켰다. 그리고 나에게 병을 건넸고, 나도 한 모금 마셨다. 막스는 코냑 한 모금에 얼굴을 찌푸리며 내가 마실 때까지 기다렸다.

우리는 동시에 보르쉬를 먹기 시작했다. 보르쉬는 뜨거웠고, 훌륭했다. 푹 우려낸 보르쉬에서는 마늘 향이 배어나왔다.

"우리 할머니는 보르쉬가 피를 만드는 데 필요하다고 말씀하곤 하셨지."

막스는 내 기분을 좀 풀어주려고 했다.

"그래서 난 항상 더 많은 보르쉬를 먹으려 했어. 나에겐 많은 피가 필요하다고 생각했지. 피는 많을수록 좋을 거라고 생각했어."

레스토랑에는 오래된 미국 노래들이 조용히 흘러나왔고, 벽에는 오십 년대의 자동차와 여자 그리고 예술가의 사진과 그림들이 걸려 있었다. 얼마나 멋진 사람들인가, 얼마나 멋진 자동차들인가! 그리고 우리는 보르쉬를 먹고 있었다.

우리는 보르쉬를 다 먹었고, 이제 가야 했다. 끝났다! 이제는 정말 가야 했다. 가서 자야 했다.

"사샤, 이제 모스크바로 이사를 올까 싶어. 이 문제에 대해 네 조언을 듣고 싶어. 어떻게 생각해? 해볼 만할까?"

"막스, 이건 너의 일이야. 그런데 벌써 결정한 거야? 정말?"

"아니, 아니야. 아직 아무것도 결정하진 않았어."

"막스 너에겐 아직 결정하지 않은 것처럼 느껴지는 것뿐이야. 네가 이 일에 대해 언급했다는 건, 사실 이제 네가 곧 여기로 온다는 것을 의미한다고 봐야지."

"여기 올 필요 없다고 생각해?"

"막스, 너의 일이라고 말하고 있잖아. 너를 말리지 않을 거야. 다만 아직 뛰쳐나오지 않았을 때 한 가지만 기억해. 예전 집에서는 넌 항상 이런 느낌을 갖고 있었을 거야. 원하면 언제든지 떠날 수 있다. 그리고 어디로 갈지 알고 있다. 하지만 여기 오면 그런 느낌은 사라질 거야. 여기서는 더 이상 갈 곳이 없어! 다른 도시라면 어떨까? 의심의 여지없이 떠날 수 있을 거야. 여기만이 가지는 한계는 있어, 막스….”

“무슨 말인지 알겠어! 여기에 그런 한계가 있다면, 저기에는 외로움이 있어. 생각해봐, 그곳에서 난 모르는 사람이 거의 없어. 도시 사람의 절반은 알고 있다고. 그런데 바로 그것 때문에 외로워!”

“여기서도 막스, 외로움은 똑같아. 이럴 줄은 꿈에도 몰랐겠지! 도시가 크면 클수록 외로움은 더 강해지지. 모스크바는 정말 큰 도시야.”

나는 고개를 저으며 말했다.

“모스크바는 나에겐 너무 커, 막스. 너무 크다고! 난 내가 여기 정착했고, 익숙해졌다고 생각했어. 그런데 이곳에서 사랑에 빠지고 말았어! 이건 기적이야, 막스! 모스크바는 가능성이 없는 끔찍한 도시야. 너무나 크다고! 분명한 사실은 내가 그녀와 이곳에서 만나지 말았어야 했다는 거야! 모스크바에서 만남의 가능성은 제로에 가까워. 그런데 그런 일이 일어났다는 거야! 바로 여기 모스크바에서 말이야. 이렇게 거대한 도시에서 만났기 때문에 기적이라는 거야. 그런데 난 감당할 수가 없어. 그럴 만한 힘이 부족해. 이곳은 모든 게 너무 지나치단 말이야!”

"대신 사샤, 여기에서 시간은 내가 사는 곳보다 더 빨리 흘러. 모든 일이 빠르게 지나가는 만큼, 빠르게 진정될 거야. 내가 여기로 오고 싶은 것도 더 빨리, 그러니까 간단히 말해서 더 빨리 치유되고 싶어서야. 걱정하지 마, 사샤. 시간이 모든 걸 해결해줄 거야."

"만약 그렇다면 막스, 내가 누구기에 시간이 내 모든 걸 해결해준다는 거지? 내가 누군데! 부탁이야, 나에게 아무것도 물어보지 마. 내가 누구기에 너에게 이래라 저래라 조언할 수 있겠어. 한 가지만 알아둬, 막스. 여기서는 이것만 있으면 살 수 있어."

"그게 뭔데?"

"내가 아무것도 아니라는 걸 깨닫는 것 말이야. 잠깐만, 아가씨! 음악 좀 더 크게 틀어줄 수 있을까요?"

"죄송하지만, 그럴 순 없어요!"

"밤이에요, 아가씨. 아무도 없잖아요!"

"죄송하지만 금지되어 있어서 제가 어떻게 할 수가 없네요."

"그래요, 미안합니다!"

난 일어나서 소리가 나오는 곳을 향해 다가갔다. 그 순간 나에게 필요한 노래가 흘러나오고 있었다. 난 그 노래의 영어가사를 알고 있었다. 이 노래의 후렴구를 알고 있었고, 거의 모든 가사를 알고 있었다. '내 손을 잡아, 내 모든 삶을 잡아줘, 난 너에게 말해줄 수 있어.' 난 기둥 쪽으로 다가섰다. 물론 나는 취했고, 다리가 저렸다. 피로감이 이미 허용 범위를 초과했지만, 난 흔들리지 않고 다가가 똑바로 섰다.

막스도 다가섰다. 그는 내 왼편에 서서 음악을 들었다. 내 눈에는 눈물이 차올랐고, 눈물 때문에 모든 형상과 전등의 빛이 뿌옇게 보였다.

"막스, 와줘서 고마워! 친구, 내가 널 얼마나 사랑하는지. 난 정말 힘들어! 더 이상은 견딜 수 없다고!"

"나도 그래, 너를 정말 사랑한다! 정말 사랑해, 사샤. 나 역시 힘들어. 나도 더 이상은 견딜 수 없어."

막스는 내 어깨를 끌어안았고, 난 고개를 떨군 채 나보다 작은 막스에게 기대어 소리 없이, 하지만 자유롭게 흐느꼈다. 막스는 눈물만 흘렸다. 노래는 일 분이 넘게 계속 흘러나왔다.

30

난 내가 막스에게 했던 말이 마음에 들었다. '내가 누구기에 시간이 내 모든 걸 해결해준다는 거지?' 난 내가 처음으로 시간이라는 걸 어떻게 느꼈는지 기억한다. 그때 난 아직 어렸다. 아홉 살이었나, 열 살쯤이었을 거다. 팔월, 한여름에 난 마당에 앉아 있었다. 부모님과 함께 여름휴가를 보낸 후 돌아와 있었고, 내 친구들은 아직 휴가에서 돌아오지 않았다. 마당은 조용했고, 아무것도 없었다.

나무들은 흔들렸고, 가지에 달린 잎들은 컸다. 먼지가 앉은 풀은 높이 자라 있었다. 아주 더웠다. 심지어 도시에서도 귀뚜라미들이 찌르륵거렸다. 난 벤치에 앉아 심심해하고 있었다.

난 하늘을 바라보았다. 하늘은 그저 파랗고 구름 한 점 없었다. 여름날의 높은 하늘이었다. 하늘에서는 비행기가 남긴 흔적이 희미해지고 있었고, 또 다른 비행기가 내 위에서 하늘을 가로지르며 새하얀 흔적을 남기고 있었다. 난 눈을 내리깔고 손가락으로 벤치를 쑤시기 시작했다. 벤치에서 페인트를 벗겨낼 때면 기분이 좋았다. 작년에 페인트칠을 했던 일을 기억했다. 그때도 여름이었다. 나는 친구들과 서서 빼빼 마른 나이 든 아저씨가 느릿느릿 벤치에 페인트칠하는 것을 구경했다. 벤치는 놀랍게도 더러운 녹색에서 파란색으로 바뀌고 있었다. 그런데 나는 여기 앉아 갈라지고 해져버린 파란 페인트를 꽃잎만 한 크기로 벗겨내고 있었다.

다시 하늘을 향해 눈을 들었을 때, 비행기는 이미 저 멀리 날아갔고, 하얀 흔적만이 남아 있었다. 그 전에 있던 흔적은 이미 조각이 되어 흩어졌고, 거의 녹아버렸다. 난 그때 시간이 어떻게 움직이는지를 느꼈다. 곧 비가 올 것이고, 겨울이 찾아올 것이다. 그리고 다시 눈이 녹을 것이다. 나는 시간이 흐르는 것을 좋아하지 않는다는 것을, 그래서 기분이 좋지 않다는 것을 깨달았다. 하지만 내가 할 수 있는 게 아무것도 없다는 사실도 깨달았다. 그래도 그냥 비행기가 남긴 흔적을 보는 것은 즐거웠다.

난 그때를 선명하게 기억하게 되었다. 왜냐하면 그걸 이해하고, 느꼈던 사람은 변하지 않는 '나'였기 때문이다. 그때 거기서 벤치에 앉아 있던 나는 지금 여기 서서 음악을 들으며 울고 있는 나와 똑같은 '나'이다. 다른 모든 것은 변했다. 몸무게, 키, 흥미, 소망…. 하지만 변하지 않는 무언가가 있다. 바로 그 '무언가'로 인해 나는 시간을 느끼고, 이 노래를 사랑할 수 있고, 그녀를 사랑할 수 있었던 것이다.

우리는 조금 더 앉아서 차를 마셨다. 왜 그랬는지 콜라를 가져오지 않았지만 굳이 상기시키고 싶지 않았다. 막스는 우리 집에 가는 것을 단호하게 거절했다. 우리는 코냑을 다 마시지 못했다. 병에는 삼분의 일 정도가 남아 있었지만, 이제는 넘어가지 않았다.

조금 지나 우리는 계산을 했고, 후한 액수의 팁을 남기고 밖으로 나왔다. 손전등과 코냑은 테이블에 남아 있었다. 우리가 움직이는 모습은 마치 생선가게에 있는 갑각류를 연상시켰다. 아직 완전히 살아있는데, 얼음 위에 놓여 손님들의 달갑지 않은 시선을 받고 있는 그런 갑각류 말이다.

눈은 완전히 그쳤다. 레스토랑 옆 주차장에는 세 대의 자동차가 있었는데, 그 중에는 '그' 벤츠도 있었다. 벤츠는 시동이 걸려 있었고, 내부 전등도 켜져 있었다.

"자 그럼, 사샤. 내일, 그러니까 정확히 말하면 오늘은 세 시까지 자도록 하자. 식구들이 허락해준다면 말이야."

"우리 집으로 가자니까! 얼마나 더 설득해야만 하는 거야? 고집 부리지 말고, 막스."

"아니라니까! 오늘 나에게 너는 충분했어. 오늘 있었던 모든 게 나에겐 충분해. 그건 그렇고, 여기서 가려면 얼마 정도 들까? 그러니까 저기, 내가 사는 곳까지 말이야?"

난 최대 비용을 말해줬다. 막스는 고개를 끄덕였다. 막스는 내게 손을 내밀었고, 나는 그의 손을 꽉 쥐었다.

"잘 가, 사샤."

"태워다 줄게."

"일어나면 전화할게. 잘 가."

막스가 고개로 벤츠가 있는 쪽을 가리키며 말했다. 막스는 택시를 잡기 쉬운 사도보이 순환도로 쪽으로 걸어갔다. 막스와 헤어지는 게 너무 싫었다! 이상한 느낌이었다. 막스와 다시는 만날 수 없을 것만 같았다. 막스는 눈이 쌓인 곳을 따라 천천히 걸어갔는데, 나는 막스를 붙잡아 같이 가고 싶었다.

막스는 열다섯 걸음 정도 가더니 길가 가로등 밑에 서서 가방을 열고 조그만 꾸러미를 꺼냈다. 난 그것이 뭔지 알았다. 냅킨으로 둘러싼 아직 다 피우지 않은 시가였다. 막스는 냅킨은 눈 속으로 던졌고, 손으로 가방을 뒤지더니 가방 지퍼를 잠갔다. 그리고 가방을 눈 위에 버리고 다시 길을 갔다. 막스는 가방을 한쪽으로 던진 게 아니었다. 가방을 잡고 있던 손가락을 폈고, 가방은 그의 손에서 떨어졌다. 그리고 막스는 걸어갔다.

나는 다른 쪽으로 가려던 참이었다. 공기가 얼음처럼 차가웠다. 난 코트의 단추를 빈틈없이 채우고 옷깃을 추켜올렸다. 그리고 몇 걸음을 걸어가다가 멈춰서 벤츠를 돌아보았다. 그리고 몇 초 동안 서 있다가 벤츠 쪽으로 걸어갔다.

미하일은 운전석에서 자고 있었다. 그는 외투의 단추를 풀어헤친 채 좌석 등받이에 기대어 자고 있었다. 그의 머리는 뒤로 젖혀 있었고, 입은 살짝 벌리고 있었다. 핸들이 있는 쪽에는 신문이 놓여 있었고, 콧등에는 조그만 안경이 올려져 있었다.

난 조금 더 생각을 하다가 창문을 주먹으로 두드렸다. 미하일은 깊이 잠들어 있었고, 나는 더 세게 두드렸다. 미하일은 온몸을 떨더니 급하게 몸을 세워 앉았다. 그는 자신이 어디에 있는지, 무슨 일이 일어나고 있는지 바로 파악하지 못하는 듯했다. 그러다가 재빨리 얼굴에서 안경을 떼어내고는 아무 일 없었다는 듯 고쳐 앉았다. 초소에서 자다가 걸린 젊은 군인처럼, 강의시간에 졸다 걸린 학생처럼 졸지 않았다고 말하는 듯 말이다. 난 이 광경을 보고 웃음이 나왔다.

난 차창을 두드렸다. 미하일은 창문을 절반만 내리고 차갑게 물었다.

"무슨 일이죠? 뭘 원하느냐고요?"

"저는, 개인적으로는, 아무것도 필요하지 않아요. 전 이제 갈 겁니다. 막심도 이미 떠났어요. 이제 집에 가려고 합니다. 잠들어 있는 것을 봤는데, 나중에 여기서 깨어나면 기분이 좋지 않으실 것 같았어요. 우리가 없으니까요. 그래서 깨우기로 한 겁니다. 그게 다예요. 다른 의도는 없었습니다."

나는 어깨를 으쓱하면서 말했다. 미하일은 손으로 얼굴을 쓸어 내리더니, 미네랄 워터를 조금 마시고는 물었다.

"담배 있습니까?"

"아니요, 전 피우지 않아요."

미하일은 고개를 끄덕였다.

"타세요, 집까지 데려다 드릴게요. 다만 가다가 잠깐 들러 주유 좀 하고 담배를 사고 갈게요."

"죄송하지만, 전 그냥 혼자 가겠습니다. 이 차를 타고 갈 수는 없어요."

"걱정하지 마세요. 뭐 괜찮습니다."

"걱정하는 게 아닙니다. 그냥 모양새가 이상할 것 같습니다. 한 번 생각해보세요."

나는 아주 조용하게 말했다.

"전 이제 집에 갈 겁니다. 정말 집으로 가는 겁니다! 만일 믿지 않으시면, 저를 따라 오셔도 돼요. 하지만 집에 가시는 게 더 좋을 거예요. 담배는 여기서도 살 수 있습니다. 레스토랑에서 팔거든요, 만약 필요하다면⋯."

그는 내 말을 끝까지 듣지 않았다. 어두운 창문은 올라갔고, 미하일은 차 안에 불빛을 끄고는 사라져버리듯 떠났다. 난 다시 한번 어깨를 으쓱했다. 그리고 돌아서서 택시를 잡기 위해 대로변으로 갔다. 난 걷고 또 걸었다. 나를 따라오는 사람은 아무도 없었다.

마지막 장

난 택시를 잡았고, 조용해진 도시를 달렸다. 조용해진, 다시 말하면 잠든 도시를…. 불이 켜진 창문은 거의 없었다. 토요일의 아침이 모스크바에 고요와 인적이 드문 한산함을 선물하였다. 제설 차량들만 도시 여기저기에서 일하고 있었다.

택시가 야키만카 대로를 지나고 있을 때, 사람들이 견인 차량에 너덜너덜해진 자동차를 싣고 있는 게 보였다. 볼보였다. 길바닥에 온통 유리의 파편과 자동차에서 나온 액체로 인한 얼룩들이 보였다. 아마도 휘발유일 것이다.

"무시무시한 사고였어요."

택시기사가 말했다. 카프카즈 억양이 강했다.

"다섯 명 정도가 즉사했어요. 저도 거의 사고를 당할 뻔했습니다. 이젠 차를 몰고 다니는 게 무서워지네요. 모두가 다 미쳤어요."

난 그를 쳐다보았다. 검은색 머리의 사십 세 정도 되어 보이는 깔끔한 용모의 남자였다. 차 안에는 달콤한 방향제의 향이 강하게 풍겼다. 택시기사의 손가락에는 커다란 금반지가 있었고, 무슨 글자가 새겨져 있었다. 나는 몸을 돌렸다. 더 이상 말을 할 수 없었다. 난 집에 가는 중이었다. 오늘 하루 내가 할 수 있는 말은 이미 다 했다.

택시가 신호등에서 멈춰 섰을 때 주변 길가는 매우 황량했다. 나는 주위를 둘러보았다. 쫓아오는 사람은 아무도 없었다. 나는 세 번 더 주위를 둘러보았고, 이후로는 편안한 마음으로 갔다. 물론 그렇게 하지 않았어도 편안한 마음이었겠지만.

"감사합니다."

이 말이 요금을 지불하고 택시에서 내리면서 내가 할 수 있는 전부였다. 집에 들어가서 나는 내가 했던 약속에 대해 떠올렸다. 무언가 더 말을 해야만 했다. 반드시! 난 그녀의 전화번호를 눌렀다. 그녀는 바로 전화를 받지 않았다. 내 전화가 그녀를 깨운 것이다. 그녀는 아직 잠이 가시지 않은, 무방비 상태의 갈라진 목소리로 말했다.

"여보세요."

내가 말했다.

"저예요, 집에 도착했어요. 다 괜찮아요. 걱정하지 마세요. 자고 있었어요?"

"네, 잠들어버렸어요."

"정말 미안해요. 방금 전에 도착했거든요. 약속한 대로 전화한 거예요."

"고마워요. 걱정했거든요."

"그럼, 아침에 통화할까요?"

"그래요! 너무 일찍 전화하지는 말고요."

"알겠습니다. 그러면 먼저 일어나는 사람이 전화하기로 해요."

"그래도 열두 시 전에는 안 돼요. 알았죠?"

"알겠어요, 내 사랑. 걱정 끼쳐서 미안해요."

"오늘 또 통화해요."

"그래요, 또 통화해요!"

나는 이렇게 말하고 전화를 끊었다.

그녀에게 '내 사랑!'이라고 말해버렸다. 하지만 이렇게 말해도 뭔가 큰일이 벌어진 것 같은 느낌이 들지 않았다. 편안했다. 그냥 쉽게 이 말이 튀어나왔다.

난 곳곳에 불을 켰다. 코트는 현관 입구에 벗어놓았고, 재킷은 소파 위에 이 생각과 함께 던져두었다. '잊지 말고 주머니에서 손전등 조각들을 털어내야 돼.' 난 침실로 갔고, 셔츠를 걸기 위해 실내 자전거 쪽으로 갔다. 목에 매고 있던 스카프는 이미 풀었고, 이것도 실내 자전거에 걸고 싶었다. 그리고 나는 셔츠의 단추를 풀었다.

그러나 실내 자전거에는 이미 셔츠가 걸려 있었다. 하나가 아니라 세 벌 정도가 있었다. 하나 위에 또 하나가 겹쳐져 있었다. '날을 잡아서 빨래를 해야겠는데(내키진 않지만, 나는 생각했다), 이번 일요일쯤 해야겠다.'

셔츠는 여러 벌 있었는데 옷장에는 지금 마지막 한 벌만 걸려 있다. 밝은 분홍색의 멋진 셔츠, 마지막 남은 것이었다. 난 기억했다. 아침에 옷장을 들여다보았을 때 하얀 셔츠와 분홍 셔츠가 있었다. 난 하얀 셔츠를 선택했고, 분홍 셔츠는 너무 과한 것 같다고 생각했다. 분홍 셔츠는 잘 입지 않았기 때문에, 지금 마지막으로 이 셔츠만 남아 있었다.

'이제는 입어야만 하겠군.' 나는 다짐했다. 무엇을 더 할 수 있겠는가, 분홍 셔츠만이 내 집에 남아 있는 유일하게 깨끗한 셔츠인데. 나머지 셔츠들은 욕실에 있는 세탁기 옆 바구니에 누워 있거나, 의자들 위에, 실내 자전거 위에 걸려 있었다. 셔츠는 하루 이상 입어선 안 된다. 하루 이상은 절대로 안 된다. 다른 누군가는 그럴지도 모르지만 난 그렇게 하지 못한다.

나는 곰곰이 생각하면서 몇 초간 잠시 서 있다가 생기를 잃은 셔츠들 위에 파란 스카프를 걸었다. 그리고 지친, 더러워진 하얀색 셔츠는 걸지 않았다. 그냥 던져버렸다.

이를 닦고 있던 도중, 나는 갑자기 칫솔을 입에 문 채 굳어서는 한참 동안 아무 생각 없이 욕실 거울에 허리까지 비친 내 몸과 얼굴을 바라보았다. '괜찮네.' 나는 생각했다기보다는 소리 내지 않고 말했다.

아침에 일어나면서 나는 침대를 정돈하지 않았다. '일요일에 침대보를 바꿔야지.' 나는 굳게 다짐했다. 그리고 베개를 흔들어 모양을 잡고, 이불을 털고, 불을 끈 후 누웠다. 내 몸은 이런 행복감을 믿지 못했다.

현관 입구에 불을 끄는 것을 잊었다. 확실했다. 처음에는 신경 쓰지 않으려 했지만, 잠시 후 일어나 불을 끄러 갔다. 아무것도 신경 쓸 일이 없는 상태에서 잠들고 싶었다.

입구의 서랍장 위에 있는 휴대전화를 보았다. 휴대전화를 손에 쥐고는 잠시 서 있었다. 막스에게 전화를 걸었다. 오랫동안 아무도 답하지 않았다. 잠시 후 나는 잠에 깊이 취한 여자의 화가 난 목소리를 들었다.

"여보세요, 여보세요!"

여자가 말했다.

"누구세요? 말씀하세요."

"죄송하지만, 막스와 통화할 수 있을까요?"

"당신 미쳤어요? 몇 시인지 알아요?"

"아, 정말 죄송합니다! 저는 막스 친구예요. 막스가 걱정이 돼서 전화했습니다. 잘 도착했는지…."

"도착했어요, 잘 도착했어요! 막스가 어딜 가겠어요? 옷도 안 벗고 자고 있어요. 지금 옷을 벗길 거예요. 집안을 온통 다 깨우셨네요, 막스야 뭐 어떻게 되든. 이젠 그만 주무세요! 다 괜찮으니까요. 당신의 소중한 막스는."

"막스의 고모이신가요?"

좀 더 정확히 하기 위해 내가 물었다.

"아니, 그럼 삼촌이라고 할까요? 무슨 그런 바보 같은 질문이 다 있어요! 이봐요, 젊은이, 심문은 그만하세요. 이제 다 되었나요?"

"네, 다 되었습니다. 고맙습니다. 죄송합니다, 정말 죄송합니다."

"그럼 어서 끊어요! 들어가요."

짧은 신호음이 들렸다.

난 침대에 누웠고, 내가 좋아하는 자세를 취했다. 베개가 내 머리를 끌어안았고, 나는 한쪽 눈으로 베갯잇의 천 위에 드러누운 파란 빛을 바라보았다. 창문을 통해 들어온 이 빛은 베개 위를 비추었다. 난 눈을 감았다.

새벽이 되면서 바람이 강해졌다. 바람은 모래를 실어왔고, 대

기 속 모래는 안개와 같았다. 이 때문에 특수 제작된 안경을 써야
할 정도였다.

막스가 자고 있는 동안 나는 적에게서 그리고 부상당한 정찰
병에게서 건네받은 문서를 발송할 준비를 했다. 우리 소대에는
열네 명이 남아 있었는데, 나는 모두에게 철수 명령을 내렸다. 병
사들은 내 명령을 이해하지 못했고, 나 혼자 남겨두기를 거부했
다. 하지만 나는 상사를 소대 지휘관으로 임명하고, 어떠한 일이
있더라도 문서를 전달하도록 명령했다. 그리고 부상자는 교대로
후송하고, 동시에 재빨리 이동하도록 했다. 추격대가 따라붙기까
지 두세 시간 정도의 여유가 있었다. 그 이상은 안 되었다.

"게다가 기관총은 단 한 대뿐이다."

병사들 앞에서 내가 말했다.

"제군들이 이곳에 남는 것은 아무 의미가 없다. 자네들이 가지
고 있는 카빈 소총으로는 제대로 싸울 수 없다. 철수한다. 나는
걱정하지 말아라."

"중위님은 어떻게 합니까?"

상사가 물었다.

"더 자게 놔둬. 그는 남기로 결정했다. 그 친구가 그렇게 결정
했다면 설득해도 소용없는 일이야. 그 친구에게 명령을 내릴 순
없어. 됐다, 제군들! 더 이상 떠들 시간이 없다."

병사들에게 내가 말했다.

"이동한다! 건투를 비네. 그리고 가져가십시오, 상사."

나는 상사의 손에 봉투를 쥐어주었다.

"여기 당신에게 내리는 지령이 들어 있습니다. 철수하라는…."

우리는 서로를 끌어안았다. 막스는 막사 안에서 자고 있었고, 바람이 얼마나 세게 부딪히는지 신경 쓰지 않았다. 난 그를 조금 더 자게 놔두었다가 잠시 후 그를 깨웠다. 우리는 조금 남은 물과 커피가루 한 움큼으로 커피를 끓였다. 진하게 끓였다.

우리는 조용히 커피를 마셨고, 위스키를 조그만 군용 철제 컵 두 잔에 나누어 따랐다. 우리는 담배를 피우기 시작했고, 한 십 분 정도 위스키의 맛을 즐겼다. 위스키를 다 마신 후, 우리는 기관총을 잡았다. 바람이 담배 불씨를 태웠고, 곧바로 담배 연기를 날려보냈다.

깃대에서 깃발이 펄럭였다.

우리가 모래 바람 사이로 전진해오는 무리의 그림자를 보았을 때, 내 담배는 삼 센티미터 정도 남아 있었다. 그들은 가까워지고 있었고, 나는 기관총을 조준했다. 첫 발을 격발하기가 왠지 곤욕스러웠다. 막스가 내 어깨를 쳤다. 난 막스를 바라보았다. 막스도 담배를 거의 다 피웠고, 빨다 남은 꽁초를 입술의 왼쪽 구석에 물고 있었다. 막스는 미소를 지으며 내게 윙크하더니 카빈 소총을 장전하고, 견착하였다. 그리고 능숙하게 조준하고는 방아쇠를 당겼다. 한 사람의 실루엣이 쓰러졌다. 그 순간 나는 기관총의 방아쇠를 당겼다.

적군은 바로 응사를 시작했다. 총알이 바람을 갈랐다. 일부는 모래주머니에 박혔고, 일부는 아주 가까이 날아들었다. 우리도 사격했다. 막스는 한 발씩 조준해서 정확히 사격하였고, 나는 짧은 간격으로 연사했다.

철수한 나의 병사들은 아마, 얼마 동안 불규칙적인 총성을 들었을 것이다. 그리고 이 난잡한 총성 가운데 막스의 카빈 소총이 내는 메마른 총성과 내 기관총이 연사하며 내는 윙윙거리는 총성이 뚜렷이 구분되었을 것이다. 그들은 한동안 이 소리를 들었을 것이다. 바람이 전투 현장의 소리를 실어다 주었다면, 누군가는 그 소리를 들었을 것이다.

-끝-

작가에 대하여
예브게니 그리시코베츠

예브게니 그리시코베츠는 러시아에서 가장 사랑받는 극작가이자 소설가, 배우이자 연출가, 음악가이다. 1967년 케메로보에서 태어난 그는 부모님을 따라 상트페테르부르크(구 레닌그라드)로 이주해서 살다가 다시 케메로보로 돌아와 대학에 입학한다. 인문학을 전공하며 연극 무대에 서기도 했다. 1998년 모스크바에서 모놀로그 연극 〈나는 어떻게 개를 잡아먹었나(Как я съел собаку)〉로 데뷔한다. 그리고 2000년에는 〈새로운 것(Новация)〉으로 러시아 최고의 연극상이라고 할 수 있는 '황금마스크상'을 수상한다. 그리시코베츠는 러시아뿐만 아니라 유럽에도 알려져 아비뇽, 비엔나, 파리, 브뤼셀, 취리히, 뮌헨, 베를린 연극제에서 그의 작품들이 상연되었다.

그리시코베츠는 러시아 현대문학에 큰 영향력을 미치는 작가로 스스로도 '나는 러시아 인문학의 중요한 조류를 이끌고 있다고 생각한다, 이반 부닌, 안톤 체홉이 그랬던 것처럼'이라고 말한다.

그는 연극으로 유명해졌지만 소설이나 에세이, 단편 소설을 꾸준히 집필하고 있다. 러시아에서는 모스크바와 페테르부르크를 중심으로 활동하는 작가들을 주목하고 적극적으로 홍보해주고 있다. 하지만 두 도시 간에는 미묘한 경쟁의식이 있어 페테르부르크에서는 모스크바에서 활동하는 작가들에게 관심을 갖거나 적극적으로 홍보해주지 않는다. 하지만 모스크바에서 활동하고, 모스크바를 배경으로 작품활동을 하고 있는 그리시코베츠의 경우 새로운 작품이 나올 때면 바로바로 소개될 정도로 러시아에서는 가장 주목을 받고 있는 작가이다. 몇몇 작품은 영화로도 제작되기도 했다. 다재다능한 그리시코베츠는 직접 만든 곡으로 밴드를 결성해 활동하기도 했고, 백과사전 편찬에도 참여했다.

러시아에서 가장 주목받는 작가이기도 하지만, 호불호가 심하게 갈리기도 한다. 하지만 흥미로운 작품들을 많이 선보이고 있으며, 대중과도 활발하게 소통하는 작가로 유명하다. 현대 러시아 사람들의 정서와 의식을 솔직하게 그려내고 있으며, 특히 심리묘사나 감정 표현이 훌륭하다는 평을 듣고 있다.

-주요 수상 경력 :

1999년 〈러시아 여행자 노트〉, 〈겨울〉, 〈세 자매〉로 안티부커상 수상

2004년 소설 《셔츠Рубашка》로 부커상에 후보로 오름

2006년 예술인상인 '과학의 상징(Символ Науки)' 메달 수여받음

2011년 칼리닌그라드의 명예시민

옮긴이__

이보석 | 연세대학교 노어노문학과 졸업 후 한국외국어대학교 통번역대학원을 졸업하였다. 로시스카야가제타 러시아 신문 프로젝트 'Russia 포커스(홈페이지 및 지면)'를 비롯해 번역가로 활동하고 있다. 주요 역서로는《러시아인, 러시아의 길》(공역)이 있다.

서유경 | 한국외국어 대학교 노어과를 졸업하고 한국외국어 대학교 통번역대학원을 졸업하였다. 박사과정 수료(러시아 문학) 후 현재 한국외국어 대학교와 통번역대학원에서 강의를 하고 있으며, 현재 출판 기획 및 러시아어 전문 번역가로 활동하고 있다. 주요 역서로는《눈먼 뒤 내 삶은 더 빛났다》,《지식의 책》등 다수가 있다.

셔츠

초판 1쇄 인쇄	2018년 3월 29일
초판 1쇄 발행	2018년 4월 10일

지은이	예브게니 그리시코베츠
옮긴이	이보석, 서유경
발행인	김우진

발행처	이야기가있는집
등록	2014년 2월 13일 제2014-000062호
주소	서울시 마포구 월드컵북로 375, 2306
	(DMC 이안오피스텔 1단지 2306호)
전화	02-6215-1245	팩스 02-6215-1246
전자우편	editor@thestoryhouse.kr

ⓒ 2018 Yevgeni Grishkovez
ISBN 979-11-86761-27-4
ISBN 979-11-86761-25-0 (세트) 04890

- 이야기가있는집은 (주)더스토리하우스의 단행본브랜드입니다.
- 책값은 뒤표지에 있습니다.

이 도서의 국립중앙도서관 출판예정도서목록(CIP)은 서지정보유통지원시스템 홈페이지(http://seoji.nl.go.kr)와 국가자료공동목록시스템(http://www.nl.go.kr/kolisnet)에서 이용하실 수 있습니다.(CIP제어번호: CIP2018009812)